Bem profundo

In too deep

PORTIA DA COSTA

Bem profundo

In too deep

Tradução
Cecília Gouvêa Dourado, S. Carvalho
e Júlio de Andrade Filho

1ª reimpressão

Planeta

TÍTULO ORIGINAL *In too deep*

PREPARAÇÃO Alexandra Colontili
REVISÃO Gabriela Ghetti
DIAGRAMAÇÃO S4 Editorial
CAPA Adaptada do projeto original por S4 Editorial
IMAGEM DA CAPA Plainpicture

CIP-BRASIL. CATALOGAÇÃO-NA-FONTE
SINDICATO NACIONAL DOS EDITORES DE LIVROS, RJ

C875b
Costa, Portia Da
Bem profundo / Portia Da Costa; [tradução Cecília Gouvêa Dourado, S. Carvalho, Júlio de Andrade Filho]. – São Paulo: Planeta, 2012.
23 cm.

Tradução de: In too deep
ISBN 978-85-7665-871-9

1. Ficção inglesa I. Dourado, Cecília Gouvêa. II. Carvalho, S. III. Andrade Filho, Júlio de. IV. Título.

12-6992. CDD:823
CDU: 821.111-3
25.09.12 04.10.12 039290

2012

EDITORA PLANETA DO BRASIL LTDA.
Avenida Francisco Matarazzo, 1500 – 3o andar – conj. 32B
Edifício New York
05001-100 – São Paulo – SP
www.editoraplaneta.com.br
atendimento@editoraplaneta.com.br

Para os meus companheiros de viagem, Valerie e Madelynne.

Sumário

1

"Há uma carta para você!"

Eu mal me atrevo a olhar de novo. Mas se não olhar quer dizer que posso estar imaginando coisas, e não tenho certeza se quero admitir estar imaginando *isto*.

É um pouco assustador. E eu fico com vontade de dar umas risadinhas. Na mesma medida, mais ou menos.

Pela terceira vez desde que retirei isso da velha caixa de sugestões da biblioteca, eu abro o envelope azul-calcinha com um estalido e desdobro as quatro páginas de papel pesado e de boa qualidade que estão dentro. As palavras escritas nelas, espaçadas entre si com regularidade e em tinta azul-marinho com uma letra elegante e quase caligráfica, daquela que parece gravada.

Meu rosto fica vermelho e é como se a minha mente se enchesse de uma voz silenciosa e excitante. O meu coração bate com força e sinto uma vontade estúpida de pôr a mão no peito, como se eu pudesse desacelerá-lo.

É preciso esforço para ficar sentada quieta, mas eu consigo, apesar de ainda correr o risco de soltar uma risadinha abafada.

Estou de olho em você, Srta. Gwendolynne Price, sabia disso?

Todos os dias fico observando você na biblioteca. Todos os dias tenho vontade de estender o braço e tocar em você. Todos os dias eu luto contra os meus anseios... Você passa por mim e eu quero agarrá-la pelo braço, arrastá-la para trás de uma das estantes de livros e fazer coisas indizíveis com você. Quero deslizar as minhas mãos por baixo da sua saia e acariciar até você gemer de prazer. Quero deixar nus os espaços maravilhosos da sua pele macia bem aqui, na biblioteca pública, a centímetros de distância desses babacas que vagam, inconscientes, pelos seus domínios. Gostaria de revelar as suas curvas suntuosas, beijar e acariciar você com a minha língua até deixar você em um estado em que não consiga ficar imóvel. Quero chupá-la até você chiar, arquear o corpo e gozar. Gozar para mim.

Não tenha medo, minha adorável Gwendolynne. Eu não vou fazer mal algum a você... Só quero sentir o seu gosto. Ou o seu toque.

Com isso eu poderia adorá-la, castamente, de longe, como um cavaleiro palaciano, me consumindo em toda pureza pela sua senhora. Gostaria que Deus tivesse me dado o dom de escrever poesia romântica, para catalogar a sua doçura, descrevendo cada faceta do seu sorriso e a sua graça, e revelando a forma como anseio por me ajoelhar aos seus pés e beijar o chão que você pisa ao se afastar de mim.

Mas não adianta, minha querida. Isso simplesmente não é o suficiente para mim. Eu não consigo me confinar nos atos puros e magnânimos. Sou animal demais, minha queridíssima. Uma besta desejosa e incontrolável. A visão das suas curvas me endurece por completo. O desejo de foder você até deixá-la sem sentidos me domina. O meu pau se torna sólido quando você passa por mim. Eu sofro ao ouvir o roçar da sua saia ao redor das suas coxas, e quase desejo que eu pudesse ser aquele simples pedaço de pano. Só para poder estar perto do seu delicioso púbis e mergulhado na sua fragrância e no seu gosto.

Eu não consigo por fim a essa obsessão sobre o que existe no meio das suas pernas.

O luxuriante bosque do seu sexo e a sua geografia íntima rósea. Eu adoraria abrir bem as suas pernas e ficar olhando você por horas, acariciando-a com os meus olhos, saboreando os efeitos que a vulnerabilidade da nudez e da exposição teriam sobre você.

As minhas fantasias sobre você me atormentam durante todas as horas em que estou acordado. Elas estragam o meu trabalho, mas eu não ligo. O meu único conforto é imaginar que fantasias semelhantes talvez também dominem você. Eu sonho com você sonhando com o meu pau. Visualizando-o e fazendo especulações sobre ele, imaginando como seria tê-lo na sua mão ou dentro de você.

E ele não é nada mau, adorada Gwendolynne, no que diz respeito a cacetes. Na verdade, quando estou pensando em você, ele consegue ficar bem espetacular. Ele se levanta em tributo à sua beleza luxuriante e sensacional, e à promessa de explorar cada centímetro dessa beleza, afundando nela, enquanto nós rolamos de um lado para o outro no chão da Biblioteca de Referência, seminus e fodendo como um par de criminosos.

E, sim, minha gloriosa e erótica Rainha da Biblioteca, não vai ser surpresa para você saber que tenho me tocado como um louco ultimamente, pensando em você. Eu venho estimulando sem parar o meu membro enquanto sonho com o que eu gostaria de fazer com ele em você...

Estou sempre vendo você de lingerie. Pequenos fragmentos que mal cobrem alguma coisa e que revelam mais do que escondem.

Você gosta de seda e renda, minha mais querida Gwendolynne, ou é uma garota do tipo algodão branco e confortável? Eu poderia devorar você de uma forma ou de outra, assim como sem absolutamente nada, mas você sabe como nós, os pervertidos desvairados, somos. Nós dissipamos horas das nossas vidas especulando sobre que tipo de sutiã e calcinhas as mulheres que nós desejamos estão usando.

Na minha imaginação, você está usando roupa íntima sofisticada hoje. Lindas tirinhas reduzidas que cingem os seus gloriosos peitos e quadris como uma segunda pele... Pequenos pedaços de roupa que desfrutam de privilégios íntimos corporais com os quais eu apenas posso sonhar.

Eu vejo você em bordeaux. Não qualquer vermelho sem graça, mas uma cor profunda, rica e melodiosa, a cor de um vinho de boa safra ou de um rubi raro e precioso. E também de renda branca. Um toque pungente de inocência que faz a renda vermelha parecer ainda mais pecaminosa. Mais luxuoso. Mais parecida com o tipo de coisa que uma acompanhante de alta classe usaria.

Ontem, na biblioteca, você estava usando uma bonita camisa azul-marinho e uma bela saia jeans que mostrava – oh! – a sua suntuosa bunda à perfeição. Mas, na minha cabeça, por baixo de tudo aquilo você estava vestida como uma garota de programa de dois mil dólares por noite.

Eu adorei os seus peitos naquela camisa. Na verdade, eu adoro os seus peitos, ponto-final. Eles são arredondados, abundantes e magníficos. Dignos da própria deusa do amor. Você é Afrodite para mim, você sabe disso, não sabe, Gwendolynne? E os seus peitos esplêndidos me ordenam a adorá-los nos seus mais maravilhosos detalhes, com os meus olhos e os meus dedos. Aqui, no santuário da minha imaginação, eles são um banquete para os meus sentidos sôfregos e famintos. Empinados e pontudos, são um par delicioso e de encher as mãos, uma alegria de contemplar. E a pele sedosa das suas curvas superiores, que aparece por cima daquela excitante beira de renda, é tão doce, macia e suave quanto leite e mel na minha língua.

Você toca os seus próprios peitos, Gwendolynne? Eu adoraria saber...

Por que você não os toca agora, enquanto lê? Tímida e docemente... Ninguém precisa ver você fazendo isso, mas eu saberia, ah, saberia sim... Eu veria um rubor maravilhoso e acanhado no seu rosto adorável, e saberia que você está enrubescendo para mim e apenas para mim. Que você estaria se tocando porque eu quero que você faça isso e para me agradar.

Isso mesmo, desabotoe a sua blusa, deslize seus dedos para dentro e corra as pontas deles pela curva luxuriante e ao redor do mamilo duro debaixo do seu sutiã. Faça isso! Faça agora! Ninguém vai ver se você fizer de conta que está se abaixando para pegar alguma coisa da gaveta da sua mesa.

Será apenas o nosso pequeno ato sexual privado, o primeiro movimento do nosso jogo.

E, mais tarde, à noite e quando estiver sozinha, você fará isso novamente, pensando em mim ao passar a ponta do dedo ao redor do bico do seu peito. Dando voltas e mais voltas, o dedo leve como uma pena. E quando isso excitar você demais, talvez você pudesse delicadamente beliscar a si mesma... Você deve punir a si mesma por me provocar. Que tal pegar esse fruto picante do seu mamilo, beliscá-lo e puxá-lo de um lado para o outro enquanto você começa a se contorcer, molhada e cheia de tesão...?

Você gosta de um pouco de dor com o seu prazer, Gwendolynne? Eu acho que todos deveriam experimentar, pelo menos uma vez na vida. Não demais... Eu não sou nenhum bruto nem sádico... Mas é um tempero delicioso e sofisticado no cardápio sexual e você me parece uma mulher cujos apetites, uma vez aguçados, são vorazes. Acho que você tem a imaginação para experimentar praticamente tudo, não é, minha querida deusa?

Estou apenas chutando, mas raramente me engano.

E quanto a você, é uma mulher corajosa e ousada, com disposição para se aventurar. Uma mulher que está no ponto certo para o prazer e para a caça.

Acertei? Acho que sim...

De qualquer forma, voltando aos seus peitos, aos seus lindos peitos...

Agora estou vendo você deitada sobre lençóis de cetim, o seu corpo magnífico emoldurado pelo luxo que ele merece. Acho que lençóis de cetim são um tanto quanto clichê, mas e daí? Eles são material de um milhão de fantasias clássicas para punhetas, não apenas as minhas. Mas talvez os seus lençóis sejam brancos e não pretos? Hummmm... tudo bem para mim... .

Noites em cetim branco, hein, minha deliciosa? O que eu não daria por um pouco disso... Noites longas, escuras, perfumadas, nas quais me fartaria repetidamente com os prazeres abundantes do seu corpo... Bem, isso para mim seria o paraíso. O meu desejo supremo... será que algum dia ele pode se realizar?

Você ali deitada, um estudo em vermelho e branco, pele de creme e mel e longos cabelos selvagens e castanhos-claros. Nada de tranças esta noite, sublime Gwendolynne. O seu lindo cabelo é outro aspecto de você que quase se tornou um fetiche para mim... Você ficaria horrorizada e me repeliria se eu dissesse que gostaria de gozar neles? Eu me imagino ajoelhado sobre você, sobre o seu corpo nu, desvairado e suplicante, e então você enrola as ondas sedosas e selvagens do seu cabelo ao redor do meu pênis e me acaricia com ele até eu atingir o clímax.

Oh, Gwendolynne, estou duro como um ferro simplesmente de pensar nisso!

E acho que vou fazer alguma coisa a esse respeito. Imediatamente.

Adieu, minha gloriosa Deusa da Biblioteca, adieu...

Talvez você pudesse me escrever um pequeno e-mail dizendo que me perdoa por ser uma aberração tão repulsiva... Ou, talvez, você poderia me contar uma das suas fantasias... Assim eu saberia que você é uma aberração tanto quanto eu...

Sou todo seu, de corpo e alma, especialmente de corpo rígido e sôfrego...

Nêmeses

Nêmeses? Ah, tenha dó... O homem é um pervertido alucinado, que gosta de prosa extravagante e provavelmente é perigoso... e chama a si mesmo de "Nêmeses"? Parece um nome que um adolescente adotaria durante um jogo de videogame.

E, no entanto, ainda assim, a carta e mesmo apenas a palavra estúpida em si me induz a um estremecimento febril. Imagino uma figura alta e morena, muito misteriosa, talvez até mascarada, possivelmente usando couro, agigantando-se sobre mim. Alguém forte, viril e *sexy*, que me faça ajoelhar e beijar as suas botas... e depois beijar o seu pinto.

Balanço a cabeça e me dou conta de que nos últimos minutos fiquei completamente fora de mim, perdida no mundo de Nêmeses. E o pior de tudo isso é que eu, na verdade, estou fazendo o que ele me disse para fazer.

Bem, não exatamente, mas não muito diferente. Estou tocando as minhas costelas, logo abaixo do peito, por cima da minha blusa de algodão.

Puxando a minha mão para longe de mim mesma, dobro a carta cuidadosamente, como se isso fizesse parte de um ritual, e a enfio no bolso da saia. E isso também me deixa um pouco excitada, me faz pensar no que ele disse sobre a minha saia.

De uma forma estranha, a carta é realmente de Nêmeses e, no meu bolso, ele está perigosamente se aninhando perto da minha xoxota, exatamente como ele disse. Há apenas umas duas camadas de algodão entre ela e ele.

Respirando fundo algumas vezes e tentando parecer um ser humano perfeitamente normal, corro os olhos por toda a parte de empréstimos da Biblioteca que eu posso ver. Eu me sinto como se houvesse um luminoso de *neon* piscando "Prostituta da Babilônia" sobre a minha cabeça, mas a verdade é que ninguém está olhando para mim. Tudo está tranquilo e, na calmaria que antecede o almoço, há apenas um punhado de gente examinando as prateleiras. Não há perigo algum em encostar a mão no meu bolso e pensar novamente no meu novo "correspondente".

A coisa estranha e um pouco triste é que, apesar de ser anônima, pretensiosa, pervertida e levemente repulsiva de um jeito bom, na verdade essa é a coisa mais próxima a uma carta de amor que eu já recebi na vida. Mesmo quando nós estávamos muito excitados um com o outro, o meu recente e não particularmente lamentado ex, Simon, nunca me enviou bilhetes ou mesmo e-mails de amor. E desde que nós nos separamos tudo o que recebi dele são "comunicados" concisos sobre o divórcio e "ordens" sobre a venda da porcaria da casa. Ele ainda está tentando me dar ordens.

Ora, ele que se dane. Eu tenho coisas mais imediatas com as quais me preocupar. Alguém aparentemente muito mais divertido tentando me controlar. E ocupar a minha mente.

Quem, diabos, é Nêmeses? E de onde ele está me espreitando? De onde ele consegue, são e salvo, ficar mandando eu me tocar? Julgando pela carta, deve ser um frequentador assíduo da biblioteca, e isso significa que ele está bem perto de mim. Possivelmente, até agora. E se ele estiver me observando neste exato momento? A biblioteca está tranquila. Ele poderia estar em qualquer parte... a apenas alguns metros de distância.

Alguém voltou a ligar o aquecedor hoje? Eu sou jovem demais para ter ondas de calor, mas, seja o que for, não há dúvida de que estou sentindo como se tivesse um desses calores. Clandestinamente, eu passo o dedo pelo decote e abro colarinho da minha blusa. E, em seguida, interrompo o que estou fazendo instantaneamente. Nêmeses vai ficar louco se me vir fazendo isso. Dou uma olhada ao redor e os lóbulos das minhas orelhas formigam, já que a possibilidade de estar sendo observada se tornou uma força física para valer.

Ele estaria aqui? Olhando os meus mamilos através da blusa e imaginando o que está debaixo da minha saia? A minha cabeça se enche com ideias bizarras de visão de raios X e de eu andando pela biblioteca vestindo roupas transparentes. O jeito como Nêmeses fala sobre o meu corpo faz parecer que ele realmente o tenha visto nu.

Oh, por que eu fui pensar nisso agora?

Nêmeses não é o único que pode ter fantasias pornográficas. Vejo uma imagem-relâmpago de mim mesma deitada no chão da Biblioteca de Referência, exatamente como ele disse. Estou deitada e há um homem deslumbrante metendo forte entre as minhas coxas abertas. O Nêmeses real provavelmente é gordo e de meia-idade, com o cabelo penteado de forma a cobrir a careca incipiente ou alguma coisa tão horrorosa quanto isso. Então, para me ater a algo mais conveniente – e porque, de qualquer forma, ele está bastante na minha mente – eu o substituo e ponho em ação o atual grande objeto do meu tesão: a celebridade preferida da biblioteca, que está trabalhando na coleção especial nos nossos arquivos há algumas semanas, pesquisando um projeto.

Existe uma pessoa com quem eu não me importaria nem um pouco em fazer tudo o que está na carta de Nêmeses!

Olho por cima do meu ombro na direção da seção de referências. O chão ali é duro. Mas ainda imagino senti-lo contra o traseiro, enquanto me contorço.

Nêmeses não é o único maluco! Eu acabo de começar a me sentir molhada... Sou tão depravada e tarada quanto ele? Estou, sem dúvida, excitada e, ao mesmo tempo, sinto-me como se tivessem tirado todo o ar de mim. Eu me deixei reagir às divagações de um pervertido. De alguém que pode ser perigoso. E doentio. Alguém que provavelmente é perigoso e doentio.

E alguém, seja quem for ele, que sem dúvida está perto de mim o suficiente para pôr um envelope lacrado na caixa de sugestões da seção de empréstimos. Alguém que conhece as rotinas e também o pessoal da biblioteca. Que sabe que entre as minhas funções está recolher o material da caixa e quando eu provavelmente vou fazer isso. Que sabe quando a mesa de informações gerais provavelmente estará vazia.

A mesa fica sobre uma pequena plataforma, apenas alguns centímetros acima do nível do chão, mas ainda assim é um ponto de vantagem. Daqui posso espionar um bom pedaço da seção, sem divisórias, do novo prédio da biblioteca. As pessoas começam a chegar para navegar na internet no horário do almoço, e Nêmeses pode ser qualquer um deles. Centenas de pessoas vêm aqui todos os dias durante as horas em que a biblioteca está aberta ao público. Há algumas dezenas aqui agora, cerca da metade homens, vagueando por entre as prateleiras.

Ali, na seção de esportes, está um indivíduo aparentemente instável, um candidato perfeito. Ele é um dos frequentadores habituais e eu já o peguei olhando para os meus peitos com certa frequência. Ele está fazendo isso agora, o nojento. Ah, não, não quero que Nêmeses seja ele!

É em momentos como esse que eu desejaria que os meus peitos fossem um pouco menores. Na verdade, eu gostaria que *tudo* em mim fosse um pouco menor. Na maioria das vezes, eu realmente não me importo de ser uma garota curvilínea, na verdade eu até gosto disso, mas muita carne parece trazer à luz o animal escondido em muitos homens. E especialmente, ao que tudo indica, um novo gênero de animal... que parece estar tentando fazer com que seus instintos bestiais pareçam mais aceitáveis e menos revoltantes, ao acrescentar uma pitada de conversa fiada sobre adoração e amor cortês.

Não que eu tenha deixado recentemente que qualquer desses animais ponha suas patas em mim com grande frequência. Desde o meu divórcio venho resistindo e dando preferência à qualidade, e não à quantidade de sexo. Talvez me resguardando para algum tipo de herói. Ser exigente parecia uma boa ideia na ocasião, mas o tiro está saindo pela culatra agora, porque eu estou simplesmente morrendo de vontade de fazer sexo. Eu mal posso admitir, mas se Nêmeses tiver uma aparência mais ou menos decente e não for demente demais, eu estaria seriamente tentada a dar uma chance para ele.

E esse é, provavelmente, o motivo de eu não contar para mais ninguém da equipe sobre a minha carta pervertida. Estamos sempre recebendo coisas estranhas na caixa e, durante os intervalos, no refeitório, damos boas risadas sobre os itens inofensivos. As mais persistentes são relatadas ao bibliotecário-chefe, apesar de Deus saber que não há muito que ele possa fazer quanto a isso. Na maioria das vezes, porém, esses inoportunos enviam um ou dois bilhetes e não demoram a perder o interesse.

Mas este caso é diferente. É o que eu sinto. E, além disso, esse pervertido é *meu* e eu não quero dividi-lo com mais ninguém.

Fico olhando fixamente o endereço do Hotmail no fim da página: n3m3sis@hotmail.co.uk.

Eu devo mandar uma mensagem? Dizer para ele me deixar em paz? Ou talvez lhe dar um choque, respondendo na mesma moeda? Inventar as fantasias mais imundas que conseguir imaginar, sobre a minha lingerie ou alguma roupa de renda e cetim que eu não tenho e que provavelmente não teria dinheiro para comprar? Ou talvez eu devesse criar uma história cheia de detalhes sobre ele e a masturbação *dele*? Eu sempre fui boa em redação na escola. E se eu lhe contasse o que eu quero que *ele* faça?

Antes que eu perceba, estou abrindo a conta de e-mail no meu terminal.

Ah, não, nada disso... é idiota e perigoso demais. Mas Deus sabe que eu quero fazer isso. Acho que provavelmente sou tão pervertida e esquisita quanto ele, e simplesmente não tinha me dado conta disso. Os meus dedos pairam, indecisos, sobre as teclas, e a única coisa que me detém é saber que o sistema de computador da biblioteca é sujeito a monitoramento ao acaso. Mesmo assim, o meu coração se agita como louco, e lá embaixo eu sinto algo na minha calcinha. As funções superiores do cérebro não parecem estar funcionando corretamente e o meu corpo se tornou uma massa descontrolada de hormônios.

O sujeito da seção de esportes perdeu o interesse e está lendo um livro. Se fosse ele, e ele me viu com o papel azul de carta de Nêmeses na mão, os olhos dele deveriam estar arregalados e ele deveria estar se aproximando. Ele, ao contrário, parece estar entretido com a história do rúgbi em Yorkshire.

Quem é você, Nêmeses, seu diabo doentio? Você está aqui? Agora? A uma distância em que eu possa vê-lo ou mesmo tocá-lo?

Não dá para saber. Eu não fico trabalhando na biblioteca de empréstimos principal o tempo todo, de forma que qualquer um poderia ir até a caixa durante o dia. Além disso, esta é a sede da biblioteca do bairro, e temos a biblioteca científica, a biblioteca audiovisual, a biblioteca infantil, os arquivos e uma variedade de coleções especializadas. Nêmeses poderia estar em qualquer parte deste prédio, que é bem vasto e movimentado, grande parte do qual fica aberto ao público em geral. Ele poderia estar disfarçado de... frequentador legítimo.

Um pânico esbaforido toma conta de mim novamente. E se ele for realmente perigoso? Sinto necessidade de sair daqui e soltar um suspiro que está preso no meu peito, e então vejo que o grande relógio de entrada marca que é quase meio-dia. Graças a Deus, hoje o meu horário de almoço é cedo. Dentro de alguns minutos, poderei sair para o ar fresco e pensar novamente como uma pessoa que não é insana.

Como se fosse um gênio invocado por mim, Tracey chega subitamente e dá uma paradinha na minha mesa. Nem sempre um atendente fica nessa mesa, mas no horário de almoço, que é bem movimentado, recebemos muitos pedidos de informação dos leitores.

“Tudo bem com você?”, pergunta ela, e eu percebo que a minha aparência deve estar tão agitada e fora de mim quanto me sinto por dentro.

"Tudo bem", minto, com um sorriso forçado que, espero, pareça natural. "Eu estava checando o catálogo e o sistema ficou meio estranho novamente. Pensei que talvez eu tenha feito alguma besteira... mas parece que agora está funcionando direito."

Conversamos um pouco sobre a rotina da biblioteca e eu acho que a enganei, fazendo-a acreditar que aquela é apenas mais uma da série infinita de manhãs sem grandes acontecimentos. Mas sinto culpa por não contar a ela sobre Nêmeses. Ela é minha amiga e, nas circunstâncias normais, seria uma pessoa com quem eu daria uma boa risada sobre isso tudo.

Dois ou três minutos depois, estou me dirigindo para a porta dos fundos, a caminho de respirar o ar livre. Clarkey, o gerente de manutenção do prédio, e o técnico da subprefeitura, que está visitando a biblioteca para fazer um *upgrade* no sistema de computadores, estão no refeitório. *Nêmeses seria um desses dois?*, eu me pergunto. Greg, o nerd louco por computador, é jovem, brilhante e bonitinho, mas credo! Só de pensar em Clarkey me mandando mensagens sexuais faz o meu estômago se revirar. Veja bem, acho difícil acreditar que ele teria "sentidos sôfregos e famintos" por nada que não fosse a enorme torta de carne que ele está enfiando goela abaixo. Além disso, a julgar pelos bilhetes quase ilegíveis que ele cola no aquecedor de água do banheiro dos funcionários quando ele não está funcionando, tenho minhas dúvidas sobre se esse homem conseguiria escrever alguma coisa com aquela caligrafia impecável.

A segurança é mais reforçada na biblioteca, já que temos alguns documentos raros e preciosos nos arquivos, mas, depois da minha briga de sempre com a senha e com a fechadura, consigo abrir a porta e me jogar para fora, com a intenção de ir até o pequeno jardim urbano que fica atrás do estacionamento, para pensar um pouco.

Mas exatamente quando estou me lançando com ímpeto para fora, alguém está entrando, e eu dou de cara com uma figura morena e de óculos. Ele não está andando depressa, mas têm os braços cheios com uma pasta, uma pilha de livros, diversos jornais e um mapa enrolado, e nós nos chocamos um contra o outro, espalhando uma parafernália por todos os lados.

E eu, mais uma vez, estou com o rosto em chamas. A pessoa contra a qual eu colidi é apenas o nosso acadêmico excêntrico e meio famoso, que vive por aqui. O professor Daniel Brewster, que tem um físico encantador e é adorável, ainda que bastante livresco e desligado.

"Oh, minha Nossa! Mil perdões", desculpa-se ele, como se a culpa fosse toda *sua* e nem um pouco minha, que me esqueci de olhar por onde andava porque estava com a cabeça nas nuvens, pensando em pervertidos e no papel de carta azul. Nós dois nos abaixamos rapidamente, recolhendo os livros e papéis. Enquanto eu pego diversos volumes que sei muito bem que não deveriam ter sido retirados do arquivo, mais uma vez fico impressionada com o quanto ele é gostoso, do seu jeito estudioso e distraído. O cabelo ondulado e preto parece tão selvagem quanto o de um cigano e, como sempre, ele tem uma barba por fazer, linda e trigueira, que lhe escurece as faces. Se não tivesse aquela aparência pálida de quem está sempre mergulhado em livros e nunca ao ar livre, ele poderia facilmente passar por uma máquina sexual mediterrânea em estado natural. Sem falar, claro, dos óculos sérios de estudioso e do paletó velho e gasto de *tweed*.

Tenho o maior choque da minha vida ao levantar os olhos, depois de recolher algumas folhas de papel datilografado e ver os olhos escuros por trás daqueles óculos elegantes... e flagrá-los presos no meu decote, como um par de raios laser direcionados. O alvo é visivelmente a parte mais baixa do decote em V da minha blusa.

Seria *ele* Nêmeses? Essa ideia me faz vacilar sobre os calcanhares e quase cair para trás.

Todo o meu corpo começa a estremecer, e quando ele enrubesce, ficando de um vermelho mais forte do que a fantasia assustadora de Nêmeses sobre a minha roupa íntima, parece pouco provável que ele seja o próprio. Especialmente quando, depois de ter se agachado sobre os calcanhares para pegar seus livros e papéis, ele perde o equilíbrio e cai para trás sobre o concreto. Tudo isso devido ao choque de ter sido pego olhando os meus fartos seios. Como se fosse pouco derrubar uma mini-celebridade da TV, sobre quem eu acabo de ter uma ideia repugnante, eu simplesmente completo a cena grudando os olhos na bunda dele! Isso tudo é culpa sua, Nêmeses, por me deixar louca!

"Ah, me desculpe!", exclamo, assumindo cortesmente a culpa pela queda dele, apesar de não o ter derrubado. Ele caiu enquanto tinha os olhos nos meus peitos, o que continua a fazer, os olhos castanhos em chamas. As orelhas dele também parecem estar sentindo o calor, porque os lóbulos adquiriram um toque de rosa muito atraente. Eu, de repente, me pego pensando em como seria mordiscá-los delicadamente.

Que história é essa? Não sei o que deu em mim nesses últimos dias, mas com Nêmeses e esse professor Gostoso McLindo aqui, acho seriamente que estou me tornando uma maníaca sexual.

Respirando fundo, eu estendo a mão para ajudá-lo a se levantar, melhorando assim a visão que ele tem dos meus peitos. Mas ele se levanta de um salto, como uma agilidade inesperada, ficando sobre os pés com um movimento quase digno de uma pantera.

"Nada disso! A culpa foi minha", ele me corrige, parecendo, ao mesmo tempo, aborrecido e levemente irritado. Ele se inclina para baixo novamente, a fim de pegar mais dos seus papéis rebeldes, ao mesmo tempo que olha para cima, para mim, o rosto na altura da minha virilha e a apenas alguns centímetros dela. Ele não cai desta vez, mas faz um movimento para trás, como se a proximidade com as minhas partes púbicas o tivesse atingido. Dessa vez, a reação dele é mais a de uma gazela assustada do que a de um felino predador de pelo macio.

Todo esse episódio está rapidamente se tornando uma minibobeira, de forma que eu jogo, de qualquer jeito, os papéis do belo professor em suas mãos e passo rapidamente por ele, lançando por cima do ombro um sorriso, mais um "desculpe" e um "até logo", enquanto cruzo correndo a pista de cascalho em direção ao jardim.

2

No parque com o Professor Gostoso McLindo

Que papelzinho ridículo foi aquele! Como se eu não estivesse abalada o suficiente por Nêmeses e suas divagações eróticas, agora estou toda agitada com relação ao Professor Gostoso McLindo novamente. Eu venho pensando no famoso Professor Daniel Brewster desde bem antes de ele se tornar uma atração temporária na biblioteca, há muitas semanas, quando chegou a fim de fazer pesquisa para um novo livro e uma possível série de televisão. Os seus populares documentários sobre história são frequentemente reapresentados na TV a cabo. Eu já os vi muitas vezes, mas sempre assisto de novo quando passam.

Neste exato momento, porém, eu continuo a olhar para frente e a andar firme e rapidamente, tentando fazer de conta que nada daquele nosso balé patético, incluindo cair de bunda no chão, aconteceu. Não paro até chegar ao meu lugar especial, um banco isolado sob a sombra de uma árvore, bem fora do caminho da área principal do parque, onde as pessoas se reúnem para almoçar. Aparentemente, muito poucas pessoas descobriram esse pequeno refúgio, que, protegido por várias árvores grandes e uma sebe alta, não recebe sol. Isso provavelmente explica o porquê de o local ser tão deserto. A maioria das pessoas aqui ainda parece dedicada à busca ativa do melanoma. Portanto, este é um lugar onde eu posso encontrar paz e silêncio, sem ser interrompida, no meio do dia.

Não que hoje eu esteja sentido algum tipo de paz. E o meu cérebro não está tranquilo. Ele gira entre a seleta fraseologia da missiva de Nêmeses e as reprises da ação em que eu quase exibi os meus peitos para Daniel Brewster.

Eu tiro a minha garrafa de água da bolsa e tomo um pouco. Está gelada, recém-saída do refrigerador, e aquela ferroada fria na minha língua me acalma. Alguma coisa se ajusta, como uma câmera entrando em foco. Eu olho ao redor, absorvendo os tons verdes das folhas e o cinza monótono do cascalho. Isso e o ar fresco são coisas reais e normais, distantes do mundo quente de cartas explícitas e especulação sobre homens bonitos e estranhos que estão bem fora do meu alcance.

Mais alguns golinhos e eu me sinto novamente centrada. Ainda não pronta para os meus sanduíches, mas vou atacá-los logo mais. Por algum tempo, eu simplesmente fico sentada, me sentindo muito zen, integrada à natureza e tudo mais. Então, bem quando eu decido que está na hora de comer e pôr em ordem o nível de açúcar do meu sangue, vejo a ponta daquelas folhas de papel azul saindo do bolso externo da minha bolsa. Eu as retiro e desdobro aquela loucura escrita.

As palavras saltam para mim.

Que tal pegar esse fruto picante do seu mamilo, beliscá-lo e puxá-lo de um lado para o outro enquanto você começa a se contorcer, molhada e cheia de tesão...?

Ler aquilo me dá vontade de fazer tudo isso, e eu levanto os olhos por um momento, sentindo-me de volta ao meu obscuro mundo paralelo de luxúria irracional. Não estou usando uma daquelas blusas brancas pelas quais Nêmeses sem dúvida tem um fetiche, mas, quase sem pensar, eu subitamente levanto o braço e seguro com a mão em concha a minhas próprias curvas, sentindo o algodão macio da minha blusa.

Meu mamilo fica duro e, sem dúvida, se estivesse exposto ao ar, estaria escuro e firme como um fruto suculento. Passo os dedos de leve por cima das camadas de tecido – blusa e sutiã, ambos de algodão – e uma vibração ressonante me percorre o corpo. Estou convencida de que Nêmeses é um homem, mas ele sem dúvida parece conhecer tudo sobre a ligação entre peitos e clitóris. Já estou sentindo calor entre as pernas, sentindo a região pesada e congestionada, ainda que sejam as palavras escritas, e não o meu toque, que estão me afetando mais. Palavras e a visão de um homem de cabelos escuros, meio *nerd*, mas muito bonito, demonstrando aquela agitação de constrangimento.

Eu me pergunto se os lóbulos da orelha do Professor Gostoso já esfriaram.

Olho fixamente para a fachada verde e fresca da sebe à minha frente, mas não a vejo. Pelo contrário, estou imaginando um cenário, fazendo como Nêmeses, suponho. No meu pequeno drama, derrubei esta carta ao colidir com Daniel Brewster e, de alguma forma, ela se misturou com os papéis dele. Ele a está lendo agora, enquanto eu estou sentada aqui, sonhando com ele.

Vejo aqueles lóbulos de orelha bonitinhos ficarem ainda mais rosados, as sobrancelhas escuras dispararem para cima na direção da linha do cabelo, encoberta pelo roçar dos cachos que lhe caem sobre a testa. Ele tira seus elegantes óculos sem armação e os limpa, e daí se contorce na cadeira, do mesmo jeito que estou fazendo. O que é estranho, porque a carta de Nêmeses foi escrita para uma mulher, e ele é um homem...

Os meus dedos estão úmidos quando pego as páginas azuis. Sei que se eu tivesse a metade de uma célula cerebral rasgaria essa correspondência e ignoraria qualquer outra semelhante a ela que, por acaso, viesse a receber. Isso é a coisa sensata a ser feita. Pessoas que aborrecem outras com sugestões sexuais são como plantas: elas morrem se você não as regar com uma reação.

Mas as palavras e a minha colisão com Daniel Brewster me fascinam e dominam, e eu simplesmente não consigo ficar sentada. Minha cabeça é um amontoado de Nêmeses e seda, eu me tocando e a imagem do divino professor, todo enrubescido e caído no chão, tentando se reerguer. Sinto o corpo quente, cheio de uma estranha energia e de sangue em lugares perigosos. Furtivamente, abro as pernas, pressionando o meu sexo para baixo contra o duro banco do parque, esticando-o e o abrindo. Mas não estou conseguindo a pressão de que preciso sobre o meu clitóris, e mordo o meu lábio diante daquela necessidade súbita e corrosiva.

Será que eu ousaria tocar a mim mesma? Aqui e agora? Quero dizer, não apenas o meu mamilo, mas lá embaixo, na minha boceta propriamente dita?

O que você pensa disso, Nêmeses? Eu levei esse jogo mais longe e você nunca vai ficar sabendo disso. Isso é ousadia o suficiente para você, seu pervertido?

Não há ninguém ao redor e eu nunca vi ninguém por aqui. Teoricamente, eu poderia fazer o que quisesse. Mas ainda parece inacreditavelmente de mau gosto e coisa de vadia me tocar aqui, ao ar livre. E também é coisa de gente sem força de vontade. Eu estou cedendo a ele, e sinto como se ele soubesse disso, ainda que só Deus sabe como. Desde a minha separação de Simon, deixar os homens me manobrar para o que eles querem não faz mais parte da minha cartilha. Não acho que estaria inclinada nem mesmo a fazer o que o Professor Gostoso McLindo quisesse, caso ele estivesse aqui. Mas não sei mais não...

Isso tudo está ficando excepcionalmente esquisito. E eu tenho certeza de que Nêmeses chegaria, todo presunçoso, com suas cuecas samba-canção, ou com o que quer que ele use, se soubesse que estou me contorcendo em um banco de parque, desesperada para me tocar entre as pernas até atingir um orgasmo.

Com um movimento furtivo e olhando ao redor cautelosamente, deslizo a mão da curva arredondada do meu peito, descendo-a pela cintura, pelo quadril e pela coxa. Há bastante território a ser coberto, mas, como Nêmeses obviamente gosta da minha abundância e o Professor Gostoso sem dúvida não fica imune aos meus peitos, isso não é problema. Na verdade, estou começando a ver as vantagens dela.

Ainda mais dissimuladamente, começo a levantar devagarinho as dobras da minha saia com a ponta dos dedos, mantendo-as juntas de forma a encobrir o meu pulso e a minha mão. Com um grau de destreza digno de um ilusionista, habilmente deslizo os dedos pela minha coxa nua e, em seguida, ultrapasso com eles, em um movimento sinuoso, a fronteira do elástico da minha calcinha.

Estou quase chegando lá. Estamos nos aproximando do X da questão.

Eu passo de leve por um cacho púbico crespo e daí avanço floresta adentro, em busca do centro quente e mágico. Logo que eu separo os lábios, as pontas dos meus dedos ficam completamente molhadas. Estou deslizando pelo meu próprio néctar e fico chocada com o tanto que sinto que há ali, mesmo sabendo que eu estava bastante excitada.

Meu clitóris faz uma única pulsação firme e profunda quando eu o encontro, dizendo "olá" de forma tão intensa que fico sem fôlego.

De um lado, fico horrorizada comigo, mas de outro me pego explodindo de agitação. Eu nunca fui muito de procurar sensações fortes ou correr riscos até agora, mas subitamente parece que estou recuperando o tempo perdido. Estou caminhando à beira da loucura e, se eu parasse para pensar sairia correndo de volta à segurança do refeitório dos funcionários. Mas no momento não tenho tempo para pensar. Só para sentir.

Depois de um ou dois afagos hesitantes, todo o meu corpo pulsa com energia. Estou transbordando de sensualidade e toda e qualquer apreensão que já tive na vida por ser curvilínea, rechonchuda, gordinha ou qualquer outro nome que dão para isso desaparece. Cada centímetro e cada quilo de mim são parte de uma "deusa" – exatamente como Nêmeses me disse.

Eu prendo a respiração. Minhas pernas ficam tensas e eu empurro os calcanhares para longe, sobre o chão, me apoiando. Estou desesperada para ter um clímax e até começo com uma vibração pequena – e então, horrorizada, ouço algo que nunca tinha escutado antes aqui. O som de passos, aproximando-se com rapidez sobre o cascalho.

Eu mal consigo arrancar a mão de debaixo da saia e me sentar rapidamente em uma posição mais ou menos normal quando uma figura conhecida em um casaco de *tweed*, jeans e tênis aparece na curva. É o Professor Gostoso, e ele quase me pegou brincando comigo mesma.

— Oh, oi! – diz ele sem muita certeza. Ele pisca por trás dos óculos e me dá um sorriso torto e cauteloso. Em seguida, aperta os lábios e se joga para frente, e eu tenho que me afastar no banco, para dar lugar para ele. Ele me obriga a deixá-lo sentar.

— Estou tão contente de ter encontrado você, Gwendolynne. Estava ansioso para lhe pedir desculpas pelo que aconteceu. – Ele tamborila os dedos longos contra o joelho coberto de brim, como se estivesse cheio de energia não gasta, como eu.

Estou tão aturdida que é difícil arrancar palavras do alvoroço em que estou mergulhada. Mas o que eu posso dizer quando o meu cérebro ainda está metade na terra da masturbação?

Meu novo companheiro ainda parece muito constrangido e tira os óculos, limpa-os com um grande lenço branco e imaculado e começa a poli-los com um fervor quase maníaco.

— Mas por quê? Fui eu quem o derrubou. – Surpreendentemente, eu consegui capturar essas poucas palavras. Mas elas saíram bem mais abruptas do que eu gostaria.

Ele guarda o lenço, ainda parecendo ridiculamente pouco à vontade. E isso é irônico, porque quem deveria estar mais nervosa era eu, já que estávamos sentados tão perto um do outro. Sem dúvida ele deve estar sentindo o odor almiscarado dos meus dedos...

— Não, a culpa é minha. Quando eu estava no chão, fiquei olhando os seus seios e sei que você me viu fazendo isso. Por favor, me perdoe. Foi indesculpável encarar você daquele jeito.

Ah, ele é um cavalheiro à moda antiga, além de ser uma grande amostra de formosura masculina. Estou prestes a dizer "não esquenta" ou algo assim, mas de repente percebo que ele está enrugando a testa e franzindo as sobrancelhas, e que está tirando os óculos e esfregando os olhos, com um ar cansado. A névoa sexual em que me encontro se dissipa rapidinho e eu sou tomada por outro sentimento. Eu já o vi fazer isso muitas vezes na biblioteca, como se estivesse padecendo de fadiga ocular ou dor de cabeça e, apesar de mal conhecê-lo, de repente não aguento vê-lo sofrer. Alguém tão lindo deveria sempre estar em condição de sorrir.

— O senhor está bem, Professor Brewster? Algum problema? Se estiver com dor de cabeça, tenho paracetamol na bolsa.

— Não, não é nada, obrigado. Só estou cansado. Estou trabalhando desde muito cedo, no meu hotel, e pensei que uma mudança de cenário e de luz me animaria um pouco... mas não funcionou. Foi por isso que eu vim até aqui para lhe pedir desculpas, em vez de falar com você na biblioteca. Realmente, preciso de um pouco de ar fresco.

Ele desfranze a sobrancelha e os seus lindos olhos se iluminam enquanto ele põe os óculos de volta no rosto.

— E, por favor, me chame de "Daniel"... Eu agradeceria.

— OK... Daniel.

Por um momento, desejo não ter me masturbado há pouco e que não estivesse toda perturbada e vibrante por causa de Nêmeses. Existe alguma coisa ao mesmo tempo doce e desconcertante naquele bom professor que me deixa toda elétrica, mas de uma maneira boa e diferente. É como as paixonites que eu tinha quando era mocinha, paixões doces e inocentes, antes de o sexo ter levantado a sua cabeça cheia de tesão. Eu ficava totalmente perdida, sonhando acordada com passeios por prados floridos, de mãos dadas com algum herói sublime e inatingível. Mas as visões cor-de-rosa se dissipam novamente, porque a mão que aquele herói romântico estaria segurando agora está pegajosa por eu ter me tocado há alguns minutos.

E ela fede a sexo. Eu sinto o cheiro, de forma que Daniel sem dúvida também sente. Mas o nariz dele, bonito e com um toque imperial, não se franze nem um pouco. Nem mesmo quando ele estende a mão e aperta a minha rapidamente.

— Eu realmente estou muito envergonhado. Você tem sido tão prestativa para mim na biblioteca, e eu a respeito como... bem, como uma amiga. Não quero estragar uma excelente relação de trabalho por ter feito algo inapropriado.

Os lábios dele se contorcem e ele dá de ombros, de leve. Por mais irracional que seja, ele parece realmente nervoso e eu me pergunto por que um homem tão bonito e bem-sucedido dá a impressão de não estar acostumado a falar com uma mulher. Alguém da sua estatura acadêmica, o cara aparece na televisão e tem um currículo tão respeitável e destacado, provavelmente possui legiões de tietes, todas dispostas a baixar suas calcinhas para ele.

— Por favor, não se preocupe com isso – digo, querendo tranquilizá-lo e abalada pela imagem de *eu* tirando a *minha* calcinha para Daniel Brewster. Mas o que há de errado comigo? O fato de ele parecer tímido está me deixando com tesão agora! Assim como o pensamento de tutelá-lo, o grande acadêmico, nos caminhos da luxúria das mulheres... Isso meio que desperta coisas estranhas que eu nem sabia ter.

— Não houve nada demais. Tenho certeza... bem, na verdade, tenho prova documental de que você está longe de ser o único homem que olha os meus seios enquanto estou trabalhando na biblioteca.

A bela sobrancelha dele se franze novamente.

— Prova documental? O que você quer dizer?

Ih... Eu pisei na bola. Estou sentada ao lado da quintessência de uma mente inquiridora, um homem acostumado a ir atrás de cada pista e de qualquer informação sobre os antecedentes de um tópico histórico. A investigar fatos das fontes menos pródigas.

No mesmo momento, os nossos olhares caem nas páginas da carta de Nêmeses, que ainda estão do meu lado sobre o banco, do lado oposto ao qual Daniel está sentado. Sinto-me como se estivesse balançando, nas pontas dos pés, à beira de mais um daqueles precipícios. Aqueles precipícios entre agir com bom-senso ou fazer algo que está anos-luz além do temerário.

Fato: eu mal conheço Daniel Brewster e nós acabamos de passar por um momento constrangedor, rodeando como um par de esgrimistas a beirada do próprio sexo.

Fato: esta carta equivale a assédio sexual por um pervertido benévolo ou mesmo um criminoso sexual demente. Eu deveria ter cuidado, e não a ficar exibindo indiscriminadamente por aí.

Fato: Se eu dividir esta comunicação secreta com outro vivente, estou traindo Nêmeses. Meu Deus, que conceito mais irracional! Não conheço o cara e ele impôs o seu tesão sobre mim. Mas, mesmo assim, continuo a ter essa sensação. Não dá para negar.

Antes de poder pensar nos motivos, pego a carta e a entrego.

— Recebi isso hoje. Se você ler, vai perceber que ter acidentalmente aproveitado para dar uma olhada rápida nos meus peitos é algo muito leve em comparação ao que outro homem... bem, ao que *um* outro homem está pensando.

Ele lê e, por um momento, fico apenas olhando fixamente para as pontas afuniladas dos dedos dele segurando o papel. De repente, eu só penso em mãos, lembrando o que Nêmeses disse que gostaria que eu fizesse e que eu realmente fiz, e no que Nêmeses *poderia* fazer se ele tivesse a chance de pôr as mãos *dele* em mim. O meu coração e as minhas entranhas sabem, de alguma forma, que ele não tem intenção de me fazer qualquer mal e que, se as palavras se tornassem ações, eu ganharia com isso, e não perderia nada.

As mãos de Daniel são obras de arte. São esguias, mas parecem fortes, mãos que parecem pousar em formas elegantes e clássicas. Todas as terminações nervosas do meu corpo me dizem que se *aquelas* mãos tivessem uma fração das habilidades que Nêmeses se gaba de ter, elas me deixariam fora de mim e por aí vai. Mas neste momento elas estão tremendo ao segurar aquelas páginas azuis animalescas, enquanto ele lê a escrita azul elegante.

E não é só isso. Ele engole em seco a toda hora. As sobrancelhas negras se levantam novamente em direção à linha do cabelo. Ele mordisca o lábio inferior macio, enquanto os olhos se arregalam e um toque de cor surge por baixo da sua pele macia e a deliciosa barba por fazer ao redor da curva do maxilar dele.

Como a prostituta sem-vergonha que pelo visto pretendo me tornar, olho rapidamente na direção da virilha dele. A vida também está se agitando ali, brotando por trás do zíper. Ele está de pau duro.

Aí já era. Enquanto a respeitável bibliotecária Gwendolynne me critica por ser de uma burrice indizível e ter começado tudo isso, a Gwen candidata a libertina e sensualista sorri por dentro e pensa "Uhuu! Ai meu Deus! Ai ai ai!".

Daniel reordena as páginas, aparentemente relendo. Ou talvez ele simplesmente não consiga levantar a vista e me olhar nos olhos... Eu o deixo continuar. A ler. A piscar. A ficar cada vez mais duro. Isso me dá mais tempo para verificar o pacote dele.

A julgar pela forma como o brim da virilha dele está crescendo, ele é deliciosamente grande. Um titã no departamento de dotes físicos tanto quanto nos de estudo. Enquanto eu observo, ele se mexe sobre o banco só um pouquinho. Acho que se sente pouco confortável, posicionado dentro dos jeans, mas está lutando contra a necessidade urgente de fazer algo com relação a isso.

— Puxa vida! – diz ele afinal, os lóbulos das orelhas novamente rosados. – Quando você recebeu isso? E como? – Ele dobra a carta entre os seus dedos longos, de olho nela como se tivesse nas mãos uma espécie de víbora rara e especialmente venenosa, mas com aparente relutância em soltá-la.

— Isso é grave, você sabe... O tipo de homem que escreve algo assim pode ser muito perigoso. Talvez seja melhor informar isso à segurança da biblioteca. Só para não correr riscos.

Ele tem razão, mas eu não vou fazer isso. E não apenas porque não gosto que me digam o que fazer ou porque aqueles brutamontes da segurança se divertiriam muito com isso. Não, é por causa da minha intuição com relação a Nêmeses: de que ele, apesar de devasso, é fundamentalmente benigno e de que realmente gosta de mim. Tudo bem, talvez eu esteja me comportando como uma estúpida e correndo risco de vida, mas com que frequência um homem diz a você que ele a idolatra e adora?

— Estava na caixa de sugestões da biblioteca, endereçada pessoalmente a mim. – Eu dobro as páginas novamente, sentindo um vislumbre de excitação, como se o próprio papel estivesse ensopado de algum afrodisíaco. Com uma poção que funciona com os genitais de Daniel Brewster tanto quanto com os meus. – Estava lá quando abri a caixa, às nove horas.

Ele se mexe desconfortavelmente sobre o banco e eu observo o jogo de emoções no rosto dele. Vejo indignação, excitação, perplexidade e, talvez, apenas talvez, ciúme. Escondo um sorriso. Será que gostaria de ter sido *ele* o autor da carta? Ele quer se livrar da sua imagem acadêmica e me mostrar seu lado travesso há semanas, e está furioso porque foi Nêmeses quem chegou primeiro? Esse é um pensamento delicioso e, se for verdade, muito bom para o meu ego. Ele é uma celebridade, até certo ponto, e eu não passo de uma bibliotecária meio cheinha bem comum.

— O que você vai fazer? – Ele me olha com intensidade, os olhos escuros como um café expresso atrás das lentes elegantes. Com um gesto rápido e agitado, ele tira uma mecha encaracolada e escura da testa.

— Bem, por enquanto, nada. É só um bilhete. Talvez nunca mais haja outro.

Não deixa de ser uma ideia. Uma ideia de que eu deveria gostar. Mas, pelo contrário, ela me faz sentir murcha e deprimida. Já faz bastante tempo que há uma escassez de excitação erótica na minha vida – na verdade, nunca houve tanta assim –, só que de repente eu gosto disso, e o meu apetite é voraz. O que Nêmeses dirá em seguida? Até onde ele pode ir?

— Esse pode ser um indivíduo muito perigoso, Gwendolynne. – Daniel continua com expressão carrancuda e ansiosa. Mas ele ainda está teso atrás da braguilha do jeans. Sinto que, como um homem racional e analítico, ele está um pouco aborrecido consigo mesmo por ter ficado excitado, e isso apenas reforça a minha ideia fantasiosa de que ele pode estar com ciúme.

Eu me pergunto como ele se aproximaria de uma mulher. E qual estratagema usaria para levá-la para a cama ou simplesmente persuadi-la a deixá-lo tocar nela...

Ele levanta a ponta dos dedos, como se estivesse debatendo consigo mesmo, e tenho vontade de lhe dizer que ele não teria muita dificuldade comigo. Estou toda empolgada com a beleza máscula, deliciosa e excêntrica dele e sucumbiria tão rápido quanto o farfalhar de páginas de algum texto raro de história. Nada de paquera, nada de encontros para jantar fora, nada de presentes – nada disso é necessário. Nem mesmo algumas cartas picantes, porém deliciosamente poéticas.

Por mais chocante que possa parecer, eu o pegaria bem aqui e agora. Se eu tivesse uma chance.

— Não se preocupe, Daniel. Tenho certeza de que é só esta. Nós recebemos bilhetes esquisitos e figuras grosseiras na caixa o tempo todo.

– As pontas dos meus dedos formigam com necessidade de estender o braço e tocar nele, talvez tocar de leve a sua longa coxa coberta pelo brim, para deixar claro o que estou dizendo. Tá bom... – Quando você não responde a uma proposta, eles sempre perdem o interesse.

Ele aperta os dedos uns contra os outros, e a sua expressão me diz que não acredita muito em mim. Ou talvez apenas é esperto o suficiente para ler os meus sinais e não tem certeza se gosta disso, estando ou não com tesão.

— Você tem certeza? – Ele solta um suspiro inesperado, levantando o peito. E eu sei que se trata de um peito muito bonito, porque há cerca de uma semana, durante uma breve onda de calor, ele deixou o paletó de *tweed* na principal biblioteca de empréstimos e ficou trabalhando com apenas uma camiseta branca, que envolvia os seus atraentes peitorais de forma encantadora.

— Tudo vai dar certo, mas obrigada da mesma forma por se preocupar.

Ele se apruma no banco e, de alguma forma, parece crescer de Clark para o Super-Homem.

— Mas você tem que me prometer que se houver qualquer problema com esse... esse Nêmeses, você vai me pedir ajuda.

Ele é mesmo o Super-Homem e, de repente, apesar de eu ter fantasias meio podres com relação a ele, fico comovida. E, desta vez, eu realmente dou um tapinha na coxa dele. E, em seguida, me inclino para lhe dar um beijo de agradecimento no rosto.

Bem, isso é o que eu tinha intenção de fazer. Mas, não sei bem como, passo pela bochecha dele e, com grande precisão, pouso a boca nos seus lábios.

Inicialmente, ainda era um beijinho de agradecimento, e a boca de Daniel, macia como veludo, se mantém quieta debaixo da minha. Nós ainda estamos tranquilos. Nada aconteceu. É apenas uma coisa de "amigos" e nós dois podemos sair desta sem o rosto rosado ou as orelhas avermelhadas do constrangimento total.

Mas daí tudo muda. Com um movimento suspeitamente bem-elaborado, Daniel arranca os óculos, joga-os sobre o banco e então as suas mãos, aquelas mãos fortes e elegantes sobre as quais eu tive fantasias tão espetaculares, sobem e envolvem o meu rosto, os dedos abertos para segurar a minha cabeça e manter as nossas bocas em alinhamento perfeito.

A língua dele pressiona os meus lábios e não há nada de tímido nela. Enquanto ela explora e avança e saboreia, eu amarroto a carta de Nêmeses e a deixo cair no cascalho, palavras azuis sobre papel azul esquecidas enquanto eu levanto as minhas mãos até os ombros de Daniel.

A boca dele tem gosto de hortelã, como se ele tivesse chupado balinhas de menta. Eu compartilho esse sabor, mas é o homem que é melhor. E, para alguém que projetou uma imagem de tanta compostura e reserva acadêmica todo o tempo em que eu o conheço, ele sem dúvida sabe beijar como um garanhão.

Atacar. Recuar. Induzir. Seduzir.

Eu sou uma massa disforme nas mãos dele, um amontoado de hormônios bombando, me liquefazendo, tanto metafórica como muito fisicamente, entre as pernas. Ele não toca nenhuma parte de mim a não ser o rosto, que ele embala, mas é como se estivesse com as mãos dentro da minha calcinha.

Quanto a mim, sou menos contida e, à medida que mensagens hormonais malucas se alastram para cima e para baixo, algumas delas se desviam totalmente do meu cérebro e terminam na minha mão. Completamente fora de controle, ponho meus dedos atravessados sobre a virilha dele.

Por alguns momentos, é como se a mente consciente dele não tivesse notado e seu corpo apenas reagisse automaticamente, pressionando a sua ereção contra o meu toque. Em seguida, as células cinzentas recuperam o terreno perdido e ele recua sobre o banco como um gatinho assustado, interrompendo o nosso beijo e fazendo com que seus óculos escorreguem para o chão. Ele se precipita para baixo, com dificuldade para encontrá-los, e nós estamos de volta à terra da farsa.

Instantaneamente, sinto-me mortificada e com raiva, mas não sei ao certo com quem. Comigo, por fazer algo repreensivelmente estúpido e radical com um homem que mal conheço? Ou com o Professor Gostoso por me levar para frente e, de repente, perder a coragem?

Ele pisca olhando para mim por detrás dos seus óculos miraculosamente ilesos, e não parece saber o que dizer.

— Bem, obviamente isso foi um erro de proporções gigantescas. – Eu me levanto e cato os meus pertences (bolsa, garrafa de água, carta pervertida) do chão onde tudo tinha caído durante a batida em retirada selvagem de Daniel.

— Ah... sim, provavelmente sim – concorda ele, baixinho.

Então eu fico com uma raiva como nunca tive. Sei que é, principalmente, frustração, mas mesmo assim eu parto para o ataque.

— Então quer dizer que tudo bem você olhar para o meu decote e admirar os meus seios, mas não é tudo bem eu tomar uma iniciativa com relação a você?

Ele solta um pequeno som, bufando, como se estivesse perplexo. Ele obviamente não gosta de complicações.

— Não foi isso exatamente o que eu quis dizer com erro. – Ele retomou o controle então, ainda que uma olhadinha para baixo me mostre que ainda está excitado. – É só que você e eu temos uma excelente relação profissional. Na biblioteca. E eu gosto da nossa interação lá. – Ele tamborila as pontas dos dedos umas contra as outras, o que eu acho que significa que ele está nervoso, mas tentando reprimir. – E eu não gostaria de estragar ou fazer coisas constrangedoras para você.

— Claro que não, Professor, considere a situação não estragada e sem constrangimentos.

Ai, por favor, não se comporte como uma criança malcriada, Gwen. Você é uma mulher adulta, não uma garotinha que acabou de ter o seu pirulito roubado. Sei que é um belo pirulito e foi divina a sensação de tocá-lo, mas, por favor, aja com juízo, ok?

— Ótimo, estou feliz que tudo esteja resolvido. – Ele bate os dedos de leve uns contra os outros, enquanto a minha indócil xoxota vibra, louca pela destreza deles, uma outra parte de mim de repente se pergunta se isso não é tudo tática, algum tipo de atuação inteligente e tortuosa. – Você gostaria que eu a acompanhasse até a biblioteca? Só por segurança?

Por um momento eu me pergunto sobre que merda ele está falando, e daí eu percebo. Ele está preocupado com a chance deeu ser seguida por Nêmeses? Jogando a cartada do cavalheirismo?

— Não. Obrigada. Está tudo bem. Acho que vou até o Cathedral Centre fazer algumas compras. Não há necessidade de se preocupar comigo.

Isso está dando nó na minha cabeça. Eu não quero mais me envolver em jogos mentais. Eu mal conheço Daniel Brewster melhor do que Nêmeses. Tenho que sair daqui.

— Certo. Tudo bem. Até mais tarde.

Com isso, giro sobre os calcanhares, fazendo barulho sobre o cascalho e me afasto com a maior velocidade possível sem chegar a correr.

Atinjo o meu objetivo. Chego até a esquina e não o ouço me seguindo. Mas daí eu estrago tudo. Olho para trás e ele ainda está parado lá. Ele deveria estar carrancudo, mas, na verdade, está sorrindo, ou melhor, com um sorriso bem largo no rosto. O que o torna duplamente lindo e dez vezes mais irritante.

E, até onde dá para ver, ele *ainda* está de pau duro!

3

Kit de autoindulgência

Ah, minha linda Gwendolynne... Você tem um amante? Por mais que eu quisesse ter você somente para mim, eu não tenho como não imaginar que não há outro homem em sua vida. Ou quem sabe, homens. Qualquer macho que cruze o seu caminho teria uma ereção.

Era mais um bilhete. Mais sedução rebuscada à minha espera assim que cheguei do almoço... Mais isso, como se eu já não tivesse problemas suficientes.

Mas é claro que você tem um amante! Por que logo você não teria? E só para provar que não sou ciumento ou possessivo, não irei me ressentir com relação a ele, mas irei admirá-lo pelo seu sublime gosto para mulheres.

E então... Esse seu garanhão, ele visita você com frequência? E você fica esperando por ele na cama com o coração acelerado já antecipando uma doce nova trepada? O seu delicioso e quente corpo, todo trêmulo de prazer, já está molhadinho só esperando o pênis dele entrar?

Se eu fosse ele, a visitaria todas as noites. Eu não seria capaz de resistir. Eu entraria em seu quarto, fazendo antes uma pausa por um momento na beira da porta para saborear aquela certeza de que, em pouco tempo, eu estaria dentro de você de novo.

Ah sim, aí esta você, de novo esparramada em cima dos lençóis de cetim e com aquela lingerie de seda de que falamos antes. Você está meio adormecida, cochilando, sonhando, esperando. Talvez esteja tocando seu próprio corpo, saboreando sua preliminar. Seus dedos devem estar maliciosamente escondidos debaixo da sua calcinha, que você insiste em continuar vestindo, mas que agora já devem estar roçando seu púbis, até chegar àquele lugar que flui umidade, que já deve estar inchado e sedoso. Você está se esfregando levemente, imaginando que quem está lhe tocando sou eu – ele –, mas na verdade é você mesma e, neste preparo, você já está quase chegando lá. Está quase pronta. Perfeita para entrar num rápido orgasmo, com aquela fome de prazer inicial. Um belo aperitivo para o banquete que ainda está por vir.

Eu estou na sua porta, e recebo as chamas quentes que saem de seus olhos, mas você não desvia a atenção da sua boceta. Seu sorriso queima minhas entranhas enquanto seus dedos circulam pela seda e pelo cetim e pelas rendas enquanto você mexe sua linda bunda em uma excitação sem fôlego.

Eu imploro para que você deixe eu me aproximar, mas quando está no comando é inútil insistir, você me proíbe. Fico parado na porta, com cada centímetro de meu corpo escravizado enquanto meu pau sofre e pulsa. Você fecha os olhos, trancando o seu prazer somente para seu mundo pessoal, e então você esfrega-se mais e mais rápido ainda, suspirando e gemendo.

A minha necessidade de você é insuportável. É como ter o meu pinto trancafiado em sua jaula de ferro, lutando contra o tormento do aperto dos jeans, forçando tanto o zíper que meus olhos começam a lacrimejar. Ou são apenas lágrimas de alegria diante da sua beleza crua, da sua infinita e suprema sensualidade?

Enquanto você chega ao êxtase, não posso aguentar mais. Esse espetáculo de ver você está me dominando. Corro para o seu lado, me jogo na cama ao lado de suas formas, absorvendo cada detalhe de como você se move, o brilho da sua pele sedosa e a expressão adorável no seu rosto de puro êxtase.

Eu vejo tudo. Eu vejo o seu prazer. Eu vejo tudo o que eu quero e tudo de que eu preciso.

E eu agora preciso cuidar de mim mesmo... Liberar a tensão do meu pau de forma honorável, como deve ser. Ainda em minha mente, consigo ver seu corpo se retorcendo de forma fabulosa.

Todo seu, Nêmeses.

Meu Deus, taí uma coisa intensa. Abri uma garrafa de vinho há pouco – com propósitos unicamente medicinais – e de repente me dou conta de que já bebi metade dela, refletindo sobre essa carta e a contrariedade do Professor Gostoso na hora do almoço.

Homens! Eles são todos pervertidos ou controladores, ou então nem fazem ideia do que querem. Ou, de fato, eles não sabem o que querem. Daniel Brewster parece ser uma mistura dos três tipos acima, mas pelo menos o Nêmeses demonstra ter alguma ideia do que *ele* quer, e sabe como pedir! O cara está obcecado, obviamente, e eu ainda tenho a impressão irracional de que ele não é somente um sujeito babão-tarado-resfolegante.

Para agravar a minha transgressão com o vinho, mergulho de cabeça num pacote gigante de batatas fritas para me confortar. Que se dane a dieta. Foi um dia estranho, muito estranho.

Meu quarto é meu santuário e felizmente está livre das cafonice dos lençóis de cetim. Eu me sinto cansada e ao mesmo tempo energizada. Minha TV está com o volume baixo e meu kit de autoindulgência está ao meu lado. Com vinho e batatas fritas, a festa está feita para mim. Um leve cobertor de veludo marrom sobre meus ombros, meu corpo recém-banhado, meu pijama solto de algodão, sim, tudo isso me leva ao sentimento de acolhimento e conforto.

Teria muito mais sentido criativo para a minha autoindulgência se houvesse debaixo do meu edredom um homem, claro. Mas Nêmeses só está disponível para mim através das suas perversas notinhas literárias; e as probabilidades de conseguir que Daniel Brewster venha até aqui diminuiu consideravelmente desde que eu me comportei como uma completa imbecil no jardim, na hora do almoço, isso sem mencionar ter trombado com ele e praticamente enfiado meus peitos na sua cara.

Eu acho que ainda podemos ser amigos, porém somente no sentido estritamente profissional, sem brincadeirinhas.

Aquele beijo foi tão maravilhoso que *tinha* que ter dado em algo mais. Se simplesmente eu não tivesse agarrado a sua virilha, mas não pude evitar. Em minha defesa, ele parecia estar emitindo sinais de que queria que eu fizesse isso. Enfiando a língua daquela maneira em minha boca, aquilo era um sinal verde em qualquer idioma.

Que droga de homem, é tão pervertido e manipulador, na sua maneira cheia de astúcia, quanto o Nêmeses. E onde estava aquele acadêmico tímido, falando nisso? Droga, o homem tem aparecido toda hora na televisão, ele deve ter mais do que sua cota de habilidades artísticas...

Seria *ele* o Nêmeses?

Se for ele, sua atuação é impressionante. Aquelas orelhas ficando vermelhas, duvido que alguém consiga fazer aquilo de propósito...

Mas novamente, talvez tudo de que ele precise seja imaginar uma foto minha com minhas curvas vestindo mínimos tecidos de seda vermelha supersexy?

Meu coração começa a bater forte dentro do meu peito e de repente me vem de novo aquela estranha sensação. O clique, como a mudança de realidade no jardim. É como uma fresta numa porta trancada, uma abertura para mostrar algo brilhante e irresistível além da porta. Um jogo. Um jogo selvagem. Um desafio de inteligência – e de sexo.

Aquilo poderia apenas ser uma invenção da minha imaginação, mas é algo que eu nunca senti antes, nem sequer pensei. Nunca passou pela minha cabeça. Tenho uma sensação irreal, praticamente surreal, como se de repente eu estivesse entrando em um filme de arte ou em um romance existencial.

Mas, conforme vou esvaziando o meu copo, quero que o irreal se torne real. Eu quero o fim das rotinas autoimpostas. Eu preciso expandir meus horizontes, tanto no campo intelectual como no plano da sensualidade.

As batatas fritas já acabaram. Mas eu tenho outra fome, estou com apetite de outra coisa. Com uma imagem estranha de Daniel Brewster e de uma figura difusa entrando e saindo de foco na minha tela mental, eu deslizo para a cama e sob os lençóis coloco minha mão na parte arredondada da minha barriga.

Agora eu tenho tempo. Neste momento, há possibilidade zero – infelizmente – de ser descoberta. Agora eu posso me tocar e fazer todas as coisas que não poderia na biblioteca ou no jardim. Se for verdade ou não, não sei, mas a minha mente funde Daniel e Nêmeses em um totem de fantasia masculina deslumbrante.

Estamos de volta novamente no banco e, sem dizer uma só palavra, ele chega até mim, levando a mão com a qual eu estava me tocando para junto das suas. Com os olhos dissimulando por detrás dos seus óculos, como se fosse pecado, ele levanta as pontas dos meus dedos para os seus lábios e depois de beijá-los, um a um, sua língua mergulha para vasculhar os últimos remanescentes do meu néctar. Sua boca ansiosa se curva em um arco enquanto leva minha mão para a protuberância impressionante que irrompe na suave linha da sua calça jeans.

Nada de se encolher desta vez, como se fosse uma madre superiora indignada. Gentilmente, mas com autoridade, ele dobra a ponta dos dedos em torno do cume, agora quente, bem-definido e em seguida se inclina para trás contra o banco e fecha os olhos. Seu rosto demonstra frescor, inteligência, com traços de virilidade e ele decide relaxar. Ele se parece com um anjo caído que aceitou o beijo do pecado.

Eu o aperto suavemente e ele libera um suspiro longo e irregular. Eu o aperto de novo e seus quadris poderosos começam a se mover para cima, convidando-me para que eu dê mais atenção ao seu pênis. Espontaneamente, alcanço a fivela do seu cinto, em seguida ataco o botão da sua calça jeans. Em questão de segundos, estou puxando para baixo o zíper com todo o cuidado para não enganchar em nada. Meu cuidado foi providencial, porque debaixo da calça ele está nu e descontrolado.

Seu pênis soberbo salta à vista e primeiro a minha boca fica seca, mas depois começo a salivar com fome sexual. Assim como faz a sua glande.

Forma-se uma pequena gota perolada na ponta do seu pênis, o doce líquido pré-gozo me recepciona e me incentiva. Ainda sem ousar prová-lo, coloco a mão sobre ele. A carne está sólida e dura, como madeira polida, a pele superfina está esticada por sua excitação extrema. Este magnifico órgão é de uma beleza crua, física, a própria expressão da masculinidade primordial, a própria essência do homem.

É difícil olhar para longe daquela visão, mas quando eu o faço, vejo o homem com a cabeça inclinada para trás a fim de expor a sua linha da garganta. Ele está engolindo em seco conforme movo meu polegar lentamente em círculos, e suas mãos, enfiadas atrás dele no banco, acabam se fechando em punhos.

Seu corpo é um presente. Um brinquedo sexual vivo, um objeto de adoração. Eu caio de joelhos sobre o cascalho, que na minha fantasia não possui poder nenhum de me causar dor. Eu me ajoelho suplicante entre suas pernas estendidas e me volto para a minha tarefa ansiosa, usando as duas mãos, com intenção de agradar.

O cenário parece mudar e começa a se transformar, e de repente eu estou em um lugar mais escuro, um quarto opulento, com um perfume de cera de couro e lavanda, iluminado por velas e com o brilho cintilante de uma lareira.

Uau, de onde veio isso? Deve ter surgido na minha cabeça totalmente influenciável, materializando-se a partir de imagens que vi em certos livros que são mantidos nas prateleiras restritas na parte de baixo dos arquivos da biblioteca. Volumes pornográficos que estão disfarçados como obras de fotografia de arte e que muitas vezes são explorados pelas impertinentes garotas da biblioteca quando estamos fazendo a catalogação por lá. O público geral nunca terá a chance de olhar para eles.

Estou ajoelhada ainda, mas agora nua – e amarrada com as mãos por trás das costas, fazendo ser impossível tocar o homem que estou adorando. O calor das lambidas sobe como fogo pelo meu corpo, como uma língua gigante me acariciando. Em vez de olhar para cima, agora estou olhando para o tapete com cabeça baixa por respeito a meu mestre.

Meu mestre? Meu senhor? O que é isso, agora sou uma escrava sexual? Isso nunca aconteceu comigo antes. Se alguém me perguntasse, eu falaria que é uma distorção da minha psique.

— Pode se aproximar.

Sua voz é estranha, com eco, como se estivesse sendo filtrada. É Daniel? Ou é desse jeito que eu imagino que a voz de Nêmeses pode soar? Ele pode ser ambos, ele pode ser uma sobreposição, ou nenhum deles. Do lado de fora do meu mundo de fantasia, e por um momento, eu escrevo uma nota mental para comprar mais deste vinho que ando bebendo. O material é de primeira. Faz aparecer o mais selvagem dos sonhos.

— De joelhos.

Baseando-me nos conhecimentos que adquiri com o tempo ao vasculhar as prateleiras proibidas, sei que é importante me mostrar graciosa. Mas isso é uma decisão difícil quando se está sendo arrastada por cima do tapete, tremendo como uma penitente nas garras do êxtase religioso.

Ele está vestindo roupa de couro. Um homem – é Nêmeses? Daniel? Ou é algo da minha imaginação? Está sentado em algo como se fosse um grande trono, só que em uma poltrona, suas longas pernas estão separadas, como as de Daniel alguns instantes atrás, mas agora vestido com uma brilhante calça de couro negro, enfiada em altas botas bem engraxadas.

No mundo da minha mente, estou rastejando nua no chão. No meu mundo real, estou mexendo a minha mão freneticamente por baixo do meu pijama, com o edredom e o saco de batatas fritas no chão. Eu não posso acreditar no quanto estou molhada, mas de repente, observando esta manifestação real e tangível de prazer, a excitação se desconecta de alguma forma e desvanece o fogo aceso no meu quarto e gemo frustrada, enquanto o orgasmo que eu estava quase atingindo se afasta para um ponto fora do meu alcance.

Foda-se! Eu começo a rosnar e rapidamente rolo pela cama como um peixe em direção à gaveta do meu criado-mudo, procurando pelo último item do meu kit de autoindulgência. Ah sim, meu vibrador fiel, sim, você está aqui! Alegre e divertido, barato e eficaz. Então eu puxo para baixo meu pijama e deslizo o vibrador de plástico para a zona vermelha, movendo-o rapidamente, e meu orgasmo errante chega como uma borboleta.

As imagens veem dançando uma a uma, depois retornam em mim e então eu suspiro.

E ao mesmo tempo que levanto a cabeça do tapete de meu sonho, vejo o rosto de Daniel olhando solenemente para baixo para mim, meu clímax chega à ponta de meu clitóris como um beijo de ouro ardente.

~

Estar de volta hoje à biblioteca será meio embaraçoso. Grande momento. A perspectiva de enfrentar o Professor Gostoso McLindo depois daquele beijo – e a concomitante apalpação – me faz corar dez vezes mais, e eu ainda nem pousei meus olhos nele...

E não é só isso... Mesmo que o beijo não faça minhas bochechas e minhas orelhas queimarem em fogo lento, como serei capaz de olhar para a pessoa e não lembrar que eu fantasiei com ele para chegar ao clímax ontem à noite? Isso sem mencionar que dei a ele, e a mim, um fetiche de roupa de couro.

Parece importante trabalhar e enfrentar os meus medos e potenciais embaraços sem agir com covardia, embora a situação possa exigir isso. Também é necessário parecer gostosa. Ou o mais gostosa possível quando se é uma garota gordinha na casa dos 30 e que trabalha em uma biblioteca pública.

Cortejando o Diabo, também conhecido como Nêmeses, eu pego uma blusa branca bem fresca e decotada, que faz com que realmente meu peito seja merecedor de muitos olhares especiais. Para combinar com ela, visto uma saia um pouco mais justa do que o usual, na altura dos joelhos, com um toque dos anos 1950, e, mesmo que não se possa usar salto alto na biblioteca, eu escolho um par preto com a mesma elegância clássica de Audrey Hepburn.

E meias. Sim, meias finas. Eu não sei para quem foram feitas. Sim, talvez para mim. Será que para minha autoestima? Ou para Nêmeses, que agora mesmo pode estar esperando que eu venha virar a esquina, e vai provavelmente ficar louco, assim que notar as meias através do tecido de minha saia?

Ou ainda para Daniel, que poderia muito bem fingir estar se encolhendo de vergonha ao notar a mesma coisa e usar isso como desculpa para se esconder no porão da biblioteca o dia inteiro e ficar longe da patética bibliotecária fatal que teve a audácia de agarrar seu equipamento?

O último parece o mais provável. Nosso amado professor de estimação tem um canto improvisado bem escondido nos arquivos, e só vem de vez em quando para cima procurar por itens na área de empréstimos em geral e nas coleções que estão disponíveis para o público, e não vimos nem sinal dele hoje, ao menos até agora, e já é o meio da tarde. Depois do fiasco de ontem, ou ele nem vai dar as caras hoje, ou vai passar o dia todo escondido na segurança do porão.

Bem, dane-se, covarde! Eu tenho mais o que fazer.

Decido abrir a caixa de sugestões de novo. Não havia nada ali naquela manhã. Bem, nada do tipo que eu estava esperando.

Esvaziar a caixa de sugestões envolve dar uma passada em frente ao balcão de informações e se agachar ligeiramente para destrancar a porta de um dos painéis de madeira. Tudo isso é um pouco antiquado tendo em vista o avanço da tecnologia, sistemas de empréstimo computadorizados e multimídia isso e aquilo, mas nós temos um monte de usuários mais velhos que preferem as formas mais tradicionais e à moda antiga. E sendo uma garota à moda antiga em muitas das vezes eu consigo entender como eles se sentem.

De qualquer forma, abaixando do modo mais gracioso que eu consegui, me sinto como se houvessem holofotes de dez mil watts me iluminando. E esses milhares de olhos gulosos, não apenas os de Nêmeses, estão me seguindo avidamente, respirando a cada respiração minha, a cada toque que dou. Eu posso até ouvir os grunhidos lascivos coletivos de aprovação de minha saia apertada que delineia muito bem minhas curvas traseiras, bem arredondadas.

O suor irrompe entre os meus seios ao alcançar a cesta de arame. Eu estou usando um dos meus melhores conjuntos de sutiã com calcinha. Nada de cetim carmesim, infelizmente, apenas de renda branca com delicados bordados sobre os bojos do sutiã e acentuando a calcinha numa espécie de aviso que diz “Aqui estão! Pegue aqui!”. Por que diabos eu me esforcei tanto hoje eu não sei bem. Bem, não conscientemente. Meu subconsciente deve estar trabalhando exatamente agora numa maneira de deixar um vislumbre dessa quase maravilhosa lingerie para Daniel Brewster – ou mesmo para Nêmeses, no caso de eu conseguir descobrir quem é ele.

Mas o conteúdo da cesta me desaponta. Nada de envelope azul. Será que já acabou, tão cedo assim? Toda aquela conversa sobre os pervertidos que perdem o interesse se você não responde a eles *é* verdade.

Oh, merda! Eu realmente quero isso, não é?

Depois de trancar a caixa novamente e recuar para trás da mesa, olho cegamente para pedidos de arrumar mais espaço nas prateleiras para os livros e reclamações do tipo “por que nós temos que suportar tanto lixo audiovisual nos dias de hoje em vez de ter literatura de verdade?”. Reclamações sobre a longa lista de espera para os principais autores de romances. Que tal bolar mais eventos para o Clube do Livro Infantil? As coisas de sempre...

Mas é como uma língua estrangeira e a que eu quero ler é aquela escrita impecavelmente sobre o papel azul-calcinha. Sinto vontade de estraçalhar tudo o que é legítimo, inquestionável, mas irremediavelmente chato nas comunicações da biblioteca e arremessar as bolas de papel amassado nos pesquisadores não pervertidos que vagam pelas prateleiras.

Eu quero emoção, excitação, algo enorme e deslumbrante, uma pitada saborosa da obscuridade compulsiva com a qual eu fantasiei na noite passada. Nêmeses ainda não me mostrou especificamente esse lado, mas todos os meus instintos gritam que em breve ele vai apresentá-lo. Ou ele poderia já ter feito, se eu tivesse a coragem de responder a ele. Seu endereço de e-mail estava no fim de cada bilhete, me convidando. Mas eu me sentia muito covarde para isso. E agora pode ser tarde demais.

Rasgo todas as sugestões em pequenos, minúsculos pedaços, e em seguida os jogo fora, mas isso realmente não devia ser feito porque nós temos que ler todas elas e levantar as sugestões nas reuniões de desenvolvimento da biblioteca. Será que alguém poderá descobrir o meu crime? Decido então disfarçar e levar os pedacinhos para os sacos de reciclagem de papel, no porão. E decido ainda pelo menos levar algumas das sugestões na próxima reunião, como uma forma de amenizar a culpa. Eu anoto tudo o que puder lembrar, mas durante todo o tempo há um *tick, tick, tick* de uma compulsão se juntando.

Os sacos de papel picado ficam no porão, no mesmo lugar onde estão os arquivos. O arquivo é a estação de trabalho de Daniel Brewster. Se eu não posso estar com Nêmeses, pelo menos posso tentar algo com o Professor McLindo. Tudo o que ele pode fazer é me rejeitar de novo, mas então pelo menos terei certeza de que tentar seduzir esse cara é um beco sem saída.

Como sou uma das assessoras dos leitores, tenho carta branca para sair de minha mesa e ir até as pilhas de livros em busca de pedidos de usuários. Então, saio de meu posto de trabalho e ando de forma inteligente para a porta com um "Não Entre" que leva até as escadas.

Os arquivos da biblioteca Borough e a área que guarda pilhas de livros é um lugar estranho, e muito dali não guarda nenhuma semelhança com a parte de cima, um edifício muito mais moderno. Aqui eram porões e adegas pertencentes a antigas casas que foram sendo demolidas a fim de abrir caminho para ampliar o complexo da biblioteca. A iluminação é estranha, antiga e meio amarelada, e há uma atmosfera meio clube de cavalheiros e meio abrigo nuclear abandonado. A maioria do pessoal que trabalha aqui não curte este lugar e faz de tudo para evitá-lo. Mas confesso que tenho um certo afeto por este canto, levando em conta os acontecimentos recentes.

Ou melhor, era um lugar que eu gostava, até o dia que toquei no pênis do Daniel Brewster, movida por um capricho.

Há antigos carpetes no chão, por isso meus passos são amortecidos até quase o silêncio total. Eu descarrego minha aparente razão para vir até aqui, despejando o papel picado e devolvendo um par de volumes que peguei como pretexto. E então paro, tentando criar uma alegre e leve saudação, deixando de lado o que aconteceu ontem de forma que isso possa nos ajudar a superar o constrangimento e nos leve de volta a um caminho mais promissor para... bem, para alguma coisa.

A mesa de trabalho de Daniel está vazia. Mas sei que ele está aqui e que claramente vai voltar. Seu casaco está pendurado em um gancho na extremidade de uma das estantes. Preciosos textos sobre a Guerra das Rosas estão abertos sobre a ampla mesa de madeira. Alguém poderia pensar que um historiador como ele seria mais respeitoso com relação a volumes tão raros, mas talvez ele tenha outras coisas ocupando a sua mente, certo?

Há também um monte de papéis, folhas manuscritas, tudo muito disperso e também dois jornais, cada um deles aberto nas páginas de palavras cruzadas e de sudoku. Seu moderno laptop está com a tela brilhando naquilo que suspeitamente parece ser um jogo de batalha naval, em vez de um tratado erudito. Curiosamente, não há apenas uma, mas duas grandes lentes de aumento colocadas em cima de uma pilha de páginas impressas no computador, assim como duas canetas esferográficas e outros tantos lápis, além de uma linda caneta-tinteiro alinhada ao lado de um bloco de notas.

Uma caneta-tinteiro?

A área está inundada com luz abundante que abrange todo o resto do arquivo. Aparentemente a antiga prática de criar rabiscos e forçar a visão sob a luz bruxuleante de velas não é para este estudioso. Diversas poderosas lâmpadas derramam sua luz clara azulada como luzes diurnas. O Professor Gostoso prefere as coisas claras e fáceis de ver.

E eu também. Mas onde diabos ele está? Provavelmente como um animal fuçando tudo nos arquivos. Então decido correr o risco de me aproximar mais e dar uma espiada melhor em suas coisas.

E checar a caligrafia das anotações.

Eu não sei muito bem o que estava esperando, mas sua escrita não tem nem de longe a mesma elegância de Nêmeses. É vigorosa, firme, expressando uma inteligência extremamente confiante do seu autor. E a cor da tinta da caneta-tinteiro é preta e não azul.

O arquivo está praticamente em silêncio, exceto pelos ruídos ocasionais do disco rígido de seu laptop e do constante cantarolar dos aparelhos eletrônicos. O ar está pesado com o fardo do conhecimento e da poeira. Mas, de repente, eu detecto outra coisa. Um zumbido diferente. É quase como o som do meu vibrador e instantaneamente minha mente apresenta a mais estranha das imagens. Teria o Professor Gostoso McLindo um vício secreto ao qual ele se entrega aqui nas entranhas do mundo do conhecimento? Ou talvez eu não seja a única que tem uma vida clandestinamente pervertida aqui na biblioteca?

De qualquer forma, eu preciso saber o que está acontecendo. É temerário fuçar, e ainda há o potencial de um constrangimento impressionante, tanto para mim quanto para a pessoa que for responsável por esse zumbido. Mas, caminhando na ponta dos pés, sigo em direção à fonte do ruído. Ele está vindo do banheiro individual e minúsculo. Esse lavatório costumava ser usado pelos funcionários, mas agora nós temos instalações mais novas e mais bonitas no andar de cima. Mas ele está bem à mão quando você fica tempo demais vasculhando pelas prateleiras.

Avanço mais alguns centímetros até poder ver do canto. A julgar pelo som, quem está lá dentro deixou a porta aberta. E então eu tenho que enfiar meus dedos na boca para deter um gritinho como um rato assustado. Daniel Brewster está de pé em frente ao espelho manchado de ferrugem, passando um barbeador elétrico para frente e para trás de sua mandíbula. Ele está debruçado sobre a pia, a poucos centímetros do vidro, olhando fixamente para seu reflexo e franzindo a testa. Não há nada de incomum nessa cena, exceto pelo local, e pelo fato de que ele está de pé e sem roupa.

Meu Deus do céu, ele é lindo!

Sem saber que está sendo analisado por mim, ele está relaxado, seus membros elegantes, soltos, quase clássicos. Sua forma é muscular e compacta, não tem uma polegada sobrando nele, e há um emaranhado adorável de cabelo escuro adornando seu peito.

Meus olhos deslizam de um para outro dos encantos de seu corpo, evitando cuidadosamente o lugar que eles realmente querem olhar. Mas, eventualmente, é claro, eu sucumbo à tentação. E seu pênis é tão bonito quanto o resto dele. Pendurado de forma suave e relaxada, ainda é impressionante e oscila carnudo contra sua coxa enquanto ele recua e coloca o barbeador fora de vista.

Tenho que me achatar contra a parede rebocada para não avançar e, quem sabe, revelar a minha presença. Eu me sinto como o Nêmeses, observando o objeto de minhas fantasias e desejando que essa visão imaginária não se evapore. Mas a realidade da nudez de Daniel Brewster excede em muito qualquer um dos sonhos diurnos e noturnos com os quais venho me entretendo desde que ele chegou aqui. Meu coração bate mais alto, e tenho medo de que, mesmo que eu não mova um músculo sequer ou que pare de respirar, ele ainda detecte o enorme clamor dentro de meu peito.

Com um pequeno suspiro, ele corre a água na pia e, em seguida, dá a si mesmo aquilo que minha mãe definiria como "banho de gato". Ele esfrega uma flanela com sabão nos braços e ombros e tronco, em seguida enxágua o pano e enxuga todos os vestígios de espuma.

Então ele passa sabonete novamente sobre o pano e aplica-o aos seus órgãos genitais. No começo, ele está apenas limpando. Mas depois de alguns momentos, e de forma inevitável, suponho, tudo muda. Por conta da passagem do pano, seu pênis começa a se alongar e engrossar, levantando-se. Com um grunhido, joga a toalha na água e leva adequadamente a mão a ele. Sua mandíbula suave e recém-barbeada fica tensa enquanto ele manipula seu pênis com os dedos, indo e voltando em longos movimentos, trabalhando a pele que rapidamente cora sobre o núcleo duro cheio de sangue que continua a inchar.

Totalmente ereto, ele é surpreendente, magnificamente cumprindo a promessa que eu pressenti ontem, quando toquei nele por cima de seu jeans.

Ele respira fundo, irregularmente, com o peito arfando muito enquanto se joga em seu prazer. Com a mão livre apoiando-se na pia, ele se lança para frente, pressionando a testa contra o espelho. Posso ver seus lábios se movendo, mas não consigo ouvir o que ele está dizendo por causa do martelar do meu coração.

Seu corpo é como um motor perfeito e ele o está bombeando, carregando-o de energia. Eu envio uma prece silenciosa de agradecimento quando ele ajusta sua posição, ampliando sua posição de estabilidade, e apresenta-me com uma visão ainda melhor de sua ereção e de sua mão sobre ela. Para cima e para baixo, para cima e para baixo, ele é impiedoso com a sua própria carne. Ele esfrega a testa contra o espelho ao mesmo tempo que suas coxas fortes se flexionam para ajudar o movimento de sua masturbação.

Gostaria de saber por quanto tempo ele consegue continuar com isso. Eu certamente não aguento muito mais. Não sem erguer a minha saia e empurrar minha mão para dentro da calcinha a fim de compartilhar seu ritual ofegante, esfregando o meu clitóris. Meu sexo estava largo e molhado, como se acolhesse aquele maravilhoso órgão masculino a poucos metros de distância. Eu agarro a minha virilha, apertando-a bem através de minha saia, e justamente quando estou quase alcançando a calcinha, Daniel solta um gemido entrecortado... E goza.

O sêmen jorra dele, espirrando da ponta em pequenos e intensos jatos que se espalham pelo pedestal de porcelana da pia e deslizam como pérolas líquidas. Ele parece não acabar mais, como se estivesse abstinente durante semanas, até meses, e só agora foi forçado a buscar a libertação. Seu rosto parece agoniado, embora celestial, e sua voz está desesperada enquanto esbraveja e grunhe, de forma incoerente e sem palavras.

Eu não sei o que pensar ou como reagir. Mal posso pensar. Estou estupefata, assombrada, chocada. Esta é a coisa mais erótica que já vi, tão perfeita e íntima que é deslumbrante.

É muito, demais da conta. Minha cabeça está girando, eu me afasto o mais rápido que posso sem fazer qualquer barulho. Mas quando chego à outra esquina do salão, meu sapato arranha o chão e o som parece enorme, retumbando através do porão inteiro, mesmo que ele seja tão pequeno. Eu me viro e me lanço escada acima, de volta para o mundo da normalidade, mas não antes que uma imagem fique impressa momentaneamente em meus olhos: a cabeça de Daniel saindo do banheiro, virando-se e procurando de onde vinha o som.

Será que ele me viu? Eu me lanço sobre as escadas, esquecendo a questão do barulho. Preciso sair dali para a biblioteca o mais rápido que eu puder. Explodi para fora da porta do arquivo e quase me choco contra Tracey, que leva uma braçada enorme de livros de ficção.

— Você está bem?

Os olhos dela estão arregalados enquanto fico ali parada de pé, ofegante. Não estou sem ar por causa da minha corrida, mas por causa do impacto daquilo que acabei de ver.

— Ah, sim... Quer dizer, não, um pouco de claustrofobia, eu acho... – balbucio, e ela franze a testa de preocupação. – Normalmente fico muito bem lá embaixo, mas hoje está mais quente do que os outros dias, não sei como...

Abano meu rosto, e não apenas para dar melhor efeito às palavras. Devo estar rosa brilhante, e convencida de que minhas orelhas ficaram muito mais vermelhas do que as de Daniel jamais estiveram. A imagem de seu pinto, também rosado, me faz balançar em meus pés.

— Olha, por que você não tira uns cinco minutos e descansa na sala dos funcionários? – Tracey muda seus livros para o outro braço e dá um tapinha no meu. – Deixa que eu fico de olho na sua mesa. Ninguém vai se importar.

Ela é uma alma caridosa, e tiro vantagem de sua oferta. Mas não é para a sala dos funcionários que me dirijo. Corro para o banheiro feminino e me tranco na cabine mais próxima, aquela para os deficientes. Quando me deixo cair sobre a tampa abaixada do vaso, percebo que ainda estou respirando pesadamente.

Será que ele me viu? E se viu, eu devo me importar, exatamente neste instante? Tudo o que quero agora é me recompor, liberar a tensão, sentir o orgasmo do mesmo jeito que ele. Levanto minha saia e enfio a mão dentro de minha calcinha. Não há sutilezas. Nada daquelas lentas preliminares. Isso é desespero. Será que o Nêmeses bateu uma punheta com tanta urgência enquanto me observava na biblioteca?

Não demora muito. Esfrego de forma grosseira, sem cuidado, deslizando os dedos em torno de uma grande poça de líquido sedoso, desfilando imagens cruéis pela minha mente ao mesmo tempo. A mão de Daniel em seu pênis. Seu perfil de parar o coração quando ele faz uma careta. Sêmen, jorrando, jorrando, jorrando.

Viro minha cabeça para um lado, o meu próprio pescoço arqueando para trás quando chego lá, sentindo as palpitações pesadas e dolorosas.

Depois, fico me sentindo como um pano de prato torcido e leva muito tempo para que possa me recompor. E para me limpar também. Eu enxugo sem muita eficiência a minha virilha com papel higiênico, tentando me livrar do cheiro revelador de minha excitação. Mas isso só me faz voltar a ter tesão mais uma vez, e subo para outro orgasmo rápido, culpado e longe de ser completamente satisfatório, mordendo os lábios e desejando de repente nunca ter ido lá embaixo, para começo de conversa.

Passa um bom tempo antes de eu voltar para os empréstimos, e Tracey logo chega para saber se estou melhor.

— Estou bem agora – minto. – Só precisava de um copo de água e de um respiro. Fiquei muito sufocada lá embaixo, naquele buraco.

— Eu pensava que você gostasse de lá – Tracey me lança um sorriso malicioso. – Achei que gostasse da vista...

Todo mundo sabe que eu gosto do Professor Gostoso, mas isso também acontece com a maioria da equipe do sexo feminino. E até mesmo um dos rapazes da equipe masculina...

— Gosto mesmo, mas ele não estava por lá – mais uma mentira descarada. – Quem sabe não foi a decepção que me fez voltar de lá me sentindo tão estranha?

Conversamos por um momento mais, então eu vejo um senhor idoso com um ar meio de incerteza se aproximando do balcão. O dever chama. O que se segue é um daqueles equívocos clássicos das bibliotecas. Em uma voz bastante hesitante, ele pergunta se pode ser conduzido para a seção onde tenham livros sobre a "embarcação", ou pelo menos, foi isso que parecia. Mas quando o levei para a nossa seção de barcos e navios, muito bem-abastecida por sinal, e encontrei um livro sobre navios antigos que falava desde os egípcios até os galeões, de Henry B. Culver, o senhor aposentado me olha sem entender, piscando em confusão. Eu não tenho certeza do que está acontecendo tampouco, até que, depois de mais algum interrogatório, verifica-se que ele está realmente buscando informações sobre a "reencarnação". As prateleiras sobre misticismo e espiritualidade oferecem exatamente o que ele quer e os agradecimentos efusivos e bastante doces do velho cavalheiro são de fato tocantes. Tudo isso foi realmente uma boa distração para mim, e sinto o brilho simples da satisfação profissional quando voltamos para a mesa com um punhado de livros para registrar o empréstimo. Eu lhe digo que temos um sistema de pedidos na biblioteca caso ele não encontre exatamente o que procura nesse pacote que está levando.

Mas o brilho da bibliotecária feliz instantaneamente se dissipa, para ser substituído por todos os tipos de outros brilhos latentes, quando vejo Daniel Brewster esperando lá de pé, bem na frente da caixa de sugestões.

Mesmo que a imagem dele nu e se masturbando agora esteja provavelmente gravada para sempre dentro do meu cérebro, a visão de Daniel vestido ainda é um belo espetáculo. Especialmente agora, quando ele parece estar vestido para algum tipo de evento de gala. Sumiram o *tweed* e o jeans, substituídos por um muito elegante terno azul-escuro e uma camisa combinando tom sobre tom com a gravata. Seu cabelo preto meio selvagem está domesticado, e ele está segurando uma pasta e tem uma capa escura dobrada sobre um braço. O que faz sentido. Ele estava obviamente se lavando e se arrumando lá embaixo, em preparação para ir a algum lugar direto da biblioteca, apesar de seu surto de masturbação.

Ele parece estar à espera de alguém e, quando vira para meu lado e seus olhos escuros se aquecem, parece ser eu. Meu rosto entra em chamas. Ele me viu! Ele sabia que eu estava assistindo! E, no entanto, o rosto dele continua composto, aberto e confiante. Não há nada em sua expressão que possa sugerir que ele sabia que estava sendo observado. Ele parece perfeitamente imperturbável por qualquer coisa que possa ter acontecido hoje. Ou mesmo ontem.

— Olá, Gwendolynne. Você está muito bonita hoje. Eu gosto do seu cabelo assim.

Elogios? Sutilezas sociais? O que está acontecendo? Mesmo se ele não me viu olhando para ele, aquele interlúdio ridículo de ontem deveria fazer este encontro aparentemente casual pelo menos um pouco estranho.

— Obrigada... Eu pensei em... Achei que seria bom mudar um pouco. – Eu tinha quase me esquecido de que decidira pentear meu cabelo de uma forma diferente hoje de manhã, outro plano patético de exercer algum efeito seja em Nêmeses, seja em Daniel. Ele ainda está preso para trás, mas um pouco mais baixo, virando para um lado e mais solto. E eu deixei algumas mechas ao redor do rosto. Queria tentar alguma coisa mais sensual para contrastar com o conjunto saia e blusa social.

Começo a ficar corada por uma razão bastante inocente, pelo simples prazer feminino de ser educadamente admirada. Mas o momento está passando, e eu percebo que tenho que dizer alguma coisa.

— E você está muito elegante hoje, Professor Brewster. Você vai a algum lugar?

Seu sorriso repentino é uma pintura, e curiosamente é quase tão emocionante em sua própria maneira como seu corpo nu foi lá embaixo. Ele toca o cabelo compulsivamente como se não estivesse acostumado a ser elogiado. Mesmo quando está na televisão, o professor parece se vestir de modo bem casual.

— É que vou discursar em um jantar. Eu só estou esperando meu táxi.

Ele olha para baixo, para os pés calçando sapatos bem-engraxados, depois olha para cima de novo, me fazendo perceber que alguma coisa está diferente. Ele não está usando óculos hoje.

— O que aconteceu com seus óculos? Você não precisa deles quando não está trabalhando?

Uma expressão estranha, quase de raiva, aparece e contorce seu rosto por alguns momentos, e a boca se curva. O que foi que eu disse?

— Eu preciso deles o tempo todo, mais ou menos, certamente – a voz está estranha, plana. – Mas hoje estou usando minhas lentes de contato. Melhor para a velha imagem, sabe?

O friso em seus lábios suaviza e ele me dá um sorriso, como se estivesse envergonhado por causa de sua própria vaidade.

Que diabos diria ele, então, se soubesse que eu o tinha visto nu? Estou convencida agora de que ele realmente não sabe que foi observado. Seu sorriso se amplia, ele dá de ombros.

— Olha, eu sinto muito sobre ontem na hora do almoço. Fui muito abrupto e embaraçoso demais. Não deveria ter "dado o fora" em você. – Sua voz cai para um sussurro e torna-se bastante emocionante. Todos os nervos que acabaram de ser ajustados depois de minha sessão no vestiário começam a tremer de novo. – Aquele foi um beijo delicioso. Eu realmente gostei muito.

Um brilho por trás de suas lentes invisíveis, o brilho de seus olhos.

— Eu também... – isso é tudo que consigo dizer.

Seu olhar é tão intenso que eu quase me sinto fraca, e em suas profundezas estranhas mensagens flutuam e vagam. Será que ele é Nêmeses? Eu me vejo imaginando outra vez, e sinto uma vibração de medo no meu peito, de que ele poderia ser alguém tão esperto, tão desonesto, e tão bom ator...

Ele olha para o relógio:

— O táxi vai chegar daqui um minuto, e só vou voltar bem tarde. Mas quem sabe a gente pudesse tomar um café ou algo assim amanhã? Ou beber alguma coisa? Ou almoçar?

Como é? O Professor Gostoso McLindo me chamando para sair?

— Legal, isso seria ótimo. – Não se mostre tão entusiasmada, Gwen!

— E, antes que me esqueça, eu realmente quis dizer tudo aquilo quando falei daquelas cartas. Você precisa ser cuidadosa. Se mais alguma chegar e você ficar preocupada, pode me telefonar, tudo bem? – Ele saca um austero cartão de visitas branco com seus telefones impressos.

— Obrigada, mas essas cartas não me preocupam. De verdade. Acho até que são bastante inofensivas.

— Você tem certeza? Eu não quero que você faça nenhuma besteira. – Sua voz fica mais baixa, e ele parece prestes a dizer mais alguma coisa quando se ouve a buzina de um carro vindo da frente da biblioteca. – O meu táxi chegou. Hora de ir embora. Vejo você amanhã.

Ele estende a mão, toca o meu braço, e até mesmo através da minha blusa seus dedos parecem feitos de chamas:

— E lembre-se, tome cuidado. Geralmente os mais quietos e aparentemente inofensivos que são os mais perigosos.

Ele se vira e vai embora, mas, antes de chegar à porta principal do saguão, olha para trás.

Ele acabou de piscar para mim? Certamente não... Eu devo estar imaginando coisas.

4
Contato

Isso foi uma piscada ou não foi? E, caso tenha sido, o que isso quer dizer? Que ele estava reconhecendo que tinha se mostrado um pouco arrogante? Que ele sabia que eu o tinha visto lá embaixo, nu e se masturbando? Que ele, na verdade, é o Nêmeses e que está plenamente consciente de que eu suspeito dele?

Bem, podiam ser todas essas coisas e ao mesmo tempo nenhuma. Podia ser apenas *eu mesma* que estava imaginando essas coisas. Esse parece ser o meu comportamento normal ultimamente. Mas eu realmente preciso saber mais sobre o Professor Daniel Brewster se estiver a fim de sair com ele, seja a sério ou apenas como amigos, com uma política unilateral de não-agarrar-entre-as-pernas.

Agora estou na cama outra vez, está tarde. E não consigo pegar no sono. Então, ligo de novo meu fiel laptop para dar uma pesquisada no Google. Surpreendentemente para alguém que tem aparecido na televisão, ele não tem um site pessoal. Há apenas uma página no site da universidade da qual ele está atualmente em licença sabática, e mesmo essa página é simplesmente um esqueleto de biografia, com informações básicas de contato e uma impressionante lista de suas qualificações e honrarias.

Porém, mais abaixo na primeira página dos resultados da busca, eu acerto em cheio: um site das fãs do Professor Gostoso! Sirvo mais um pouco de vinho em meu copo e começo a investigar mais profundamente.

Havia um tesouro de fotos, a maioria delas imagens fotografadas da tela de suas três séries de televisão. E quem quer que administre aquele site é um verdadeiro mágico dos softwares de captura, porque, em grande parte das cenas, ele se parece mais com um modelo do que com um professor. Aqui, a camisa está ligeiramente desabotoada, e dá para ter uma rápida visão daquele incrível peito cabeludo. Ali, as mangas estão arregaçadas, mostrando os braços musculosos. Aqui, ele está mesmo usando shorts, uau! E aqui, do jeito que mostra ele de pé, com um dos sapatos pousado sobre os blocos caídos de alguma ruína histórica, vemos sua elegante calça cáqui esticada na frente de seu pacote.

Entornando um enorme trago do meu vinho barato de supermercado, fico imaginando se estou me transformando em uma alcoólatra, bebendo assim duas noites seguidas. E me pergunto como aquelas meninas confusas que tinham montado esse site de fãs iriam reagir se tivessem visto o que eu vi nesta tarde? Elas provavelmente desmaiariam em êxtase no próprio local. Eu mesma não estava muito longe de reagir assim, e comecei a me virar nessa direção novamente agora, só de pensar nisso. Tento arrancar isso da minha mente e começo a clicar em outras das páginas desse site. Logo, estou me sentindo quase tão suja e voyeurística como me senti hoje de tarde. Mas onde essas meninas conseguiram desencavar tanta informação pessoal sobre ele? Será que ninguém mais pode ter segredos hoje em dia?

Mas que hipócrita que eu sou... Este é exatamente o tipo de fofocas que eu estava procurando. De acordo com a página "Namoros", Daniel não tem uma namorada no momento. Incapaz de parar de fuçar, fui verificar a "atualização dos namoros e ficadas" e vi que era de apenas algumas poucas semanas atrás. Eu não deveria estar suspirando de alívio, porque não acredito seriamente que possa haver nada entre nós... Mas estou.

Ele teve uma série bastante animada de relacionamentos. Uma porção de belas mulheres, daquele tipo que chama a atenção, sucumbiu aos seus encantos, a mais notável delas sendo Larena Palmer, uma socialite com quem ele morou durante vários anos e com quem todo mundo esperava que ele se casasse. Imagino o quanto ele ficou machucado quando ela o abandonou para ficar com o filho de um duque e se tornou parte da nobreza. Cadela horrorosa! Como ela pôde fazer isso?

Opa, estou sentindo pena desse homem? Penso no meu próprio casamento extinto. Fiquei muito feliz de me ver fora dele, de verdade, porque, uma vez que voltamos de nossa lua de mel, meu ex-marido desenvolveu o hábito irritante de acreditar que estava certo o tempo todo e começou a me dizer o que eu devia fazer. Mas ainda arde um pouquinho o fato de eu ter falhado em algo que já significou muito para mim. Franzindo a testa, sem saber direito se é por causa da minha própria história ou pela de Daniel, voltei-me para longe da tela e enchi meu copo de novo. Sem álcool amanhã, eu prometo.

O pano de fundo familiar se mostrou interessante também. Sua mãe era uma brilhante cientista, tão estelar em seu campo quanto o filho é no dele. Mas ela desistiu de tudo, deixando de lado a carreira para cuidar do pai quando ele ficou doente com uma doença crônica. No site há uma foto dela com Daniel e, apesar de ser uma imagem fofa, é também muito reveladora. O rosto dela tem um ar triste e perdido, embora ela esteja tentando sorrir, e sua expressão se reflete de alguma forma em seu filho, como se ele compreendesse o impacto amargo do sacrifício que a mãe fizera.

Ele tem problemas. Há coisas em sua vida que o marcaram. E pessoas assim fazem coisas estranhas, mas será que são tão estranhas a ponto de enviar em segredo cartas eróticas todas enfeitadas para mulheres que mal conhecem, e depois blefar fingindo não ter nada a ver com isso?

Voltei para o site da Universidade e cliquei no link do e-mail. Será que ele ainda checava essa conta? Em caso positivo, ele responderia se eu mandasse uma mensagem? Meu programa de correio eletrônico abre e imediatamente eu fecho a janela da nova mensagem. Não, eu não vou enviar um e-mail para ele. É arriscado demais porque, quando estou conectada, tenho o péssimo hábito de dizer muito mais do que eu quero...

Minha taça de vinho está me chamando, assim como aquele estranho frisson de medo-vontade-de-fazer-xixi-excitação. Clico no botão de "verificar mensagens". Chegam alguns spams, um boletim informativo da Amazon e então...

"Você tem uma mensagem de Nêmeses".

Fiquei lá, apenas sentada, quase vendo a tela pulsando. Fico quente e gelada, aterrorizada por um momento, me perguntando como ele havia descoberto meu endereço, e então percebo que a mensagem vinha por uma rede social em que eu tinha me inscrito há um ou dois meses e depois nunca tinha feito mais nada. Se o Nêmeses é tão obcecado comigo a ponto de deixar bilhetes eróticos apaixonados na caixa de sugestões da biblioteca, ele certamente vai procurar por mim em redes sociais do tipo Facebook e MySpace, certo?

Talvez fosse melhor eu apenas deletar essa mensagem. Acho que seria o mais seguro a fazer. Mesmo se Daniel e o Nêmeses fossem a mesma pessoa, acho que entrar num contato direto com o seu "lado negro" seria envolver-me de um jeito bem profundo, profundo demais. Seria envolver-me até o pescoço.

Abri o e-mail e cliquei no link porque sou meio doida e curiosa demais para resistir a esse tipo de coisa. Em um instante, eu me vi no centro de mensagens da rede social, olhando para um link que dizia "Olá, Gwendolynne", ladeado por um avatar que é apenas uma imagem de uma caneta de pena. Uma ferramenta de escrita histórica para um historiador que escreve bilhetes secretos?

A legenda mostrando que a pessoa estava on-line no momento estava piscando. Ainda há uma chance de voltar atrás. Eu não tenho que clicar nesse link. Eu sempre posso marcar a caixinha ao lado da mensagem e depois clicar no botão "apagar"... Não posso?

Dizendo a mim mesma "Não! Não! Não!", eu abro a mensagem. Preparando-me para mais um pouco daquela prosa deliciosamente rebuscada e extravagante das cartas, desvio o olhar da tela. Mas, quando voltei, vi simplesmente um botão para abrir um sistema de mensagens instantâneas e o endereço de e-mail de Nêmeses que eu já conhecia, "N3m3sis".

Eu me sinto como se houvesse um vórtice dentro do meu peito, girando loucamente. Eu não posso, eu apenas não consigo "falar" com ele em tempo real. Isso está realmente indo longe demais, e o que é pior, muito cedo, cedo demais. Bem, para mim... Ele deve estar ansiando por isso!

Clico no link do e-mail e o programa de correio eletrônico volta à vida, e uma nova mensagem se abre com "ele" na linha do destinatário.

Olá? Eu digito, e então procuro pelo meu vinho uma vez mais, olhando para aquele espaço branco da janela de mensagem aberta. Dou alguns pequenos goles, deliberadamente mantendo minhas mãos longe do teclado e do *touchpad*. Eu ainda posso recuar. Mas meu copo está vazio, e tomando fôlego clico no botão "Enviar". Tarde demais, só agora me cai a ficha de que enviei a mensagem usando meu endereço de e-mail pessoal, de forma que ele *vai saber* que a mensagem era minha... Se eu tivesse meio neurônio, teria usado uma identidade mais anônima do Hotmail ou do Google... Idiota! Idiota! Idiota! Sinto vontade de fechar a tela do meu laptop com uma pancada e nunca mais abrir a droga dessa coisa de novo. Mas agora já fiz...

Com meu coração palpitando, empurro o laptop para um dos lados da cama, salto dela e corro para o banheiro. Eu sou uma covarde! Agacho-me no vaso, faço xixi, me seco... E imediatamente sinto um choque agudo de prazer. Me pego molhada, estou tão atiçada. Mas como diabos isso foi acontecer? Eu nem tinha percebido... Começo a avaliar que eu precisaria fazer algo com relação a isso, mas sinto o computador esperando. Esperando como se Nêmeses estivesse no quarto batendo os dedos, impaciente com a minha covardia.

Quando voltei, notei que o programa de correio eletrônico tinha verificado automaticamente a chegada de novas mensagens e que havia uma resposta. Quase não me atrevi a abri-la, mas quando o fiz percebi que lá estava o link para as mensagens instantâneas de novo, e as palavras:

Com medo de "falar"?

Sem dar a mim mesma a chance de vacilar, enviei uma resposta dizendo "não" e abri o programa de mensagens instantâneas em uma janela de tela cheia.

E lá está ele de novo, o ícone de caneta de pena, e o meu avatar, uma imagem pouco criativa e sem imaginação de um livro ao lado de meu apelido, que é "garotadabiblioteca".

O cursor pisca uma vez e duas. Será que ele estava com medo? Começo a teclar.

GAROTADABIBLIOTECA: *Você está aí?*

Nada, então me sirvo de mais um pouco de vinho. Obviamente, o sujeito era só conversa, e na hora da ação nada... Não acho que o Nêmeses e o Daniel possam ser a mesma pessoa, afinal de contas. O Professor Gostoso pode ser uma porção de coisas, mas ele não me parece ser um covarde.

Então o ícone da conexão começa a piscar e... Aqui está ele.

NÊMESES: *Olá, Gwendolynne. Como é delicioso conversar com você de verdade, finalmente. Estive esperando por esse momento por muito tempo.*

Será que isso seria um indício? De repente, ele é um frequentador regular da biblioteca e vem fantasiando comigo durante meses até que agora a coisa evoluiu, e ele escreveu tudo o que sentia no papel, colocando o dedo na ferida? Agora a coisa ficou realmente assustadora.

GAROTADABIBLIOTECA: *Por quanto tempo?*

NÊMESES: *Desde que vi você pela primeira vez, sua deliciosa. Desde que eu a vi pela primeira vez e meu pau ficou duro com a visão de seu corpo maravilhoso.*

GAROTADABIBLIOTECA: *Sério? E quanto tempo faz isso?*

Há outra pausa dolorosa, e eu percebo que estou prendendo a minha respiração. Inspirei profundamente, sentindo-me tonta, meio chapada, fora de mim.

NÊMESES: *Bem, isso seria revelador. Vamos dizer que pelo tempo suficiente para que me tornasse totalmente apatetado por você.*

Uma pausa.

NÊMESES: *Tempo suficiente para perder a conta de quantas noites eu me masturbei dormindo, sonhando que você estava ao meu lado... Nua.*

Ops... Aí vamos nós.

NÊMESES: *Ou talvez eu devesse dizer debaixo de mim, e nua?*

No minuto em que isso apareceu na tela, eu desejei que acontecesse. Já faz muito tempo desde que eu fiz sexo de verdade, e não apenas brincando comigo mesma ou apelando para meu vibrador. A cama não era especialmente espetacular com meu marido, mas não era de todo ruim, e uma garota sempre pode compensar o que falta com fantasias. Mas agora eu me sinto como se tivesse sido eletrocutada por um relâmpago. Percebo agora que Nêmeses é muito daquilo que eu estava fantasiando durante o tempo todo enquanto fazia sexo com meu ex-marido: um amante misterioso, sem rosto, obscuro que pode ou não ser real. De repente, não importa mais tanto saber *quem* ele realmente é. Eu estou me conectando com a fantasia, e não com a realidade.

Eu sorrio, pronta para me divertir. Todos os meus medos, ou pelo menos a maior parte deles, foram derretidos pela junção daquela excitação, tanto mental quanto física:

GAROTADABIBLIOTECA: *Bem, afinal, quem é você, Nêmeses? Ou está com medo de me contar?*

Há outra longa pausa, mas de alguma forma eu sei que ele está sorrindo também. Com o tesão, ele sente a mesma sensação de desafio que eu.

NÊMESES: *Não, não estou com medo... Apenas relutante em detonar o jogo assim tão cedo.*

Agora, é a minha vez de fazer com que ele espere. Será que eu devo pressionar ou devo me segurar? Apostar tudo ou esconder as minhas cartas? Meu peito se comporta como se eu tivesse sofrendo de uma leve apoplexia ou algo parecido. Aperto minha mão no peito, como se isso pudesse acalmar as batidas de meu coração.

GAROTADABIBLIOTECA: *Muito justo, mas eu vi você hoje na biblioteca? Você me viu?*

Isso foi vago o suficiente. E foi também um milagre de autocontenção, considerando-se que a pergunta "Você é o Daniel Brewster" está piscando dentro de meu cérebro.

NÊMESES: *Você me viu, sim. Eu vi você. E estava maravilhosa. Elegante. Um ícone de sensualidade arrumada, profissional. Eu queria me jogar ao chão, ajoelhado a seus pés, e então levantar a sua saia e esfregar meu rosto contra suas meias finas, enquanto respirava o seu perfume e o cheiro da sua boceta.*

Se ele continuar assim, é capaz de eu mesma fazer o que ele diz. Na verdade, estou quase lá. Estou molhada e vazando de novo, toda úmida e melada. Eu gostaria que ele estivesse aqui, seja ele quem for. Eu vejo aquela imagem do homem mascarado de novo, misterioso e ameaçador. Enganoso.

Aquela imagem dele se ajoelhando diante de mim é apenas um truque da imaginação. A última coisa no mundo que esse homem deve ser é submisso.

GAROTADABIBLIOTECA: *Você pretende me idolatrar, é isso?*

Enquanto o cursor pisca, fico imaginando uma figura escura ficando de pé e então aproximando-se de mim. Em minha mente ele está usando roupa preta, e aquela máscara... É de couro e cobre boa parte de seu rosto, lembrando-me do capuz do carrasco, e tão ameaçador quanto...

NÊMESES: *Algumas vezes...*

Ah, que riqueza de promessas em uma única expressão. Minha mente está preenchida com as imagens dos livros de fotografia "proibidos", e das cenas de erotismo imaginadas que li. Nêmeses é um nome que realmente está de acordo com seu título proibitivo, embora se leve em conta que, na mitologia, o nome pertencia a uma vingativa deusa feminina. Ele parece ser alguém combativo, dominante, em busca de algum tipo de retribuição, embora para que eu realmente não faça ideia. Talvez para toda essa fantasia, não sei. Suponho que eu estivesse traindo meu marido ao não pensar nele enquanto estávamos na cama.

GAROTADABIBLIOTECA: *E o que você quer fazer comigo nas outras vezes?*

NÊMESES: *Quero que você me obedeça... E que me permita instruí-la e expandir os horizontes de sua experiência e de sua sexualidade.*

Bingo!

GAROTADABIBLIOTECA: *E por que eu iria querer fazer isso? E se eu gosto de meus horizontes exatamente onde eles estão agora? E se eu sei mais do que você pensa que eu sei?*

NÊMESES: *Eu acho que nós dois vamos descobrir que existe muito mais a aprender quando seguirmos em frente. Você está se divertindo agora, não está?*

Pausa.

NÊMESES: *Não sei se você percebeu, mas consegui fazer com que você me obedecesse hoje à noite ao fazê-la se envolver nesta conversa. Quando eu apostaria que toda essa coisa seria exatamente contrária à sua vida tranquila e ao seu bom-senso de bibliotecária.*

GAROTADABIBLIOTECA: *E quem disse que eu tenho uma vida tranquila e pacata? Você não sabe se eu sou uma fanática por* raves *e tenho dúzias de namorados e faço sexo o tempo todo.*

O quanto será que ele sabe sobre mim? Será que vem me espionando quando saio da biblioteca? De repente, ele está me perseguindo *de verdade!*

NÊMESES: *Bem, nesse caso, só espero que essas dúzias de homens tenham consciência exata de quanto eles são sortudos. Afinal, você vai me obedecer?*

Estou tremendo. Com dores. Nunca me senti tão excitada assim. Meus mamilos estão tão duros e eretos que quase doem, e os fundos de meu pijama estão molhados por entre as pernas, quase como seu tivesse feito xixi nas calças.

NÊMESES: *Você vai me obedecer?*

Aquela repetição me faz lembrar que estou arrepiada. Os restos daquilo que ele chama curiosamente de bom-senso de bibliotecária estão morrendo em brasa, prontos para serem massacrados com um "Manda ver!". Mas eu não desisto assim tão facilmente. O desafio de toda uma vida não morre no espaço de um simples bate-papo on-line.

GAROTADABIBLIOTECA: *Sim... Mas como você vai saber se estou obedecendo ou não? Se você me dissesse para fazer alguma coisa agora, como saberia se fiz o que você disse? Eu nem tenho uma webcam...*

Isso felizmente era verdade. Se eu tivesse que o ver, e ele a mim, tudo isso se desintegraria. É o anonimato, ou o pretenso anonimato se ele for mesmo Daniel, que é tão emocionante.

NÊMESES: *Confiança, minha querida. Vou levar a coisa na confiança. O que coloca o ônus em você de não trapacear.*

Fecho meus olhos por alguns instantes e parece que vejo os olhos dele, emoldurados por essa máscara. Eles são escuros e brilhantes e brincalhões. Eu gostaria de poder arrancar essa máscara para registrar sua beleza perigosa.

GAROTADABIBLIOTECA: *Pois eu não sou uma trapaceira.*

Ah, mas é claro que eu sou. E sou uma grande mentirosa também, levando em conta toda aquela traição que fantasiei com meu marido.

NÊMESES: *Acredito em você. Agora, o que você está vestindo?*

Mordi meus lábios. É aquele velho, supervelho jogo do sexo-por-telefone/sexo virtual, e fiquei quase desapontada com ele. Mas não muito. Será que devo contar uma mentira? Estou ficando tão nervosa e tão excitada que poderia explodir. Estou me sentindo como caramelo derretido fervendo em cima do fogão, e é quase literalmente assim entre as minhas pernas. Decidi me comprometer. Conte um pouco da verdade, mas com um tanto de desorientação. Afinal de contas, ele praticamente não me deu nada de seu lado do quebra-cabeça.

GAROTADABIBLIOTECA: *Pijama de seda... Vermelho. Bem colado no corpo.*

Na verdade, estava usando pijamas de algodão listrados de azul e branco.

NÊMESES: *Ah, uma sedutora secreta... Amante de seda e cetim... Eu estava certo sobre você. Imaginando o exotismo que se esconde sob o seu tão apropriado traje para usar em uma biblioteca. Você está me deixando duro, muito duro... Mas espero que perceba isso, não é?*

Ah, ah... Então ele não é bem o telepata ou o sujeito que ficaria me espreitando de longe que eu temia. Agora, tenho uma pequena vantagem sobre ele, uma moeda de troca nesse jogo. Estamos os dois brincando um com o outro, e eu gosto disso.

GAROTADABIBLIOTECA: *Bem, eu estava meio que esperando que você ficasse duro, senão que graça teria tudo isso, não é mesmo?*

Silêncio por um minuto.

NÊMESES: *Bem, nós poderíamos apenas ser amigos...*

Ele termina a frase com um *smiley* sorridente.

GAROTADABIBLIOTECA: *Mas com alguns extras?*

NÊMESES: *RS. Mas é claro... Você está molhadinha?*

Eu estava perto de ficar ensopada quase antes de começarmos.

GAROTADABIBLIOTECA: *Sim.*

NÊMESES: *Oh, delícia! Achei mesmo que estaria. Diga-me o quanto está molhada. Está umedecendo todo o seu pijama? Esse seu mel delicioso está escorrendo para o rego de sua bunda?*

Deixei escapar um gemido. Não pude evitar. Meu suco está mesmo escorrendo. Ele está transbordando de minha boceta, como se fosse o néctar de uma flor, cheio até a borda e escorrendo. Eu me mexi um pouco, ajustando o laptop entre minhas coxas, e um fio deslizou entre a parte de trás da coxa e a minha bunda. Eu nunca estive tão molhada antes na minha vida.

GAROTADABIBLIOTECA: *Estou muito molhada. Há uma grande área úmida na parte de trás de meu pijama e está escorrendo. Posso sentir isso na parte de dentro de minhas coxas.*

Hesitei apenas uma fração de segundo.

GAROTADABIBLIOTECA: *Isso deixa você ainda mais duro?*

Dentro de minha mente, ouvi uma risada macia, muito masculina, e os lábios que estão por baixo do imaginário capuz de couro se curvam em um sorriso que é metade sensual, metade ameaçador.

NÊMESES: *Mas é claro que sim, você sabe que sim. E você está se achando, Senhora Bibliotecária Sexy.*

Agora, isso devia me deixar irritada, indignada. Mas não foi o que aconteceu, eu só fiquei mais quente e com mais tesão do que nunca. Eu sentia minha vulva inchada, túrgida, dilatada. Necessitada. Abri minhas coxas, desejando que pudesse largar o laptop de lado e apenas me comunicar com Nêmeses por telepatia, desembaraçada da eletrônica e da tecnologia.

Eu queria que ele estivesse aqui, para que pudesse estender a mão e tocar no meu clitóris.

GAROTADABIBLIOTECA: *E quanto a você? Como é seu pinto? É grande?*

Eu estou me sentindo como se pudesse dizer qualquer coisa para ele e, ao mesmo tempo, estou gostando de verdade dessa sensação de estar sob o controle dele. Sinto como se a minha personalidade se dividisse em duas, do mesmo modo como deve ter acontecido com a dele, e a ideia de ser tanto real quando uma figura de fantasia me deixa tonta, com vertigens.

Nêmeses: *E você ainda me provoca, não é, Gwendolynne? Você é uma mulher muito ousada e estimulante. Se eu descrever meu pau para você, você vai ter que pagar um preço justo por isso... Você entende isso?*

As batidas de meu coração se aceleraram outra vez, e eu me afundei contra o colchão. Meus pijamas e meus lençóis estão ensopados agora, mas não me importo com isso.

garotadabiblioteca: *Sim, eu entendo. Acho justo.*

Nêmeses: *E então, vamos lá.*

Ele faz uma pausa e eu imagino que esteja olhando para baixo, para seu próprio corpo, formulando as palavras que iria usar para descrevê-lo. Eu me pergunto se ele é como um monte de outros homens, propenso a avaliações distorcidas e exageradas quando se trata de seu precioso equipamento.

Nêmeses: *Eu me classificaria como algo "apresentável". Não é enorme, gigantesco, mas estou contente com o que tenho e com o modo como funciona. E adoro como ele se sente quando me toco pensando em você. Do jeito que estou fazendo agora...*

A visão de Daniel no banheiro flutua diante de mim com uma clareza dolorosa, e então de alguma forma ela fica misturada com a do homem com a máscara de couro. Vejo Daniel usando uma máscara como essa, nu em cima de uma cama, mexendo em seu pau furiosamente, contorcendo-se nos mesmos lençóis de seda branca que foram elogiados por Nêmeses em sua carta. E Daniel é mais do que apresentável.

Mas uma coisa não está combinando... Estou tendo problemas em digitar e ao mesmo tempo suportar essa vontade imensa e urgente de me tocar lá embaixo. Como será que o Nêmeses está lidando com isso?

garotadabiblioteca: *Como você consegue digitar e se masturbar ao mesmo tempo?*

Nêmeses: *RS.*

garotadabiblioteca: *Estou falando sério, estou tendo problemas com isso por aqui, então imagino que você também tenha.*

Nêmeses: *Talvez eu esteja usando um programa ativado por voz. Você pensou nisso?*

GAROTADABIBLIOTECA: *Tipo voip? Um chat de voz? É isso que você quer?*

O cursor pisca e pisca. De repente, eu não quero mais isso. Ouvir a voz dele irá dissolver todo esse suspense. Se for o Daniel, ou outra pessoa com quem já estive cara a cara na biblioteca, será alguém que eu conheço, e daí esse estranho jogo já era. E não saber quem é, mesmo que eu tenha as minhas suspeitas, é algo mais libertador. Eu sei que posso dizer qualquer coisa para Nêmeses enquanto não souber quem ele é, uma vez que, quando souber, certamente terei que me fechar. A mágica pode desaparecer, e eu poderia nem mesmo querer brincar mais...

NÊMESES: *Quem sabe, num outro dia... Mas ainda não. Gosto bastante dessas pequenas pausas, quando não consigo mais me tocar. Isso faz aumentar a antecipação, e faz com que os toques sejam ainda mais prazerosos quando eles ocorrem.*

Por um momento, quase parei de pensar sobre sexo e pude sentir a insinuação de algo mais profundo, mais intenso. Uma comunicação diferente. Pensamento sincronizado...

GAROTADABIBLIOTECA: *Isso mesmo, é assim que eu me sinto!*

NÊMESES: *Ótimo. Eu achei mesmo que você entenderia. Mas agora chegou o momento de pagar aquele preço que eu mencionei antes. Você não se esqueceu disso, certo?*

GAROTADABIBLIOTECA: *Não, vá em frente, dê o seu melhor...*

Novamente, ouço aquela risada estranha, suave, anônima dentro de minha cabeça. É uma voz, e não uma voz, mas tão real que é como se fosse o golpe de uma pena através da ponta de meu clitóris dolorido. Minha boceta treme e eu me espremo de novo enquanto aguardo o "preço" do Nêmeses.

NÊMESES: *Tire a calça do pijama. Quero saber que a sua boceta está exposta. Disponível para mim se eu estivesse aí a seu lado. Eu gosto disso. Eu gosto da ideia de ela estar constantemente à minha disposição, sempre ao meu alcance. Sempre ao meu comando.*

Não consigo respirar mais. Minha cabeça está parecendo mais leve do que o ar. É uma espécie de desmaio, mas não é um mal-estar, é como se eu tivesse bebido toda a garrafa de vinho sem sentir nenhum de seus efeitos, a não ser aqueles que deixam você meio que intoxicada, sonhadora, livre... Meu sexo pulsa forte, reconhecendo o seu mestre.

NÊMESES: *Gwendolynne? Você está pronta para me obedecer?*

GAROTADABIBLIOTECA: *Sim, estou fazendo isso agora.*

NÊMESES: *Boa menina. Seu sexo me pertence. Deixe-o nu para mim.*

Pronto, agora isso ficou mesmo bem profundo! Envolvida até o pescoço! Empurrando o laptop para o lado, arranco as calças de meu pijama. A virilha está encharcada e eu posso sentir a umidade abaixo de mim, se espalhando pelo lençol. E como se o que está entre as minhas pernas fluísse para seu mestre. Olho para baixo e vejo aquele sedoso pedacinho do corpo com os pelinhos castanhos, e então fecho meus olhos como se pudesse enviar aquela imagem através do éter diretamente para o Nêmeses.

Eu sei que ele está esperando para saber de mim, mas eu me sinto rude e desenfreada. Eu quero brincar. Essa área entre as minhas pernas é o meu brinquedo, assim como é dele. Eu levanto meus joelhos e abro bem as minhas coxas para poder ver melhor. Ver a vermelhidão aveludada e brilhante, meus lábios e meu clitóris e o interior da entrada, tudo inundado pelo meu néctar.

Aqui está ela! Veja! Ela é sua! Eu o chamo em silêncio, abrindo mais as pernas. Coagida a não tocar a sua posse antes que ele me desse licença para fazer isso, ponho minha mão por baixo do casaco de meu pijama e toco meus mamilos.

Foi um erro. Acariciar os meus seios só faz coisas diabólicas com o meu clitóris. Ele pulsa, palpita, se enche até a borda. As lágrimas começam a escorrer pelos cantos de meus olhos e eu belisco meus mamilos com força, como forma de punição. Gemendo em voz alta, fazendo barulhos que não me lembro de ter feito antes, viro de lado e vou olhar a tela.

NÊMESES: *Gwendolynne?*

Sofrendo de um agudo desconforto, volto à posição normal e começo a digitar.

GAROTADABIBLIOTECA: *Desculpe... Eu... Fiquei excitada demais. Minha boceta está nua, agora.*

NÊMESES: *Você a tocou, por acaso? Você sabe que eu não lhe dei permissão para fazer isso. Ficarei muito desapontado se tiver antecipado as minhas instruções.*

Eu suspiro. Estou me afogando em desejo, doendo de vontade de gozar, mas a ideia de desapontar o Nêmeses me esmaga.

GAROTADABIBLIOTECA: *Não! Eu não toquei ali. Eu queria... Sofro... Acho que não vou aguentar por muito mais tempo... Mas eu não fiz isso.*

Meu corpo arqueia por vontade própria, atormentado pela negação. Grito em silêncio, pedindo por uma permissão enquanto sinto mais de meu sumo descendo pelas curvas, cobrindo meus delicados tecidos e escorrendo pela minha bunda.

NÊMESES: *Mas alguma coisa você fez.*

Eu podia jurar que ele estivera me observando, mas não tenho uma webcam. Talvez ele apenas me conheça melhor do que eu mesma...

GAROTADABIBLIOTECA: *Só brinquei com meus mamilos. O que é a segunda melhor coisa a fazer...*

Ele sorri. Em minha mente. Acabo de ver uma boca, forte e esculpida, mas também exuberante e cheia de desejo. Dentes brancos brilhando. Alegria absoluta. Eu vejo um homem nu debruçado sobre meu corpo, lindos cabelos escuros e despenteados que pairam sobre minhas coxas e a minha barriga. É Daniel, porque ele é o único homem nu que vi recentemente. Seus lábios estão franzidos.

NÊMESES: *Talvez em alguns aspectos isso seja a mesma coisa. Ainda assim, é uma transgressão. Um dia, quem sabe, farei com que você goze sem tocar seu clitóris. Vou brincar com seus mamilos até que você fique do avesso. Vou tocar em tudo, menos em sua boceta... E então quando você estiver a meio caminho perdendo a cabeça de frustração, vou sugar seu clitóris... E então você vai gozar.*

Certo! É isso! Chega, já foi longe demais!

Ou não, foi longe de ser suficiente. Aperto a minha mão em minha boceta e mergulho nela com o meu dedo do meio. Só é preciso dois toques rudes e estou gozando como um trem expresso, fico momentaneamente cega, surda e muda, incapaz de pensar em qualquer coisa que não seja aquele paraíso branco entre as minhas pernas. Eu me agito descontroladamente e o lado de minha mão acerta a borda da tela do laptop. Há uma pontada de dor, mas isso está a mil quilômetros de distância e não pode me alcançar.

Minutos ou segundos mais tarde, ainda estou ofegante. Meu peito arfa como um fole, e minha boceta ainda parece inteiramente em outro lugar. Eu me esforço para me concentrar de novo e olho para a tela do computador. Surpreendentemente, não quebrei o laptop durante meus minutos de êxtase, e na janela do chat as palavras brilhavam para mim, acusadoramente.

NÊMESES: *O que você está fazendo, Gwendolynne?*

Elas se repetem e se repetem.

NÊMESES: *O que você está fazendo, Gwendolynne?*

NÊMESES: *O que você está fazendo, Gwendolynne?*

5
Penalidade

Hoje é o dia seguinte e estou me sentindo como se estivesse de ressaca. Mas não é ressaca de bebida alcoólica. Não bebi muito vinho não. Agora é um novo fenômeno – é uma ressaca de sexo. Eu tenho aquele tipo de sensação meio vaga de inquietação desfocada, uma espécie de sentimento de culpa que sempre me dá quando rola algo assim, desperdiçado. Com a permanente sensação de estar fora do espaço-tempo, fora da realidade.

O que realmente aconteceu ontem à noite? Parece que foi um sonho. Será que eu assisti a algo na televisão quando eu já estava meio dormindo? Eu realmente não tenho como acreditar que aquilo foi real, não sou o tipo de pessoa que faz coisas desse tipo.

Mas eu devo sim ter feito. Tem uma mancha de umidade em uma parte do lençol, que era onde eu pingava quando estava excitada demais para pensar direito. E além do mais, tem a transcrição do bate-papo. Eu imprimi e me dá um gelo e uma reviravolta no estômago quando leio. Suponho que devo estar abrigando uma vaga ideia de desafiar Daniel com isso. Mas, na realidade, não estou muito segura dos meus propósitos. Se eu confrontar o blefe do Nêmeses, o jogo vai terminar antes mesmo de começarmos de verdade. E hoje ainda preciso lidar com a penalidade imposta por ele quando admiti que tinha chegado ao clímax.

NÊMESES: *Você é teimosa, Gwendolynne. Agora vai ter que pagar.*

Mudo de posição na minha mesa na seção de pesquisas. Agora, eu preciso pagar.

Não é nada realmente desconfortável, mas é muito, muito estranho. Minha punição é vir trabalhar sem usar calcinha. É um pouco assustador

– e bem arejado, por assim dizer. E caso você não saiba, hoje o dia amanheceu mais frio e há um vento brincalhão soprando nas minhas regiões inferiores que me deixa absolutamente consciente a todo instante da minha nudez escondida.

Eu me sinto bem, até mesmo feliz com esta distração. Posso dizer que estou grata pela excitação. Havia uma correspondência bem menos divertida na caixa de cartas hoje de manhã, outra série interminável de cartas vindas do advogado do meu ex-marido, outro bombardeio em sua campanha para me convencer a vender a nossa casa. Eu gostaria de ter me separado pensando alguma coisa pelo menos positiva sobre esse homem, mas ele está deixando a porra da coisa cada vez mais difícil com suas demandas injustas.

Tudo isso torna as cartas impertinentes e atrevidas de Daniel/Nêmeses um presente delicioso. Nem mesmo os meus sonhos mais ousados teriam vindo com uma solução melhor para me distrair e levar minha mente para bem longe de meus problemas. Um estímulo gigantesco. Um jogo insano, louco. Uma batalha de vontades que me deixa louca, viva, animada. Sinto-me deliciosamente exposta e disponível, mesmo com minha saia bem modesta e numa medida que vai até o joelho. É como se todos os homens da biblioteca de repente tivessem desenvolvido olhar de raios X e agora estivessem apreciando a vista da minha boceta.

Todo homem que eu encontro hoje parece que tem um sorriso meio sacana. Mesmo nos sons mais inócuos, mesmo que seja num simples cumprimento, vem um ruído com duplo sentido. Eu devo ter encontrado no mínimo dez homens hoje que poderiam perfeitamente ser Nêmeses, ainda que o principal suspeito não tenha dado as caras nesta manhã até agora. Ele pode estar no seu covil, mas eu estou ocupada demais para visitá-lo. E quanto mais o dia avança, mais nervosa e saltitante eu fico por dentro. Porque a punição tem um adendo.

Não é obrigatório, mas Nêmeses me desafiou a fazer alguma coisa. Que seja algo absurdo. Doido. Perigoso. Eu posso ser demitida se algo der errado. Eu tenho que revelar a minha ordem durante o passar do dia. Seja por acidente ou intencionalmente, preciso mostrar *isso* para alguém.

Hoje o quadro de funcionários está completo. Tracey pode me cobrir na minha hora do café, e mesmo ela me envia um olhar de cumplicidade.

— Vai descer até o arquivo?

Seus olhos se estreitam enquanto deslizo de forma desajeitada para fora do banco a fim de pegar alguns livros que precisam descer para as prateleiras lá embaixo.

— Melhor não deixar seu namorado esperando... – completa ela.

— Do que você está falando? Ele não é meu namorado.

— O Professor Gostoso... A Josie o viu indo para o jardim um dia desses, assim que você saiu, e ele obviamente estava seguindo você. E na noite passada, antes de ir embora, ele parou para conversar com você.

— E daí? Que eu saiba, o jardim é público. Ontem à noite ele estava sendo apenas sociável. Nada mais do que isso. Se bem que eu adoraria que fosse mais...

Ela ri:

— E dá para perceber muito bem quantas vezes você aparece para arquivar e engavetar coisas no porão todos esses dias. – Seu olhar penetrante cai sobre a pilha de livros que eu tinha separado... Para levar ao porão...

Agora isso é um pouco alarmante. Meu rosto deve estar demonstrando.

— Oh, não se preocupe. Eu e a Josie estamos notando as coisas, mas somos apenas nós, o chefão não sabe de nada. Seu namoro secreto está seguro entre nós.

— Não há nenhum namoro secreto!

Eu sibilo enquanto ela se senta no banquinho. Ah, deve ser tão menos preocupante sentar no banco com calcinha. Estou relativamente aliviada com as notícias sobre o Senhor Johnson, bibliotecário-chefe. Eu não acho que ele aprovaria qualquer tipo de confraternizações, digamos, "extracurriculares" com o nosso convidado célebre.

— Tudo bem, como você quiser... – ronrona Tracey ao mesmo tempo que regista algo em sua mesa. – Agora, desça ao porão, porque seu príncipe a espera!

Eu lanço a ela um olhar daqueles mais comportados e saio a toda velocidade. Fecho a porta principal da área de empréstimo da biblioteca atrás de mim e minha respiração fica ofegante. É muito mais do que a minha calcinha que sinto que estou sem, é minha saia, minha blusa, meu tudo. Sinto que minha vulva é um caldeirão de hormônios fervilhantes. Estou pirando, juro!

Depois de um minuto ou dois, começo a descer as escadas tentando dizer a mim mesma, na verdade procurando me convencer de que está tudo bem e dentro da mais perfeita normalidade. O que estou fazendo? Ah, apenas descendo umas escadas! Mas eu fico o tempo todo pensando: "será que ele está aqui? Será? Onde ele está?"

Estive a ponto de perder a respiração quando vi aquele grupo de luzes acesas no corredor, em cima das pilhas de papéis. Ele está aqui? Daniel está aqui? Nêmeses está aqui? Ou ambos?

Eu ando calmamente pelos corredores através das longas fileiras das altas estantes de livros. O local de trabalho de Daniel não está tão iluminado como de costume e não há nenhum ruído. Que diabos ele estará fazendo? Imediatamente eu o imagino se masturbando. Eu o vejo deitado na sua cadeira de diretor, roubada de algum lugar, seu zíper se abrindo, seu magnifico pau empinado para fora da calça como uma lança vermelha, segurando-o firmemente com as pontas dos seus dedos, deslizando para cima e para baixo.

Agora estou rastejando, avançando lentamente. Vou deslizar ao virar para o próximo canto. Não sei o que esperar, mas desejo ver algo semelhante ao espetáculo impressionante que vi ontem.

Ele está recostado na cadeira, de pernas abertas, cabeça inclinada para trás. Ele não está se masturbando, mas usando uma máscara, uma droga de uma máscara!

Eu estremeço toda e quase deixo cair uma pilha de livros assim que o vejo. Infelizmente não é meu fetiche bizarro – onde ele usa roupas de couro – mas parece ser uma compressa azul-clara pressionada sobre seus olhos como em *Psicopata americano*. Ele está segurando com as duas mãos, parece tenso e está um pouco pálido. Seu corpo parece estar numa posição desconfortável também.

— Gwendolynne?

Lentamente, como se estivesse sentindo dor, ele levanta a compressa para longe do seu rosto, coloca-a de lado e se levanta, com olhar delatando instabilidade. Seus olhos, que normalmente são tão bonitos, estão avermelhados e parecem irritados. Ele pisca intensamente, olha na minha direção e inclinando a sua cabeça não tira o olhar de cima de mim. Ele corre os dedos pelos seus cabelos, faz massagens no couro cabeludo, acaricia a parte traseira do seu pescoço como se fosse feita de vidro.

Mas que diabos há de errado com ele?

Ele procura seus óculos, que estão sobre a mesa de trabalho, e, uma vez que se certifica de que estão no lugar em seu rosto, parece se recompor e me olhar, e me dá um sorriso incerto.

Não é Nêmeses.

— Tudo bem com você?

É uma pergunta redundante. Ele não parece nada bem. Quase como se não percebesse, empurra novamente os óculos e esfrega os olhos.

— Há algo de errado com seus olhos?

— Não, tudo bem... Eu só estou um pouco cansado, só isso.

Bem, é mais do que isso... Qualquer idiota pode perceber que ele está sofrendo. Aqueles lindos olhos mostram que ele está mentindo sobre algo. Ele está preocupado. Ou até mesmo com medo. Há sombras, sombras escuras, em meio às olheiras.

— Você tem certeza?

— Absoluta! Não exagere! – Ele responde secamente, com seu corpo reagindo e expulsando os últimos sinais de fraqueza. – E como você está? E suas cartas secretas?

Por talvez um quinto de segundo, eu penso na carta do advogado, mas violentamente expulso este pensamento. A maneira como Daniel torce sua boca e toda a sua expressão se ilumina, torna a coisa bem mais fácil. Se há uma coisa que pode garantir o bom funcionamento de um homem e levá-lo para longe de suas preocupações é o sexo. E funciona tão bem quanto para os pensamentos assassinos de uma mulher com relação ao seu ex-marido.

— Bem, não é exatamente uma carta, mas algo como uma "correspondência" – respondi deliberadamente de forma bem vaga, para o atormentar.

Ele me dá um olhar muito profissional, da série "por favor, aprofunde mais sua resposta, aluna recalcitrante".

— Chat. On-line. Tive um bate-papo com Nêmeses ontem à noite.

— Sério?

Oh, se ele é Nêmeses, ele é mais inteligente do que eu pensava que fosse. Sua voz está perfeitamente neutra. Não está afetado, mostra certo desinteresse, nem provocante nem entusiasta. O tom de voz é perfeito para alguém que está ligeiramente curioso e não mais do que isso, talvez um pouco preocupado, mas observando o fenômeno de fora.

— Você quer falar algo a respeito disso? Ou é somente algo que prefere não compartilhar com terceiros?

Ele fala isso enquanto percebo que seus lábios estão um pouco franzidos. Será que está com ciúmes? Será que ele vai se sentir excluído? Ou é apenas mais uma atuação fenomenal graças ao seu preciso desempenho?

— Sim, está tudo bem, tudo certo. Nada demais.

Na verdade, não é "nada de mais" e sim "tudo a mais". Eu estou me sentindo louca para compartilhar isso com ele, independentemente se ele é Nêmeses ou se é apenas um espectador inocente nessa história toda. Se ele não for um espectador, as palavras são muito reveladoras; e se ele for, eu estarei ainda mais enredada neste jogo tão estranho com um jogador muito esperto. Agora não há mais como voltar atrás, nem para minha mente nem para meu corpo.

— Você tem como ficar aqui por mais algum tempo?

Ele me pergunta enquanto caminha em torno da mesa bagunçada, ao mesmo tempo que puxa uma cadeira para mim, uma daquelas do tipo executivo antiga, caindo aos pedaços, com estofamento aparente saindo por aqui e ali.

— Sim, posso sim. Agora é a minha pausa do chá. Eles são flexíveis e ainda estão me devendo algumas horas extras.

O que é mentira, claro, mas eu sei que Tracey vai cobrir o meu horário. Ela parece estar certa. Determinada que eu saia com o Professor Gostoso.

— Qualquer coisa, você pode dizer que estava aqui me ajudando na minha pesquisa.

Ele vai em direção a sua bolsa, mergulha a mão nela como se estivesse procurando por algo, não sem antes me dar daquelas piscadas dúbias que não dá para saber ao certo o que rola. Quando ele aparece novamente, está segurando duas pequenas caixas individuais de suco de maçã e dois canudinhos e um grande saco de batatas fritas.

Oh céus! Como pôde? Um piquenique? Tecnicamente não é nada adequado trazer comida e bebida para nenhum ambiente da biblioteca. Mas quem se importa com isso agora? Afinal de contas, Daniel é um convidado de honra, e a ele são permitidas algumas liberdades.

— Puxa! Muito obrigada! – O suco de maçã é tão doce que parece soltar da minha língua. – Sim, foi muito selvagem o que rolou na noite passada. Eu nunca tinha feito nada parecido antes. O anonimato faz você se sentir mais solto, você pode fazer ou dizer qualquer coisa. É realmente libertador.

— Mas como ele encontrou você? Como encontrou seu e-mail, ou que quer que seja? – Ele deu uma profunda golada como se fosse uma criança em idade escolar. A maneira como ele sorri por detrás da caixinha de suco é simplesmente adorável. – Eu diria que é um pouco preocupante, sim – continua Daniel, franzindo um pouco a testa. – Você está brincando com fogo, Gwendolynne, acho que deveria ser mais cuidadosa.

Sim, brincando com fogo, isso sim, e já me sinto assando na grelha exatamente agora.

— Ele me encontrou no MySpace, enviou uma mensagem. Depois um convite para um bate-papo.

Daniel dá os ombros, balança a cabeça como se estivesse desconsolado com aquela aluna imbecil de novo.

— Bem, veja só Professor Sabe-Tudo... – continuei. – Eu sei que isso pode parecer temerário para você, mas é emocionante!... Excitante! E se você tivesse que trabalhar o tempo todo num lugar como este, tão antiquado, você não sentiria vontade de correr um risco de vez em quando?

E mais ainda... – Putz, como explicar isso para ele? Como eu me atrevo a desafiá-lo? Como eu posso dizer que, mesmo que Nêmeses não seja ele, sei que o cara não vai me machucar? – Bem, quem quer que seja esse Nêmeses, eu não acho que ele possa me causar um dano real. Mesmo sendo um estranho, de alguma forma parece um sujeito benigno para mim.

Agora é a minha vez de sorver o suco, e os dois rimos.

— Falando com sinceridade – continuei –, eu não tenho nenhuma intenção de fazer ou dizer algo que realmente eu não queira.

Daniel absorve o que eu disse e eu posso vê-lo ponderando a respeito. Franzindo a testa, ele abre o saco de batata e oferece a mim. Eu recuso, porque meu estômago está com uma estranha excitação. Este refúgio nas entranhas da biblioteca é muito parecido com o casulo de irrealidade que eu habitava na noite passada quando estava no chat com Nêmeses.

— Tudo bem, se você está dizendo...

O tom de voz dele tem pitadas de resignação, como alguém que pensa que eu sou uma completa idiota, mas que se abstém de dizer isso. Que poderia ser realmente como ele mesmo está se sentindo, ou uma atuação comandada por um talentoso ator dramático.

— Sim, o que eu estou dizendo...

Olho nos olhos dele tentando roubar-lhe segredos. Mas não consigo nada, apenas um sinal de humor em algum lugar profundo, possivelmente imaginado. Procuro em meu bolso e tiro a impressão do bate-papo que imprimi.

— Aqui está, foi o que eu disse.

Ele meneia a cabeça de um lado para outro e mantêm os olhos apertados por trás dos óculos.

— Eu salvei e imprimi a conversa – disse eu, entregando-lhe o papel para provocar. – Aqui está a transcrição. Você quer ler? Não é nenhum texto caligrafado, mas é bem "quente" à sua maneira.

Ele estende a mão, mostra seus dedos elegantemente estendidos e faz uma pausa.

— Mas aqui tem palavras escritas por você também... Você quer que eu leia mesmo assim?

Ele recua uns centímetros.

— Eu não me preocupo com isso. Vá em frente – respondi.

O papel sai de repente da minha mão e vejo que se abre. Agora, sem chance de mudar de ideia, obviamente. Daniel muda de lugar sob suas luminárias de escritório.

Pelos minutos seguintes, o clima aqui no esconderijo do Professor Gostoso fica tão pesado como se estivéssemos em uma câmera de pressurização. Nós nos sentamos em silêncio, e só se pode ouvir o farfalhar ocasional do papel e um zumbido de fundo que ecoa das instalações do ar-condicionado do prédio. E da respiração de Daniel que parece pontuar exatamente toda a tensão e desejo. Eu estou dolorosamente consciente de que não estou usando calcinha, e que dentro de poucos instantes o homem moreno e bonito que está sentado a apenas alguns metros de distância também estará ciente deste fato. Quando os seus olhos lançam apenas um rápido olhar em direção a minha pélvis, parece que vou desmaiar.

Por fim, ele termina de ler, coloca as folhas de lado e solta um suspiro profundo. Seu corpo agora fica desconfortável na cadeira, e o ligeiro movimento para frente e para trás de seu quadril enquanto estava lendo apenas alimenta ainda mais a imagem mental que guardei de sua ereção. Sua virilha não está bem nítida de se ver, porque está um pouco à sombra. Mas eu tenho certeza de que o pau dele está duro.

Ele bate com a ponta do dedo na parte inferior do seu lábio macio e depois diz:

— Uau...

Continua a bater, sentado em sua cadeira, olhando agora não para mim, e sim para o espaço.

Uau. É tudo isso que você tem a dizer? Você é um cliente bem frio, Professor Gostoso.

— O que você acha? – Por alguma razão, sua estudada falta de interesse e sua negação quanto à reação de seu próprio corpo me aborrecem e eu decido fazer algo, pressionando-o um pouco: – Isso tudo deixa você com tanto tesão quanto eu fiquei?

Ah! Seus olhos pulam de novo em minha direção e ele se ajeita na cadeira novamente.

— Bem... Sim. Claro que sim. É um cenário muito erótico. Muito intenso.

Ele pigarreia, um ruído característico de quem vai fazer um comentário crítico essencialmente acadêmico.

— Mas eu ainda acho que você está patinando em uma camada muito fina de gelo com esse sujeito.

Patinando em gelo fino? Brincando com fogo? Bem, pelo menos há alguma oscilação nas metáforas.

— Como assim? Ele é completamente inofensivo. Tudo não passa de conversa, nada de ação. Eu aposto que se eu fosse confrontá-lo ele sairia correndo, fugindo e chorando para casa da mamãe.

Tomou? Agora encha seu cachimbo de Oxford com isso e fume!

— Isso você não tem como saber. Ele menciona "um dia", não é isso mesmo que ele diz? Eu diria que você vai sim conhecê-lo algum dia, claro que vai. Porque isso quer dizer que trepar com você faz parte do que ele está planejando.

Ohh! Ele soltou um "trepar". Isso parece tão exótico saindo dos seus lábios, e ao mesmo tempo tão incongruente. Imagino-o grunhindo enquanto estiver enfiando seu pênis no sulco entre as minhas pernas.

Ahhh, eu o quero tanto! Ele *e* Nêmeses, mesmo que eles não sejam a mesma pessoa. Meus sentimentos são tão perversos que até me assustam.

— E o que há de errado nisso?

Apesar da minha apreensão, eu me vejo patologicamente incapaz de não continuar provocando-o.

Ele está evitando de olhar para mim, brincando com seus cabelos, girando um cacho do seu cabelo de um jeito que me faz imaginar como seus dedos poderiam girar assim em torno de outras coisas.

— Eu ainda acho que ele pode ser perigoso.

— Eu também posso ser.

Ele olha para cima.

— Eu não tenho dúvidas quanto a isso, Gwendolynne. Não tenho a menor dúvida. Eu acho que você pode ser muito perigosa. Você é uma séria ameaça à minha concentração.

Fico de pé em um piscar de olhos.

— Certo... Então eu já vou indo. Não quero atrapalhar mais o seu trabalho.

O que há com ele, hein? A maioria dos homens já estaria demonstrando todo o seu ciúme, possessivos como são.

— Não! – Agora ele também está de pé e a suspeita que eu tinha de sua ereção se confirma, ele está enorme. – Bem... É que... Esta situação na qual nos encontramos agora é tão incomum...

Ele faz um gesto gracioso, indicando com a mão no sentido para baixo, que eu deveria me sentar. Ele é cortês, e está no comando agora, então fica difícil desafiar sua postura. Eu retomo o meu lugar e pergunto a mim mesma porque estou cedendo tão facilmente.

— Mal nos conhecemos e estamos falando sobre sexo – continuou ele. – E de alguma forma parece que estamos envolvidos em uma espécie de *ménage a trois*. E mais ainda, é tudo tão... Desconcertante.

— Você que começou.

Eu aponto isso, perguntando sutilmente se ele vai confessar tudo e se esse mistério vai acabar.

Em vez disso, ele franze a testa de uma forma que o deixa ainda mais bonito do que nunca e pousa as mãos entrelaçadas sobre a mesa. Ele esta fazendo isso para impedir que elas façam alguma coisa que não deseja? Como tocar a si mesmo?

— Eu não sei o que você está querendo dizer, Gwendolynne. Como pode ter sido eu quem começou tudo?

Mas que demonstração de inocência! Ele até que é bem convincente.

— Bem, você ficou olhando para os meus seios. E depois fez questão de me seguir para pedir desculpas por isso.

Procuro a minha caixinha de suco, mas ela está vazia agora, então fico brincando com o canudinho.

— Se você fosse apenas um devasso como um homem normal que não acha que tem que se desculpar por isso, eu nunca teria lhe mostrado a carta... E ainda estaríamos presos aos nossos educados "Olá!" e "Como vai?" quando nos encontrássemos na biblioteca.

Ele dá de ombros. Parece admitir que estou certa. Agradece com o mais peculiar e intrincado sorriso que faz meus nervos formigar e minha boceta descoberta se agitar com o mais ansioso dos desejos.

— Verdade... Bem verdade.

Eu estou dando tapinhas na caixa de suco, transbordando de energia. Esta é a mais estranha das situações. Estou perdendo a capacidade de saber dizer a palavra certa a seguir.

E brota do silêncio a voz rouca de Daniel, primal e rouca:

— E então... Você fez o que ele pediu? Ou você está apenas blefando com esse pobre coitado?

Ele ajeita seus dedos e os flexiona, endireitando-os novamente em uma série de movimentos de dobrar e esticar.

— Você estava realmente usando pijama de seda vermelha? – pergunta.

— Não. Era de algodão com listras azuis.

Seu queixo cai e ele move a sua língua rosa e varre em torno dos seus lábios.

— E então, todo é resto é verdade?

— Sim, praticamente tudo...

Ele balança a cabeça de tal forma que seus cachos se movem junto. De repente eu me sinto tão exposta como na noite anterior. As cartas de Nêmeses eram uma coisa, mas agora eu coloquei minha sexualidade e até mesmo os meus orgasmos em um prato e entreguei para esse homem que mal conheço. Estou em queda livre por terras desconhecidas, e o medo só faz me excitar ainda mais.

— Você está com nojo de mim?

— Oh não! De forma alguma! Pode acreditar em mim!

Os olhos dele, que pareciam tão cansados e imperfeitos quando cheguei, agora já voltaram a ficar brilhantes.

— Estou de fato surpreso com você, Gwendolynne – disse ele. – Preocupado com você em alguns aspectos, mas em outros estou excitado, emocionado até o coração... Por você ter mostrado sua sexualidade, como você a expõe para mim, isso é um privilégio.

De repente ele ri, leve, livre e feliz, como um menino travesso.

— E você está mesmo exposta? Assim como manda a penalidade?

Ela lança outro olhar para a minha virilha, seus longos cílios batendo de leve.

— Com certeza.

Meu coração bate enlouquecidamente.

— Você sabe... Se você mostrasse *para mim*, não teria que mostrar para mais ninguém. Poderia pagar sua pena extra em perfeita segurança. Sem correr qualquer risco.

Os cílios dele são uma perdição. São os mais agitados que já vi. Parece que demos um passo para outra realidade sem nos dar conta, sem nem perceber.

— Na verdade, eu nem sequer vou olhar direito, então realmente não ficará exposta – finalizou.

Percorremos um longo caminho desde aquele papelão de coroinha acanhado quando peguei no pau dele no jardim. Ele está pronto. Está a fim. Eu vejo isso nele. Seus olhos, sua boca, todo o seu corpo está nada mais nada menos do que devastadoramente sedutor.

E eu também estou pronta, tenho minhas meias e ligas a postos, e apesar de minhas coxas não serem esbeltas como eu gostaria, as rendas negras como carvão no topo da minha meia fina mais do que compensam esse excesso de carne. E a cinta-liga, tão vermelha e acetinada como não eram meus pijamas, é a moldura perfeita para os fios castanhos da minha vulva.

Essa vista vai causar impacto nele. Daniel é um homem inteligente, nerd e tem seu glamour... Mas ainda assim é homem. Mostre a um homem seu sexo nu e você estará falando com seu cérebro primitivo, não com aquela parte que tem um conhecimento enciclopédico de história ou de ciência ou de seja lá o que for. Com relação a sexo e corpos, ele está na mesma altura que eu, não importa se ele é famoso ou estudado. Eu posso fazer com que ele seja meu.

— Tudo bem, então.

Não me dando tempo para vacilar, estou em pé, empurrando para trás a minha cadeira, fazendo com que ela bata na estante de livros atrás de mim. Daniel empurra a cadeira dele para trás a fim de ter uma visão melhor. Coloco as palmas de minhas mãos sobre a borda da saia e, lentamente, começo a levantar. Eu tinha em mente subir a saia tão rápido que nem se poderia ver direito, mas agora que chegamos até aqui, decidi dar um show.

Por trás dos seus óculos, seus olhos se arregalam na mesma velocidade que minha saia está subindo. Quase tão rápido quanto a doce boca vermelha dele está se abrindo. Ele suspira de novo quando meu púbis aparece à vista entre as barras da saia.

Eu me sinto extremamente sexual. Eu sei que eu estava certa. Eu o tenho na palma da minha mão. Ele está hipnotizado pelo triângulo de cabelo vermelho macio que permito que ele olhe por mais alguns segundos de boca aberta e olhos arregalados e brilhantes. Depois eu solto minha saia e ele fica parecendo como se fosse Natal e eu tivesse acabado de pisar em seu novo PlayStation.

— Isso não significa que estamos noivos ou coisa do tipo, hein?

Eu aliso o tecido sobre as minhas coxas e ele segue a cada minuto todo e qualquer movimento que eu faça.

— É apenas um caso de um amigo ajudando outro amigo... – continuou – ... e um homem tendo uma visão rápida daquilo que os homens gostam de olhar como recompensa. Acha justo?

— Hum, sim, sim, sim. Eu suponho que sim.

E ele quer mais? O monte que vejo em sua calça jeans diz que ele quer mais alguma coisa.

— Daniel, tudo bem com você?

Ele está com fôlego alterado como se estivesse numa maratona.

— Sim, sim, eu estou bem sim. É que eu pensei que pudesse ter um olhar desapaixonado, imparcial sobre isso e apenas oferecer assistência a você, só isso. – Ele se joga em sua cadeira e mexe em seu jeans para aliviar o desconforto óbvio. – Mas ao que parece, acabei ficando mais afetado do que eu esperava.

Ele oferece um riso forçado triste, os lábios curvados, a expressão confusa.

Ei, a quem ele pretende enganar? Mesmo que ele não seja o Nêmeses, o arquipervertido, ele é um cara na casa dos trinta anos que é famoso e carismático. Ele provavelmente já teve muitas mulheres e fez mais jogos de sexo do que eu já esquentei meu jantar.

— Com certeza você já viu entre as pernas de uma mulher antes. Não tente brincar comigo que você é algum tipo de virgem renascido ou algo parecido.

— Não, claro que não. – Ele responde secamente. Será que ficou zangado? – Eu só não costumo vê-las em circunstâncias como estas. – E então ele sorri. – Geralmente é o caso de sair algumas vezes, jantares, teatro, talvez exposições. Em seguida vem aquele padrão "Você gostaria de subir e tomar um café comigo?". Sabe como é, aquela situação padrão. – Seus ombros se levantam de uma forma encantadora e ele os encolhe. – E é só então que começo a ver o que você está me mostrando.

— Foi você quem sugeriu – disse eu.

— Sim eu sei. E não tenho como evitar admitir que venho admirando você desde o primeiro dia que cheguei aqui, e de certa forma a chamei para sair comigo ontem... – ele franze a testa de novo, mas não é por indisposição, ou mau humor. É uma expressão estranhamente triste, melancólica. – Mas agora eu estou me perguntando como não complicar uma boa relação de trabalho. Especialmente porque vou voltar para Londres antes do tempo previsto. E... – Ele faz uma pausa novamente, suspirando profundamente. – Eu não sei como dizer isso sem ser extremamente arrogante e presunçoso e cheio de si...

— Tente.

— A coisa é... Eu não estou procurando por um relacionamento mais sério neste momento. Eu só posso lhe oferecer uma... Como eu posso dizer... Uma "aventura". – Seu belo rosto funciona como se ele estivesse querendo agarrar uma maneira de expressar-se, o que é absolutamente peculiar em alguém tão reconhecido como comunicador. – Mas eu não estou falando isso porque acho que falta alguma coisa em você. Você é adorável. Você é encantadora. Uma mulher deslumbrante. É apenas porque eu não sou uma boa perspectiva para um relacionamento a longo prazo. Não seria justo com você se eu não falasse isso.

De repente, ele me pareceu quase entristecido e, apesar do fato de que meu coração vibrar ao ouvir palavras como “adorável” e “encantadora” e ”deslumbrante”, e que o meu corpo ainda está em alerta vermelho, querendo-o tanto que até dói, sinto-me de repente preocupada com ele e curiosa para saber qual será o profundo problema que o incomoda tanto. Porque eu sei que há alguma coisa. Cada um de meus instintos protetores diz que sim.

— Como eu disse antes, isto não quer dizer que a gente esteja noivo ou coisa parecida – sentindo-me mais ousada, eu comecei a acariciar minha virilha em direção à minha vulva. – E não sei direito se já quero desistir dessa coisa com Nêmeses. – Eu esperava obter uma reação dele quanto a isto, mas ele nem pestanejou. – Mas talvez pudéssemos chegar a nos conhecer um pouco melhor enquanto estiver por aqui. Nada muito pesado, apenas um pouco de diversão. Talvez nos ver de vez em quando, quem sabe um pouco de sexo? Prosseguir isto, esse flerte com o Nêmeses juntos de algum jeito? – o rosto dele se iluminou. Ele claramente gosta da ideia. – Não há declarações de amor eterno ou compromisso, apenas um acordo temporário. Como você disse, um pouco de aventura, sem laços, mas sem inibições tampouco.

Não sei direito o que me deu, mas, caramba, eu acho que gosto disso!

— Você é uma mulher notável, Gwendolynne – diz Daniel suavemente, seu rosto uma complexa tapeçaria de emoções. – Acho que nunca conheci alguém como você. Alguém assim tão... Tão adaptável. Tão corajosa e também ligeiramente doida...

— Obrigada... Acho...

— Não, pode acreditar, isso é um elogio. Eu adoro mulheres adaptáveis, corajosas e doidas – ele se levanta e caminha em minha direção. Ele ainda está incrivelmente duro. – Você é uma mulher bonita também. Seu corpo é sensacional.

— Ah, para com isso... Sou apenas uma bibliotecária provinciana e gordinha.

Mas estou tremendo. E apesar do meu tom desafiador, não sei direito o que fazer. Como é que uma pessoa normalmente progride num tipo de relacionamento estilo arranjo temporário? Acho que devíamos começar nos beijando de novo, mas do jeito que ele está de pé na minha frente, quase ostentando a si mesmo... Bem, na verdade eu só queria mesmo ver seu pênis... Isso sim seria uma coisa impertinente para contar a Nêmeses da próxima vez que conversarmos. Algo que posso fingir que foi apenas uma fantasia, mas que posso rir de mim mesma porque sei que é algo bem real.

Mas se Daniel é Nêmeses, ele já vai saber disso, é claro. Puxa, isso tudo é muito complicado, mas eu adoro, adoro tudo o que está acontecendo!

A boca de Daniel se curva ligeiramente, como se ele estivesse lendo cada um de meus pensamentos.

Quer dizer então que você acha que sou corajosa e um pouco doida, não é, Professor Gostoso McLindo e que por acaso poderia ser Nêmeses? Bem, então veja só isso!

Antes que ele possa me deter, estico a mão até o cinto da calça dele, agarro-o pela fivela e o puxo para mais perto de mim. Tentando não me atrapalhar, desato o cinto tão depressa quanto consigo, abaixo o zíper e procuro lá dentro.

Daniel parece perder o fôlego por um instante, mas então segue o fluxo, esticando os braços e primeiro colocando suas mãos em meus ombros, e depois as deslizando e colocando-as em meu rosto. Por um instante, ele olha para baixo bem dentro de meus olhos, em parte parecendo se perguntar o que está acontecendo, de outro lado de um modo meio arrogante, então desliza os dedos pela minha nuca, tira a faixa que prendia meus cabelos e deixa-os soltos.

Ao mesmo tempo que ele solta meus cabelos, eu libero seu pênis. Ah, meu velho e maravilhoso amigo, pensei em você constantemente quase todos os dias desde que o vi pela primeira vez.

Ele está tão duro. E ficando mais duro. Deixando escorrer aquele fluido sedoso, a cabeça inchada e brilhante com sua pele esticada e a pontinha pulsante. E tudo nesse estado feroz por apenas um breve vislumbre de minha boceta? Eu dobro meus dedos em torno dele, embalando-o gentilmente. Como um cãozinho ansioso, ele se pressiona adiante, fazendo um ruído baixo e muito masculino em sua garganta. Seus dedos tocam em meu cabelo, pegando minha cabeça, pressionando-a, pressionando-a para baixo.

É claro que eu sei o que ele deseja. A mesma coisa que todos os homens querem, não é? A única coisa que me deixa surpresa é que chegamos a isso tão rapidamente. Um dia é aquele educado "Bom-dia, como vai você?" na biblioteca. E no outro, estou deslizando de joelhos e prestes a fazer um boquete neste homem que, de fato, mal conheço.

Dou uma rápida olhada para ele, mas seus olhos estão fechados, a cabeça inclinada para trás, sua expressão uma réplica do êxtase em que ele estava no banheiro. Insuportavelmente tocada por sua beleza, eu avanço para frente e engulo a cabeça do seu pau com minha boca.

Ele está excelente, quente e salgado, sua carne firme e latente com tanta energia. Eu começo a lambê-lo rapidamente, mexendo e provocando com entusiasmo. Talvez eu não seja uma artista, mas eu tenho instintos, e um pau lindo como este convida à excelência e à invenção. Logo eu o tenho gemendo e balançando e se contorcendo dentro de minha boca, seus dedos se flexionando como pontos de fogo contra o meu couro cabeludo.

Apoio uma de minhas mãos sobre sua coxa coberta de jeans, amando os músculos rijos e tensos sob o tecido grosseiro. Parecem tonificados e definidos, e eu me lembro de seu corpo nu enquanto estava diante da pia. Debaixo de sua confortável camiseta e de seus casacos de *tweed* e seus jeans bastante comuns, há o corpo de um garanhão, de um Adônis. Tento puxar seus jeans para baixo a fim de pegar suas bolas e agarrá-las em minha mão e brincar com elas enquanto lido com ele, mas de repente ele fica frenético, empurrando tudo para dentro de minha boca, selvagem e rude.

Será que vou sufocar? Não! De algum lugar eu encontro uma calma e um relaxamento dentro de mim. Parece que tenho a capacidade de aceitá-lo e amá-lo à enésima potência.

Por longos momentos, nos mexemos e meus lábios e minha língua o acariciam. Com o tempo, porém, sinto sua excitação aumentar e percebo que seu êxtase está se multiplicando. Ele empurra, empurra, empurra, e eu quase posso ouvir o grito de prazer que está se formando em seus lábios.

Ele respira com força, aperta minha cabeça e suspira "Gwendolynne", mas, antes que ele possa gritar, outro som congela nossa cena incriminadora como se fôssemos uma escultura de gelo. Passos abafados estão vindo da extremidade do longo complexo do porão, constantemente se aproximando. O que fazer?

Daniel começa a se afastar, mas eu agarro suas nádegas e, em seguida, coloco minha boca bem profunda nele. Ao mesmo tempo, pressiono firmemente sobre a costura do jeans que corre pelo vinco da parte traseira, e forço meu dedo o máximo que posso contra seu ânus. Com uma das mãos, ele continua a cavar meu couro cabeludo, mas a outra está pronta para abafar seu gemido de prazer.

Sêmen, rico e espesso, jorra em minha boca. Ele é delicioso, o homem perfeito, e seu gozo é abundante. Eu engulo o mais rápido que posso enquanto os passos chegam cada vez mais perto. Então, em uma dança rápida e quase que improvável entre nós dois, conseguimos fazer com que Daniel esteja de volta em seus jeans em tempo recorde. E eu estou de pé, limpando minha boca com as costas da mão e depois pegando uma pilha de livros da mesa quando uma figura se aproxima ao virar a esquina.

— Claro, professor Brewster, não tem problema – pronuncio alegremente, sentindo as cócegas de uma risada incontrolável começar no fundo de minha garganta. Transformo isso em uma tosse suave, para continuar em seguida. – Vou arquivar estes para você e colocar seu pedido na lista de empréstimos entre as bibliotecas. Não deve demorar muito mais do que uma semana.

Daniel e eu nos voltamos para o recém-chegado. É Greg, nosso técnico em computadores, que está levando um rolo de cabos e uma bolsa de ferramentas.

Eu *acho* que nós cobrimos todas as pistas, mas há alguma coisa tão insolente e sagaz no sorriso do jovem, quando se aproxima de nós, que eu estou convencida de que ele sabe exatamente o que acabou de se passar por aqui.

— Ei, Gwen, professor, desculpe incomodar vocês dois – ele levanta as sobrancelhas sugestivamente, e quando volto para olhar Daniel, ele está encarando Greg com uma expressão quase cúmplice de conquistador macho.

— Acho que posso colocar uma extensão da rede da biblioteca aqui para baixo, se quiser – diz Greg –, assim o senhor terá uma conexão mais rápida de internet enquanto estiver trabalhando. O wi-fi deve ser quase inexistente por aqui. Não vai demorar mais do que vinte minutos, ou quase isso.

— Obrigado, isso seria ótimo. – O sorriso de Daniel ainda é sutilmente arrogante, e de repente eu quero dar um soco nele. O bastardo! Ele está se exibindo! Deixando Greg saber que aconteceu alguma coisa de sexual por aqui.

— Certo. Bom, estou indo, professor, a gente se vê depois – eu pulo fora inteligentemente e sem olhar para trás dou passos largos na mesma direção por onde veio Greg.

Homens! Eles são todos iguais... Contando vantagens sobre suas conquistas e tirando vantagem das mulheres por quem eles supostamente deveriam ter carinho. Idiotas! Chega dessa coisa de arranjos temporários! Me dá vontade de voltar batendo os pés assim que Greg terminar seu trabalho e agarrar Daniel à força para nossa primeira grande transa.

6
Compensação

Passei o restante do dia louca da vida, especialmente quando notei que o Professor "Olha só, alguém acaba de ganhar um boquete" não apareceu na hora do almoço, nem mesmo deu as caras na biblioteca durante o dia inteiro. Toda aquela conversa sobre "almoços" e "honestidade" e "não ser um cara certo no momento" e todo o resto – será que era apenas conversa mole para enfiar o pinto dele na minha boca?

Ainda assim, prefiro mais estar preocupada e irritada por ter sido tapeada e convencida a fazer um oral em Daniel Brewster do que ficar pensando nos meus monótonos problemas domésticos. Droga, afinal, ele é o Professor Gostoso McLindo, o famoso historiador que está sempre na televisão, e eu já tinha essa queda por ele muito antes de ele ter aparecido em nossa modesta biblioteca. Devem existir milhares de mulheres por aí que dariam tudo para fazer isso que acabei de fazer, com ou sem essa oferta que ele fez.

Mas tem mais também. Eu sei que tem. Tem alguma coisa que está perturbando o Professor, algo grave. Ele está tentando se distrair com essa coisa de buscar prazer e de fazer joguinhos, mas debaixo disso tudo existe uma ansiedade, eu consigo sentir isso. E se eu puder ajudá-lo a lidar com isso, tudo bem. Então, eu passo o restante do meu dia refletindo sobre isso e quando estou vestindo meu casaco, pronta para voltar para casa, um pensamento toma conta de mim.

Será que há algo de errado com Daniel Brewster? Alguma doença muito grave, e é por esse motivo que ele acha que não é um cara certo para nenhuma mulher, um cara para um relacionamento de longo prazo?

Ele sente aquelas dores de cabeça horríveis, afinal... Sei lá, isso parece ser uma coisa meio drástica, mas eu tenho aquele tipo de imaginação que pode levar as coisas a extremos de vez em quando. Vasculho minhas lembranças para ver se enxergo possíveis sinais, mas não tem nada nele que pareça mostrar que ele esteja doente. Seu corpo é magnífico, ele está em ótima forma e, caso seu apetite sexual seja indicador de alguma coisa, ele está muito longe de ser um homem inválido. Seu pau estava mais duro e mais vigoroso do que o de qualquer outro homem que eu já tenha visto. Não que eu já tenha visto dúzias e mais dúzias de pintos, mas uma mulher sabe dessas coisas.

Ainda estou remoendo todas essas ideias quando me vejo atravessando a porta dos fundos. E vejo o Professor McLindo apoiado no corrimão, com um táxi estacionado a apenas alguns metros dele, o motorista lendo o jornal, aparentemente esperando por ele... E, pelo o que parece, por mim também.

— Ótimo, estava aguardando você. Deixe-me lhe dar uma carona para casa e... Eu, bem, eu acho que algumas ficaram mal resolvidas e precisamos falar sobre elas.

Meu queixo caiu. Certamente ele não deveria estar pensando em discutir nosso pequeno, hã, amasso, no porão naquele dia no banco de trás de um táxi. E, afinal, por que um táxi? Eu sempre assumi que Daniel vinha dirigindo seu próprio carro até a biblioteca de onde quer que ele morasse. Agora eu não tinha tanta certeza assim, de fato nunca estive olhando pela janela quando ele chegava...

— Não, não, está tudo bem, eu pego um ônibus. É só uma parada, não tem problema.

Essa é, na verdade, a razão pela qual eu pego ônibus. Tem dias até em que vou caminhando sem problemas, diminuindo minha emissão de carbono e tudo mais.

Daniel solta um suspiro, cruza os braços e me dá aquele olhar do tipo "professor impaciente com uma aluna cabeça-dura" que ele irritantemente gosta tanto de lançar. Por causa disso, me sinto imediatamente ingrata e teimosa, nas mesmas proporções.

— Ok, então. Obrigada. Isso é muito gentil de sua parte, eu adoraria uma carona...

Ele vira os olhos de um jeito como quem diz "Finalmente!" e então dispara adiante de mim para abrir a porta do carro, ajudando-me a entrar no banco traseiro como se eu fosse uma espécie de velha duquesa artrítica. Ou isso, ou ele está simplesmente garantindo que eu não mude de ideia e saia em disparada para o ponto de ônibus.

— Peço perdão pelo que aconteceu mais cedo. Foi uma coisa desafortunada que Greg tenha aparecido daquele jeito – ele começa a falar assim que o táxi começa a andar suavemente. – Eu esperava que nosso pequeno interlúdio acabasse de uma forma bem diferente.

Aquilo era inacreditável! Agora era a minha vez de virar os olhos furiosamente, e acenar repetidas vezes com a cabeça para o motorista do táxi, que já parecia estar bastante interessado em nossa conversa.

— Tudo bem, tudo bem – concorda ele, mas está sorrindo de uma maneira muito estranha, como se fosse abrir o jogo inteiramente, apesar de minhas objeções.

Eu imagino que o Nêmeses iria em frente e descreveria cada um dos mínimos detalhes de receber um oral em glorioso tecnicolor, independentemente do fato de eu querer ou não que ele fizesse isso.

Conversamos sobre futilidades, sobre a biblioteca. Sobre o livro de Daniel que tratava da Guerra das Rosas e sobre as grandes famílias daquele conflito que viviam por aqui. Ele pergunta onde eu moro, para que pudesse passar ao motorista do táxi. Ele parece interessado em continuar falando sobre o meu apartamento um pouco mais, e sem ter a intenção de contar que eu tinha uma casa legal e alguém que pensava ser um bom marido, pergunto onde *ele* morava enquanto estava por aqui, a fim de conduzi-lo para longe desse assunto.

— Estou no Waverley Grange Country House Hotel. Você o conhece? – ele se inclina para trás no banco do carro, relaxado, mas com um ar estranhamente desafiador. – Gostei bastante dele. É muito confortável e o serviço é excelente.

— Sim, é um dos melhores hotéis da região.

O Waverley? Agora a coisa ficou realmente intrigante. O lugar é um dos mais bem-equipados e dos mais conhecidos da cidade. Eu nunca estive lá, mas ouvi falar que é do tipo que finge ser antigo, meio cafona, mas de qualquer forma discretamente luxuoso. Ele tem também uma reputação que não combina com sua fachada de um estabelecimento "direito". Murmúrios. Fofocas. Histórias apócrifas que são contadas pelo amigo de um amigo dizem que coisas estranhas e bem sensuais que acabam acontecendo por lá. Gostaria de saber se Daniel tem visto qualquer evidência dessa reputação picante durante esses dias em que está hospedado.

Eu abro minha boca, tentando decidir se devo perguntar, quando, de repente, fora da linha de visão do motorista do táxi, Daniel pega a minha mão e lhe dá um aperto urgente. Olho para os olhos dele e eles estão em fogo por trás das lentes dos óculos. E subitamente, estamos de volta ao porão da biblioteca, homem e mulher, mergulhados no sexo. Tudo o que eu consigo pensar é que não estou vestindo calcinha e ele está plenamente ciente disso.

Por que não me surpreende quando ele coloca a mão na minha coxa e desliza-a para cima, acariciando através da minha saia? Imediatamente eu me sinto molhada, pronta para receber seu toque ou o seu corpo. Minha pele parece um campo carregado de energia, e formiga quando a sensação corre pelos meus nervos e segue diretamente para meu clitóris.

— Quem sabe você pode ir lá tomar um drinque ou jantar comigo, qualquer noite dessas?

— O quê? – deixo escapar distraidamente.

Esqueci completamente sobre o que estávamos conversando. A única coisa que consigo perceber agora é que a mão dele está me aquecendo através do tecido da saia. Seus dedos estão praticamente imóveis, mas a forma como eles se dirigem levemente para lá e para cá é infinitamente provocativa.

— No Waverley, lembra?

Ele não está rindo alto, na verdade, de fato está apenas sorrindo, mas sua linguagem corporal está muito viva, com uma alegria travessa.

Balanço a cabeça para ver consigo clarear as ideias. Dou um puxão na minha saia, afastando minha coxa para longe de seu toque.

— Ah, sim, claro que sim. Seria ótimo – minha voz soa meio sufocada, hostil e nervosa. Eu não queria parecer irritada, mas estou comigo mesma por soar desse jeito. – Eu adoraria – acrescento com mais entusiasmo.

Daniel tira a mão e a deixa descansar levemente no assento do carro. Ele parece relaxado, imperturbável.

— Eu também – murmura.

Em seguida ele surpreendentemente retoma a conversa sobre generalidades, perguntando-me sobre vários edifícios pelos quais passamos no caminho para o meu apartamento.

Finalmente, o carro estaciona em frente à Merivale House. Abro a porta do táxi, sem saber muito bem o que esperar numa hora como essa. Dou um aperto de mão? Um beijo no rosto? Um abraço? Um beijo de língua com um pouco de mão boba? Mas Daniel apenas abre a porta de seu lado e dá a volta no carro para me ajudar a sair do táxi. É incrível como ele pode se mover rapidamente quando se decide a fazer isso.

— Vou acompanhar você até lá dentro – diz ele, todo dominador e machão.

Ele me guia adiante, sua mão levemente na minha cintura enquanto, virando-se para o motorista, pede que ele espere.

— Está tudo bem, estarei segura.

O que é verdade. O edifício é tranquilo e muito seguro. Bem que eu poderia ganhar um pouco mais, assim poderia pagar meu apartamento sem tanto sacrifício.

Daniel não responde, mas fica comigo enquanto caminho até a porta da frente e digito o código no teclado. Sim, o prédio é seguro, só que não tenho muita certeza de que *eu* esteja segura no momento.

Entramos e o hall está deserto e frio, exalando um cheiro de cera recém-passada no assoalho. Mais uma vez vem a pergunta espinhosa de abraço, aperto de mão, beijo, ou mais, mas de repente há vozes vindas de cima e o som de passos na escada. Esperando que ele se afaste de mim e comece algum tipo de conversa artificial, prendo a respiração quando Daniel dá uma olhada rapidamente em volta, agarra a minha mão e me puxa para dentro da pequena saleta de manutenção que fica na parte de trás do hall de entrada, depois da escada. A saleta contém variados equipamentos de limpeza, esfregões e baldes, e regadores para os vasos de plantas ornamentais espalhados pelo edifício.

As vozes estão agora no hall de entrada, de forma que não posso mais gritar e protestar quando Daniel me empurra para trás, movendo-se profundamente no meu espaço pessoal e possuindo-o completamente. Sua mão esquerda sobe, colocando-se na parte de trás de minha cabeça enquanto puxa meu rosto para o seu e pressiona seus lábios nos meus. Enquanto sua língua possui minha boca, aquela mão direita cheia de truques dele está de volta na minha coxa, deslizando, deslizando, esfregando o tecido da minha saia contra a minha pele.

Sua boca é voraz, obrigando-me a abrir a minha e aceitar a sua língua. O sabor dela faz a minha boceta vibrar e ansiar pelo seu pau. Seu movimento de pressão é flagrante, delicioso, inebriante. Eu tento dar de volta o tanto de prazer que estou recebendo, mas ele é um tirano, ele me subjuga, ele definitivamente está no controle.

E não apenas com a boca. Ele não é um homem impressionantemente alto, mas tem poder e impulso e uma fome para combinar com a minha. Ele me leva de volta contra a parede, evitando por segundos que a gente batesse em um balde galvanizado fazendo um barulho enorme. No momento em que bato na parede, sua mão chicoteia para baixo, e depois para cima de novo, levantando minha saia até as minhas coxas e insinuando seus dedos por entre minhas pernas.

Eu suspiro, mas a inalação empurra a sua respiração para dentro de minha boca. Sinto como se o espírito dele entrasse em mim ao mesmo tempo, outra possessão para combinar com a invasão de sua língua.

E seus dedos.

Ele encontra o meu calor molhado facilmente, tecendo as pontas dos dedos através dos fios de meu púbis e separando meus lábios. Outro arquejar e ele já está mexendo no meu clitóris. Ele bate de leve. Ele esfrega.

Ele faz círculos e massagens. Faço isso também, esfregando meu traseiro contra a parede, mas ele não perde o ritmo.

Eu acho que vou desmaiar. Minha barriga e meu sexo estão pulsando com o calor. Eu puxo o ar para dentro de novo, arfando e arquejando, e Daniel libera a minha boca, salpicando beijinhos em todo o meu rosto em seu lugar. Um gemido sobe para meus lábios, mas ele desliza a mão que estava segurando a parte de trás da minha cabeça para a minha bochecha, pressionando o polegar na boca para que eu o sugasse. Sua própria boca se instala em meu ouvido.

Alguém no hall de entrada está apressando sua companheira para que se apresse ou eles iriam perder o filme, mas tudo o que eu posso ouvir é um sussurro baixo, quase inaudível contra a minha pele.

— Relaxe, Gwendolynne. Eu lhe devo um orgasmo. Deixe-me dar prazer a você.

Eu não posso falar. O polegar dele está na minha boca. Mas, mesmo que não estivesse, estou além da possibilidade de dizer alguma coisa, enquanto meu sexo acelera e fica tenso com a expectativa.

A voz dele parece tão estranha... Sombria, determinada, não muito terrena... E quando ele se afasta um pouco, e consigo um pouco de distância para poder olhar para ele, seus olhos estão estranhos, distanciados, quase em outro lugar. Ele está olhando para mim, mas estará realmente me vendo?

— Relaxe – ele pede outra vez, seu dedo ainda trabalhando. – Deixe-me dar-lhe algo para contar ao seu amigo Nêmeses sobre esta noite.

As palavras "Você é o meu amigo Nêmeses... Eu sei que é você" flutuam pela minha mente, mas é como se fosse outra pessoa pensando nelas, não eu.

E eu só consigo me entregar ao prazer. Afasto as minhas pernas um pouco mais, e então me deixo cair. Daniel ri quase que inaudivelmente, e eu gozo.

Minha mente já era. Bom, a maior parte dela. Há um pedacinho minúsculo dela em algum lugar, e que ainda está pensando e pensando. Quando Daniel investe uma vez mais para um beijo e eu quase deslizo para fora da consciência, com meu corpo pulsando forte, o pensamento "Isto é um jogo... Isto é um jogo" parece pulsar também.

Sua língua está dentro de minha boca de novo enquanto ele faz aquela coisa de girar e mexer com seu dedo do meio e eu quase tenho de mordê--lo. Só que ele se afasta um pouco antes que isso aconteça e pressiona seus lábios contra meu pescoço agora. Minha cabeça se enche com um aroma fresco, o cheiro de seu xampu que ainda permanece em seus cachos.

Ele me estimula de novo, e de novo, e então lentamente me diminui o ritmo, cobrindo todo o meu sexo com sua mão como se fosse para acalmá-lo. Nós estamos em silêncio, a nossa respiração correspondida.

É um jogo. Tem que ser. Eu realmente não sei por que ele está jogando, mas eu estou com ele, passo a passo, manobra por manobra. Mesmo que seja apenas um monte de brincadeiras sexuais.

A falação sobre filmes no saguão do prédio já acabou. O caminho está livre, mas ainda estamos aqui. Eu sinto uma mudança em nossa forma de abraçar. O que era feroz, frenético, quase animal um momento atrás, de repente se tornou infinitamente mais suave e delicado. A mão de Daniel continua a aninhar levemente a minha vulva, mas há um sentimento de carinho e proteção em seu tocar, agora. É como se ele estivesse valorizando aquele centro feminino ao qual ele acaba de dar prazer. Seus lábios são muito macios contra meu pescoço. Não há palavras ditas entre nós, mas seu hálito quente e a maneira como ele coloca o nariz contra o meu cabelo falam de forma muito mais eloquente.

— Você é surpreendente – murmura ele, finalmente, dando um passo atrás ligeiramente, e então descendo minha saia com cuidado e deixando-a no lugar.

Antes que eu possa pará-lo, ele pressiona um beijo na frente da minha saia, direto sobre o meu sexo. Que me atordoa ainda mais do que qualquer um dos orgasmos.

Quando ele endireita-se novamente, deixa um leve beijo em meus lábios, e em seguida se afasta, olhando nos meus olhos. Seus próprios olhos estão ainda escuros, estranhos, confusos, complexos. Seu rosto funciona por um momento como se estivesse procurando as palavras.

— Está tudo bem com você? – pergunta, acariciando minha bochecha e a linha de meu queixo com o dedão.

É como se ele estivesse procurando por alguma coisa, pela resposta a uma pergunta que não consegue nem mesmo entender. Eu menos ainda. Então ele franze os lábios e o pequeno e estranho momento desaparece novamente antes mesmo de eu ter tempo de elaborar uma resposta.

— Tenho que ir embora, Gwendolynne. Eu tenho uma videoconferência com alguns historiadores americanos de um projeto sobre os Tudors, e depois um artigo para preparar.

Sua voz é crua, genuinamente arrependida, mas já posso senti-lo criando distância entre nós. Segundos atrás, estávamos mais perto e me senti mais em sintonia com ele do que jamais estive com alguém antes em toda a minha vida, mas agora ele está no modo de partida. Mesmo assim, quando me inclino na direção dele para beijá-lo de novo, sua ereção ainda esfrega contra a minha barriga.

— Você não quer subir por um minuto?

Idiota! Idiota! Idiota!

Não implore, Gwen, sua estúpida! Isto aqui é um caso, apenas, nada mais do que isso. Não vá dar uma de sentimental com esse cara. Se ele for o Nêmeses, ainda é um manipulador cínico, não importa o quanto possa parecer um sujeito gentil.

Para meu horror absoluto, sinto lágrimas na borda dos meus olhos. É o orgasmo, a liberação. Eu não estou chorando como um bebê por causa daquilo que não posso ter. Pelo menos eu espero que não...

Daniel pega uma lágrima em seu polegar e me olha, perplexo. Em seguida, ele acaricia o meu rosto, com absoluta gentileza, e me puxa para ele, me segurando em seus braços.

— Dane-se – murmura ele, me segurando apertado. – Posso fazer a coisa do vídeo uma outra hora. – A ponta de seus dedos passeia pela minha pele. – Essa merda de academia...

Ele me segura contra seu corpo, me acalmando. Ele ainda tem uma ereção, mas é como se não a percebesse. Seu abraço é delicioso, mas sei que não posso manter isso comigo. Quando ele busca seu celular, me contorço para longe de seu abraço e digo:

— Não, está tudo bem. Vá para sua conferência ou sei lá. Estou bem, e me perdoe por ser uma banana.

— Tem certeza? Totalmente certa? Eu não quero deixá-la, você sabe disso, não sabe?

— Estou bem – garanto a ele, e com um encolher de ombros, ele parece aceitar.

Deus, como sou mentirosa...

— Então tudo bem, se você tem certeza.

A voz dele parece de alguém que se convenceu, mas seus olhos são cautelosos. Ele me leva pela mão para fora do quartinho de manutenção e de volta para o hall de entrada aberto, rompendo o círculo de cristal da nossa intimidade.

Segurando-me pelos braços, ele olha nos meus olhos, tudo prático, sensato e racional.

— Olha, amanhã, talvez a gente possa fazer planos para algo um pouco mais normal. Como sugeri antes. O que acha disso?

Eu dou de ombros. Estou começando a achar que é um pouco difícil saber o que fazer com o querido Professor Gostoso. Sua identidade está se moldando e se transformando, algumas vezes fundindo-se com o Nêmeses, algumas vezes não. Ele é um híbrido insondável e eu não tenho certeza de como lidar com ele.

— Muito chato? – ele levanta uma sobrancelha, vejo uma provocação na curva de sua boca.

— Não. Não mesmo. Chato é bom. É menos assustador.

Ele abre a boca para concordar ou discordar disso, mas de repente o motorista do táxi buzina e nós dois damos um pulo. Estou surpresa que ele não tenha buzinado antes, mas talvez ele tenha feito isso, mas eu devia estar tão alto na estratosfera que nem escutei.

— Olha, vejo você amanhã na biblioteca. – A buzina toca novamente. – Ou quem sabe posso vir buscar você e...

— Não, não, vejo você lá. Prefiro minha viagem de ônibus de manhã para entrar no "modo de trabalho".

— Tudo bem, então. Vejo você amanhã. – Ele se curva, me dá um beijinho na bochecha, então se vira e vai para a porta. Quando chega lá, ele se vira, pisca e diz: – Divirta-se com o Nêmeses nesta noite!

Então, por apenas um segundo, ele parece ficar mais sério. Quando parecia estar no ponto de dizer mais alguma coisa, ele morde o lábio e me dá um pequeno aceno.

Então, antes mesmo que pudesse gritar de volta que nem mesmo me daria ao trabalho de ligar meu computador, ele destranca a porta e vai embora.

— Mas que merda é isso aqui?

Levanto da poltrona desgostosa, marcho para a cozinha e jogo no lixo meu "jantar na bandeja" congelado e requentado. Como regra geral, essas refeições prontas são um prazer culpado para mim, mas hoje à noite minha escolha não tem gosto de nada.

Estou inquieta, nervosa, tensa. Se eu não tivesse tido todos aqueles orgasmos mais cedo, lá embaixo no quartinho de limpeza, poderia jurar que meu problema seria frustração. Talvez eu ainda precise gozar, de novo, mais vezes, que seja. Minha mente é um turbilhão de pensamentos e variáveis e coisas perturbadoras, muitas delas relacionadas com Daniel e Nêmeses e algumas com meu ex e o dinheiro da casa.

Dou uma olhada para meu laptop, colocado na mesa, me desafiando. Se Daniel está ocupado nesta noite, então não haverá Nêmeses com quem brincar. E caso ele esteja por aí, isso quer dizer que ele não é o Daniel... E eu *quero* que seja ele. Eu acho... Não acho? E lá vamos nós de novo, a mente dando voltas e mais voltas.

Bem, foda-se, homem misterioso, você está tão confuso com as coisas quanto eu.

Preciso de um pouco de ar. Calço meu par de tênis, pego uma jaqueta de algodão e minha bolsa e em poucos minutos estou do lado de fora da porta da frente, indo para dentro dessa noite agradável para um passeio. Eu preciso gastar um pouco de energia, alguma tensão, algumas calorias, e uma rápida caminhada parece ser a terapia perfeita para arejar a cabeça. Especialmente se eu pegar um peixe com batata frita no caminho de volta para casa.

Uma ou duas horas mais tarde, estou de volta. E minha cabeça ainda não está suficientemente limpa. Na verdade, estou mais confusa agora do que quando estava ao sair...

No início, tudo correu como o planejado. Em vez de um passeio casual por aí, decidi fazer uma caminhada rápida até o centro da cidade e de lá dar uma volta pela Piazza. Ela é o esforço de regeneração urbana da cidade no desenvolvimento daquilo que eles chamam ridiculamente de "café cultural", uma praça aberta que beira o canal, rodeada por bares e cafés e uma variedade de boutiques da moda que estão abertos à noite. Não é Paris ou Milão, mas não está tão mal, e eu me achei bastante cosmopolita, sentada em um banco comendo minhas batatas fritas e bebendo *citron pressé* enquanto observava as fontes e os rituais de acasalamento dos habitantes da Piazza.

Depois de um tempo, porém, a novidade se desgastou e comecei a me sentir um pouco sozinha. Esse é o tipo de lugar que você tem que visitar com seus amigos, ou ter uma companhia próxima para poder curtir apropriadamente. Comecei a fantasiar sobre a ideia de estar sentada lá com Daniel, sendo admirada e invejada por causa de minha companhia bonita e famosa. Comecei a pensar sobre como seria legal o estar beijando do jeito que um monte de casais estava fazendo por toda a praça.

Só beijar. Nada mais do que isso. Nada de ficar passando a mão e fazendo carícias e mostrar ao outro as suas partes impróprias.

Mas qual é o problema comigo? Ela já me disse o que pode oferecer e achei que tinha aceitado bem. Em vez disso, olha eu aqui com vontade de mais. Mais o quê... Mais romance? Mais...?

Os pensamentos eram assustadores e de repente a Piazza não era mais a distração que eu esperava que fosse. Decidi pegar o ônibus de volta para casa em vez de andar, para voltar mais rápido. Tomando um atalho que cortava um beco para chegar até o ponto de ônibus, aconteceu de eu presenciar uma cena que poderia facilmente ter saído de minha vida...

Em uma entrada de tijolos, mal-iluminada pelo brilho da lâmpada de um poste mais à frente, um casal estava trepando. Bem ali. Encostado contra a parede. Um procurando o outro como cães no cio, gemendo e balançando contra a alvenaria.

Ela era loira e bonita. Ele era grande. Um homem grande usando um casaco escuro, suas calças e suas cuecas abaixadas e deixando aparecer apenas um pouco da coxa peluda atrás. Ele estava segurando a mulher por seus quadris, erguendo-a até ele, sua pélvis poderosa se movendo como uma britadeira enquanto ela o arranhava, como se lutasse por sua vida, a cabeça jogada contra a parede, enquanto ele enterrava o rosto no pescoço da mulher como se fosse um vampiro.

Perdidos em sua paixão, eles não me viram passar. Para os dois eu estava em outro planeta, embora eu exista em um universo que eles deveriam entender. O reino do sexo louco e de fazer coisas malucas no calor do momento.

Eu não conseguia me mexer. Eu tinha que assistir àquilo tudo, com minhas próprias entranhas se remoendo.

A menina falava, gemendo e ofegando e instigando o homem, enquanto ele acentuava suas estocadas com uma série de grunhidos baixos e felizes. Quando eles se viraram um pouquinho de lado, esforçando-se para conseguir uma penetração mais profunda, pude dar uma olhada melhor nele, em seu perfil. E me pareceu que eu o conhecia.

Eu ainda acho que pode ter sido alucinação, mas eu podia jurar que o garanhão com tesão no beco era Robert Stone, o diretor de finanças do distrito. Eu o vi por várias vezes na biblioteca, a passos largos para participar de reuniões em nosso auditório, e ele sempre provoca uma certa agitação na plateia feminina. Ele é um homem robusto e grisalho de meia-idade, mas é daqueles que dá pra ver que é um animal entre os lençóis. E nos becos também, aparentemente. Porque logo sua namorada soltou um grito, os olhos reviraram e ela gozou.

Eu me senti como se fosse uma ladra, cometendo um roubo sexual para obter emoções clandestinas, mas ainda não conseguia retirar meus olhos da vista de seus corpos se mexendo com aqueles espasmos. Obriguei-me a me afastar, mas, assim que fiz isso, aquele homem grande, bonito e vestido de preto olhou em volta e pareceu me ver nas sombras... E deu uma piscadela. Eu corri.

Agora estou em casa de novo, e não mais resolvida do que antes. Se não for por nenhum outro motivo, estou mais abalada e confusa do que nunca. Daniel? Nêmeses? Um? Ou dois? E com qual dos dois eu gostaria de ter estado naquele beco? Ai, que inferno...

Começo a olhar meu guarda-roupa e escolho as roupas que vou usar amanhã. Ignorando o laptop. Tiro a roupa, me lavo e escovo os dentes e hidrato o rosto, e logo estou pronta para ir para a cama. Ignorando o laptop. Ligo a minha pequena televisão do quarto e me ajeito confortavelmente para assistir a um pouco da programação de fim de noite. Ignorando o laptop.

— Droga!

Acendo o abajur de cabeceira, alcanço a fonte de energia, conecto as duas extremidades e ligo o computador.

No começo, resisto à ideia de acessar o programa de mensagens instantâneas e fico enganando a mim mesma verificando meu giro habitual de notícias, sites de filmes, de humor, Wikipédia, Amazon. Mas depois de apenas alguns vários minutos, carrego o programa de mensagens, esperando que ele viesse à vida com alguma comunicação desesperadamente sexy de Nêmeses. Mas não, o avatar dele estava apagado. Nenhum sinal de vida. Nada daquelas conversas rudes e grosseiras sobre sexo, e de tirar o fôlego.

De certa forma, no entanto, isso é importante. Daniel está ocupado nesta noite. Ele tem aquela videoconferência e um trabalho para escrever. Ou seja, isso deveria ser um clique na caixinha "Sim, Nêmeses é Daniel". Mas ainda me pergunto se não é porque eu quero que eles sejam a mesma pessoa. Eu quero confiar em Daniel. Eu quero me aproximar dele. Eu quero... Bem, eu quero ter alguma coisa *de verdade* com ele. Mas espere, será que isso é uma coisa sadia e desejável, se ele é um assediador pervertido e desonesto, que gosta de brincar com esses jogos sexuais distorcidos estando escondido detrás de uma máscara?

Aquela cena no beco apenas agitou tudo de novo. Os anseios que estão fervilhando constantemente em meu sangue. Eu sinto como se estivesse sofrendo com uma febre leve e ainda consigo ouvir os gemidos e suspiros da linda garota loira. E ainda consigo ver a piscadela de reconhecimento daquele enorme homem vestido de preto que, por acaso, era o diretor de finanças do distrito.

"Bastardo!" Arremesso o insulto a uma espécie de combinação vaga de Daniel, Nêmeses e Robert Stone, e empurro meu laptop para o lado da cama. Alguma programação sem sentido de fim de noite pode me distrair. É uma esperança vã, mas eu rolo para o lado e tento mergulhar em um programa qualquer. Eu estou na segunda temporada do meu programa favorito, *Polícia, Câmera, Ação!*, e, na verdade, rindo das palhaçadas de um motorista bêbado falhando miseravelmente em um teste de sobriedade quando o laptop ao meu lado começa a fazer "Bing bong!".

Nêmeses quer conversar.

7

A história de um homem aleatório

Eu me sinto como se estivesse num elevador onde de repente o cabo se rompeu. A realidade cai na escuridão. Arrasto o laptop até meus joelhos e abro a janela do bate-papo.

Nêmeses: *E então, você tem algo para me contar?*

Ah, ele vai direto ao ponto, hein? Nada de sutilezas ou gentilezas. Nada de avançar com cautela. Meu coração bate forte no peito. Minha mente se preenche com a imagem de Daniel.

GAROTADABIBLIOTECA: *Sim.*

Eu vejo um sorriso triunfante nele, tão tipicamente masculino. Sim, você só me ama on-line se eu compartilhar com você todos os detalhes sujos, certo? Mesmo que você já esteja sabendo de tudo, e eu sei que sim.

De repente, quero misturar as coisas, surpreendê-lo, sair do campo do comum com algo que ele desconheça.

NÊMESES: *Esplêndido! Minha corajosa Gwendolynne... Eu sabia que podia confiar em você. Por favor, vamos lá, vá em frente!*

Mas veja que insolente! Ele pensa que pode me controlar!

Eu sorrio e tento recuperar meu centro, em meio à irrealidade que de certa forma me faz voltar a um lugar mais real. Assim posso jogar meu próprio jogo. Posso ficar "pau a pau" com ele, lado a lado. Não há nada a temer... Eu o conheço.

GAROTADABIBLIOTECA: *Eu saí para dar uma caminhada esta noite. Eu vi um homem e uma mulher em um beco, trepando. Foi uma das coisas mais quentes que eu já vi na minha vida.*

Sim, perdendo apenas para assistir ao belo acadêmico lançando-se ao êxtase no banheiro do piso inferior, no trabalho. Talvez eu devesse falar sobre Daniel/Nêmeses? O que será que pensaria a respeito disso?

O cursor pisca... E eu quase consigo ouvi-lo dizendo "Er... O quê?"

Será que ele vai aceitar a minha jogada? Vai conseguir jogar de acordo com a minha orientação? Ou será que ele é como meu ex-marido que se chateia quando as coisas não vão como ele quer? Mas eu não consigo vê-lo se comportando como uma criança mimada de modo algum. Ele pode ser desonesto e um grande pervertido, mas ainda assim é um adulto.

No entanto, ele está demorando um tempo danado para responder. Mas de repente...

NÊMESES: *Sério? Bem, essa não é exatamente a história que eu estava esperando, mas parece intrigante. Eu adoraria saber mais sobre a história dos seus amigos impetuosos no beco. Por favor, discorra sobre isso.*

Impetuosos? Discorrer sobre a história? Ah, sim, definitivamente você *é* Daniel...

GAROTADABIBLIOTECA: *Eu saí para tomar um ar. Precisava espairecer. Estou com um montão de coisas na cabeça.*

Faça com isso o que quiser...

GAROTADABIBLIOTECA: *Decidi pegar um ônibus para ir para casa. Estava com pressa para chegar ao ponto de ônibus, então revolvi pegar um atalho. Ouvi um som e então os vi. Ele a mantinha contra a parede e estava transando com ela. Os tornozelos dela estavam suspensos por trás das costas dele e suas calças, na metade das coxas. Ele realmente metia nela com vontade e então ela gemia, gemia, contorcendo-se sobre ele e pagando aquilo que recebia na mesma moeda.*

E eu fiquei com inveja, quase disse isso a ele. Mas recuei. Eu não vou entregar todo o ouro de bandeja para ele de uma vez, não.

NÊMESES: *Isso me parece um cenário delicioso. Gwendolynne, você é uma mulher de muita sorte. Eu gostaria de estar lá com você. Talvez eu a tivesse arrastado ao beco mais próximo para fazer o mesmo. Será que você teria gostado?*

Mas você fez isso, não fez? Ou pelo menos algo parecido? A imagem dos dois amantes no beco se desvanece em minha imaginação, substituída por outra muito mais vívida, uma memória sensorial completa de ser desarmada por Daniel naquele quartinho de material de limpeza. Beijada e acariciada por aquele estranho que eu mal conheço, levada ao orgasmo, sujeita aos seus caprichos, mas sendo deliciosamente apreciada também.

NÊMESES: *Gwendolynne, você está aí? Será que você gostaria de estar em um beco em algum lugar e trepando comigo agora?*

Oh! Claro! Agora mesmo, somente isso e nada mais.

GAROTADABIBLIOTECA: *Sim...*

NÊMESES: *Se eu enviar um convite para você me encontrar em algum lugar, você iria? Se eu te chamar agora mesmo, você me deixaria te comer? Fazer como eles e trepar contra a parede?*

Se eu fizer isso, o jogo estará terminado. Será que estou pronta para um novo jogo?

GAROTADABIBLIOTECA: *Já está tarde. E eu preciso dormir porque tenho que acordar cedo para trabalhar amanhã. Não que eu não queira. Mas temos que ser práticos, Nêmeses. É chato, mas é um fato da vida.*

Agora eu destruí tudo. Estraguei o que estava rolando. Eu posso quase provar sua decepção no ar, vindo pelo wi-fi ao longo da conexão. Sou a garota da covardia, isso sim.

NÊMESES: *Você está certa, minha deusa da biblioteca. Eu estou sendo meio ridículo. Deixei minha obsessão tomar conta de mim e esqueci que você tem uma vida para lidar. Será que é melhor eu deixar você dormir um pouco agora?*

Caramba, que sério. Tão razoável. Estou tocada por sua consideração, mas agora quem se sente ridícula sou eu. Eu *quero* "ridículo", quero a excitação de novo, o sentimento de entrar no plano cambaleante à beira da loucura.

GAROTADABIBLIOTECA: *Não estou dizendo que não quero mais ficar aqui conversando com você no chat. E, seja como for, ainda não respondi a sua primeira pergunta. Sobre a penalidade.*

Passam-se alguns instantes e quando eu já estou prestes a escrever de novo, as palavras aparecem em um fluxo constante na tela.

NÊMESES: *Bravo, minha linda Gwendolynne. Eu sabia que você não iria me decepcionar. Você fez o que eu disse para você fazer? Você se mostrou para um homem?*

Caio contra os travesseiros com alívio. Eu me sinto solta novamente. *Sexy*. Ainda que com o coração batendo depressa com o nervosismo, mas ao mesmo tempo relaxada, como se estivesse na companhia de um velho amigo, sendo este de natureza dupla, um tentador campo minado. Mesmo que, na verdade, eu mal o conheça.

GAROTADABIBLIOTECA: *Sim, claro que sim. Na livraria. Por pouco tempo.*

NÊMESES: *E quem é esse sujeito de sorte? Ele é digno de você? Será que ele soube apreciar o presente que lhe foi dado?*

Colocar o seu nome real em nosso bate-papo on-line torna o jogo muito arriscado. É chegar perto demais. E o jogo pode desmoronar em segundos.

GAROTADABIBLIOTECA: *É somente um homem – um homem aleatório – um par de olhos para olhar para mim. Só isso.*

Há um longo silêncio pontuado pelo piscar do cursor e pelo comentário na televisão. Como a tensão aumenta, uso o controle remoto e coloco na função "mudo". Insanamente, tenho medo de perder a resposta dele e não posso me distrair com a televisão.

NÊMESES: *Que sorte a dele. Que sorte a dele de poder ver sua beleza, seu sexo. E cada detalhe dele. Você exibiu-se para ele? Permitiu que ele visse a bela e doce flor da sua xoxota... Suas dobras perfeitas e rosadas... Seu clitóris? Ah, como ele é feliz de poder ver tudo isso.*

Eu gostaria de ouvir sua voz. Ouvir suas palavras. Sei que são apenas pixels na tela, mas há uma inconfundível nuance nelas. O que é isso? Ironia? É ridículo, mas sinto uma certa tristeza sobre aquele fraseado.

E ele continua a repetir a palavra "ver".

GAROTADABIBLIOTECA: *Não se preocupe, ele viu apenas de relance. Você sabe tanto sobre minha boceta quanto ele.*

Especialmente porque você tocou nela.

Digitei as seguintes palavras "Você é Daniel?", mas deletei logo depois. É muito cedo para isso. Ele mesmo irá dizer quando será o tempo certo para isso.

NÊMESES: *Como você se sentiu? Assim, fazendo algo tão impertinente, tão ousado? Será que isto excitou você?*

Se isso me excitou? Diabos... Claro que sim! O sexo no meu casamento era bom, seguro, porém comum, nada de extravagante. Não era nada parecido com isto.

GAROTADABIBLIOTECA: *Ah, sim. Isso me excitou.*

Ele quer que eu entre em detalhes, isso é óbvio, mas, que diabos, ele vai ter que pedir para que eu dê detalhes. Posso até sentir como ele está sorrindo, onde quer que esteja, mas não vejo seu rosto desta vez, apenas uma sombra-fantasma de um par de lábios bonitos bem-delineados e o brilho de seus dentes brancos. Deus, isso é tão estranho! É como se Daniel e Nêmeses estivessem se separando de novo e um minúsculo sussurro de dúvida começa a cutucar meu cérebro.

NÊMESES: *E você não fez nada a respeito disso? Você não pediu a esse homem aleatório que trepasse com você e aliviasse a sua frustração? Ou saiu furtivamente para um lugar secreto e cuidou disso sozinha?*

Ah, espertinho, nenhuma das duas opções.

Eu até ia digitar isso, mas neste momento estou tremendo de verdade. É uma estranha dança. Um jogo de gato e rato. Eu deveria gritar, exigir mais clareza, exigir sua identidade. Mas eu sei que não vou fazer isso. Estou impedida de fazer isso e meu instinto me diz que ele está preso à mesma inibição. Uma servidão da mente à qual ele nos prendeu e sem que nenhum de nós percebesse. Nunca aconteceu nada parecido com isso antes. Eu nunca imaginei o modo sexual e intelectual operando junto. Mas agora é tão essencial como respirar.

GAROTADABIBLIOTECA: *Não, nada disso. Não fiz nada dessas coisas.*

Pausa.

GAROTADABIBLIOTECA: *Embora eu quisesse, qualquer uma delas. Ou ambas!*

Agora eu espero que ele tenha perdido o fôlego. Ou algo do gênero. De qualquer maneira, ele leva um minuto para absorver o que eu disse. E conforme os segundos vão passando, a necessidade de "cuidar disso sozinha" vai crescendo e crescendo dentro de mim.

NÊMESES: *O quê? Nenhum alívio para minha deliciosa Gwendolynne? Isto é uma vergonha. Uma linda mulher como você nunca deve ficar com falta de nada. Você nunca deve negar nada a si mesma, nunca.*

Ele volta a fazer uma pausa e me deixa em suspense.

NÊMESES: *A menos, é claro, que eu diga a você para fazer isso.*

GAROTADABIBLIOTECA: *Eu nunca disse que não gozei.*

Sim, faça o que quiser com isso, senhor – ou deveria dizer Professor Sabe-Tudo!

O cursor pisca e pisca e eu considero minhas opções. Devo preparar para mim uma xícara de chá? Devo aumentar o som de *Polícia, Câmera, Ação!*? Devo escorregar minha mão para baixo do meu pijama e cuidar de mim mesma? Seria como roubar um prazer bem debaixo do nariz cibernético do Nêmeses e ganhar dele em seu próprio jogo. No entanto eu tenho a estranha sensação de que ele saberia que estou me tocando. Ele já deve saber sim.

Apesar de tudo, eu já estou puxando o cordão do meu pijama quando as palavras começam a fluir na caixa de mensagem novamente.

NÊMESES: *Meu Deus, você é a mais tentadora e rebelde mulher do mundo, Gwendolynne. Você realmente parece se deliciar quando me deixa perplexo e me provoca.*

Tudo bem, culpada, culpada!

NÊMESES: *Eu espero franqueza total da sua parte e você me ilude e me engana a cada etapa do jogo. Eu deveria de fato lhe exigir outra punição. Ou talvez devêssemos elevar o jogo para o próximo nível?*

GAROTADABIBLIOTECA: *O quê?*

Ele pode ouvir as batidas do meu coração?

NÊMESES: *No próximo nível nós vamos nos encontrar e eu realmente vou puni-la.*

Oh meu Deus! É isso que eu realmente quero. Mas ao mesmo tempo acho que não quero não. Eu tenho medo do novo jogo e, no entanto, estou começando a ficar frustrada com nossos subterfúgios. A contrariedade do meu parceiro começa a se espalhar por mim e acho que nem ele nem eu sabemos concretamente o que nós queremos agora.

Mas as fantasias de punição desafiadoramente empurram ainda mais as minhas mãos em direção ao meio das minhas pernas. Eu vou ter o meu prazer agora, e dane-se ele! Eu gemo quando descubro a toda a minha umidade, minha inundação.

As visões de Daniel de pé sobre mim, vestido de preto e com suas feições meio cobertas pela máscara de couro me fazem contorcer contra a cama com meu laptop balança nos joelhos. Mantenho Nêmeses esperando deliberadamente enquanto acaricio meu clitóris. As duas pessoas estão fundidas em minha mente agora independentemente da realidade. Nêmeses tem a linda face de Daniel e seu belo rosto paira sobre mim como um príncipe de sensualidade ameaçadora.

Meu clitóris está tão sensível que mal posso tocá-lo, mas mesmo assim continuo mexendo nele – punindo a mim mesma – implacavelmente indo e vindo e dando voltas e voltas. E eu fico esperando a exigência: "Gwendolynne, o que você está fazendo?". Especialmente quando eu pego o minúsculo pedaço de carne entre a ponta de meus dedos e puxo delicadamente. Estou de pé, metaforicamente, na ponta dos pés no topo do desfiladeiro. Surpreendentemente, em seguida, eu recuo. Tudo por causa dele.

Os meus dedos estão brilhantes por causa da minha excitação quando os aplico no teclado.

GAROTADABIBLIOTECA: *Quando foi que eu disse que usaria de franqueza total? Eu não me lembro disso.*

NÊMESES: *Touché!*

E isso é tudo? Não aparecem mais palavras por alguns momentos e eu entro em pânico. E se ele não está interessado em nada mais que não seja franqueza total? Mas então, isso é besteira. Ele não está se abrindo comigo, não é? Tudo isso é um disfarce por trás de um nome bobo.

Eu estou praticamente certa de que Nêmeses é Daniel e, mais ainda, aposto que ele sabe que eu sei. E então, qual de nós dois vai começar o novo jogo? Eu posso fazer isso! Dane-se, eu *quero* isso!

Sem pensar muito nas consequências, eu começo a teclar de novo.

GAROTADABIBLIOTECA: *Só que eu acho que deveria ser franca, porque preciso confessar algumas coisas. Isto está fervendo em minha mente, então para quem eu poderia contar se não fosse para você?*

Em qualquer um de seus disfarces.

NÊMESES: *Assim é melhor. Agora sim estamos chegando a algum lugar. Você disse que gozou depois de mostrar sua boceta para o seu tal de homem aleatório. Conte-me com mais detalhes. Eu quero saber tudo o que aconteceu. Não deixe de contar nada.*

Bem, eu acho que isso irá diverti-lo sob uma diferente perspectiva. E talvez eu vá *trapacear*. Isso vai adicionar um pouco mais de tempero.

GAROTADABIBLIOTECA: *Quando eu mostrei para ele a minha boceta, ele ficou excitado. Eu vi, mesmo através da calça jeans, que ele ficou duro e então pensei que, do mesmo jeito que ele me viu, ele poderia querer que eu visse o seu pinto.*

NÊMESES: *Parece justo.*

GAROTADABIBLIOTECA: *Então eu meio que saltei em sua direção, abri o zíper dele e o tirei para fora.*

NÊMESES: *Quer dizer que você abriu as calças desse homem aleatório que você mal conhece e expôs seu pênis? Onde foi que isso tudo aconteceu? Isso não foi na Biblioteca, foi?*

GAROTADABIBLIOTECA: *Não! Claro que não! Eu ainda não estou tão louca assim!*

NÊMESES: *Onde foi então? Lembre-se de que eu quero detalhes, e não estou conseguindo quase nenhum. Você se esqueceu da punição?*

Como eu poderia esquecer? Há uma parte do meu cérebro que nunca vai parar de pensar nisso. Fico imaginando a punição. Essa humilhação simulada que me faz derreter de desejo. As ministrações de algumas como as facetas ainda não encontradas e misteriosas do Professor Daniel Brewster.

GAROTADABIBLIOTECA: *Há um lugar na biblioteca, lá em baixo no porão, que é muito isolado, um refúgio para os bibliotecários. Lugar perfeito para esse tipo de coisa.*

NÊMESES: *Que tipo de coisa?*

GAROTADABIBLIOTECA: *Espere, estou chegando lá.*

Eu só quero me tocar novamente, mas ele está me forçando a digitar. Bastardo, ele é o único que merece ser punido. Por um momento, eu me deixei vagar numa fantasia de mim vestida com uma roupa de couro. Tinha perdido um pouco de peso e estava linda, e ele está ajoelhado na minha frente. Eu vejo nele a forma idealizada do sexo masculino, o arquétipo de músculos fortes e pele brilhante, mas seu cabelo é escuro e selvagem, o cabelo de Daniel. Eu não vejo nenhum rosto. Só vejo como seus lábios estão beijando minha bota brilhantemente polida.

Meus dedos estão deslizando sobre o teclado e quase começo a descrever o homem subjugado, então eu me lembro daquilo que deveria estar contando ao Nêmeses.

GAROTADABIBLIOTECA: *Ele era lindo e grande e eu chupava ele. Ele encheu minha boca, e estava muito delicioso. Eu chupei até que ele gozou e eu engoli tudo. Estava muito gostoso.*

NÊMESES: *Você está querendo dizer que fez sexo oral com um homem estranho, com este homem aleatório?*

GAROTADABIBLIOTECA: *Ele não é um estranho. Eu o conheço um pouco. E gosto dele. Na verdade, é exatamente o tipo de homem para quem eu faria um boquete de qualquer forma.*

Parece que eu consigo sentir o sabor de Daniel novamente, que vem misturado com o aroma de excitação sexual e que voa pela rede telefônica, espalhando-se por bytes por segundo desde o Nêmeses até mim. É como se eu pudesse sentir a energia e o sangue endurecendo o seu pênis.

Estou descendo em espiral em um mundo escuro e melado e ele está a meu lado. Sorrindo. E eu lhe devolvo o sorriso, observando o pulsar do cursor com um batimento cardíaco ou o pulsar do meu clitóris.

NÊMESES: *Então, quantas vezes você realiza boquetes nos homens de que gosta? Uma vez? Duas vezes? Três vezes por semana? O que você faz? Você os seleciona na biblioteca, depois os seduz até esse seu esconderijo no porão e chupa o pau deles? Você está começando a soar para mim, Gwendolynne, como uma menina muito sapeca e assanhada, uma prostituta. Parece que você é uma mulher de apetites selvagens e que tem muito pouco controle sobre eles.*

Eu balanço meus quadris contra o colchão. Ele está certo. Eu posso cheirar a minha excitação, enfiando meus dedos entre minhas coxas. Meus apetites são selvagens, mas foi ele quem os levou a essa intensidade. Por causa dele, eu me sinto como se tivesse renascido, como se tivessem arrancado minha pele. Eu me sinto totalmente diferente. Antes, eu era quieta. Vivia em segurança. Era feliz, mas de uma forma sem grandes sobressaltos. Agora, sinto prazer por todos os lugares, e gosto disso, adoro isso. Não, eu amo isso!

E amo quando ele me descreve à moda antiga como sapeca e assanhada.

GAROTADABIBLIOTECA: *Bem, eu não tenho a chance de fazer boquetes com a frequência que eu gostaria. Foi por isso que agarrei a chance com meu amigo aleatório assim que ela surgiu. Era uma oportunidade perfeita. Eu não posso fazer isso com você, então pensei em fazer nele em seu lugar.*

As palavras não aparecem, mas ouço uma risada masculina e alegre em minha cabeça. Eu sei que fiz cócegas nele, e de repente do nada me sinto um tanto melancólica. Eu gostaria, nossa, gostaria muito que ele estivesse aqui ao meu lado na cama, e assim eu poderia empurrar meu laptop de lado e nós poderíamos fazer amor. Talvez eu pudesse até lhe dar um boquete primeiro, pelo menos para começar. Depois, então, eu adoraria empurrá-lo na cama e subir nele, montada como uma amazona e tomando o controle da situação. E dele.

NÊMESES: *Você vai ter sua chance, minha querida. Você não precisa se preocupar. Terei todo o prazer de sua boca que eu quero, linda Gwendolynne. E isso será mais cedo do que imagina, marque as minhas palavras.*

Pode vir, machão! Eu posso com ele! Eu me sinto como se estivesse saltando e socando o ar, mas me contento em exclamar "Sim!" para o meu quarto vazio.

GAROTADABIBLIOTECA: *Isso é sério?*

Faço uma pausa e deixo que as palavras sejam absorvidas. Então, o atinjo com um ataque ousado.

GAROTADABIBLIOTECA: *Talvez você já tenha tido isso?*

Longo silêncio. Silêncio, por longo tempo. Oh merda, eu

Estraguei tudo.

NÊMESES: *Eu acho que você está cansada, minha querida. Você está falando em enigmas. Será que devo deixá-la dormir agora?*

Meu coração dispara de novo. Ele não negou nem confirmou. Será que devo pressionar mais um pouco?

Não. Ainda não. Ainda não.

GAROTADABIBLIOTECA: E*u estou bem. Não estou cansada. Na verdade, estou com tesão. Você não pode provocar uma garota dessa maneira e daí decidir que já foi o suficiente.*

Mais uma vez o fantasma de um sorriso aparece, e o fantasma de um sorriso muito bonito. Eu sinto uma admissão tácita. Ele realmente sabe que eu sei, e que sei que ele sabe que eu sei. Quero abraçar-me e rir e rolar sobre a cama. Mas, mais do que isso, eu quero gozar, e ele também sabe disso.

NÊMESES: V*ocê é muito impertinente e direta, Gwendolynne. Eu pensei que estivesse no comando aqui. Se eu entrar em seu jogo e brincarmos mais um pouco hoje à noite, haverá uma penalidade maior. Eu poderia ter de obrigá-la a dar o próximo passo e se arriscar em um jogo maior.*

Você sabe que eu quero isso, não é, Nêmeses?

Suas palavras e os padrões de pixels parecem transmitir-se diretamente ao meu corpo como a eletricidade. Apenas o pensamento desse tal jogo maior, esse nível mais alto, esse envolvimento bem profundo, faz a minha cabeça se sentir mais leve, como se estivesse cheia de espuma. Mostrei meu sexo esta tarde a um homem que ainda é praticamente um estranho. O que mais posso ser manipulada para fazer? Mais ousadia? Mais riscos? Eu estou entrando em uma gaiola de veludo cheia de pecado.

GAROTADABIBLIOTECA: *Dê o seu melhor. Eu posso aguentar. Vamos jogar.*

NÊMESES: *Coloque dois dedos dentro de si mesma. Brinque com eles para dentro e para fora, como se eu estivesse em cima de você e metendo dentro de você. Faça isso por cinco minutos. Nada de digitação. Apenas se coma com os dedos.*

GAROTADABIBLIOTECA: *Tudo bem.*

NÊMESES: *Você pode imaginar-me enquanto faz isso? Crie uma imagem de mim em sua mente, ou escolha um rosto que você*

conhece e finja que ele sou eu.

Malandro espertinho.

GAROTADABIBLIOTECA: *Eu posso controlar isso sem problemas. Vou usar aquele meu homem aleatório. Ele é muito bonito.*

NÊMESES: *Bem, faça isso então, e seja rápida, ou vou fazer com que use três dedos.*

GAROTADABIBLIOTECA: *Tudo bem, tudo bem.*

Eu não posso esperar por sua resposta. Eu jogo o laptop de lado, dando pouca atenção para seus componentes frágeis, e arranco as cobertas de cima de meus quadris. Meu pijama gira em torno de minhas coxas enquanto puxo para baixo e para jogo para longe ao mesmo tempo, esfregando minha bunda no colchão quando faço isso.

O teto é uma tela para minhas fantasias quando enfio a mão entre minhas coxas, procurando o portal do meu sexo. Estou fervendo de calor e umidade. Dois dedos deslizam para dentro como se mergulhassem em creme. Devo tentar um terceiro? Devo me antecipar a ele?

É mais difícil do que eu esperava. Três é muito. Mas respiro fundo, engolindo o ar, e deixo me levar para outro lugar... Para o porão da biblioteca... E estou em cima da mesa, sendo montada por Daniel. Meus três dedos passam a se tornar seu magnífico pau, que penetra diretamente em mim.

Ser arrebatada por ele é uma prova deslumbrante. Estou penetrada, devastada, aberta e esticada. Eu sei que sou eu, realmente, mas de alguma forma, também é ele, enorme e deslumbrante.

Eu juro que um dia vou fazer esse sonho se tornar realidade.

Pernas bem abertas entre preciosos e insubstituíveis documentos, me contorço como um animal selvagem. Estou uma confusão, uma bagunça, a saia toda amontoada, a calcinha abaixada até um dos tornozelos, aquilo que antes era uma blusa imaculadamente branca está aberta e o sutiã, empurrado para o lado. Daniel/Nêmeses está por cima de mim, enfiando forte e sua roupa também em desalinho. Eu estou agarrando seu traseiro nu enquanto ele mete e mete, minhas mãos sob a sua camisa de algodão. Seu jeans escuro caído até o meio de suas coxas.

Enquanto mexo em mim mesma, entro cada vez mais profundamente em minha imaginação. Daniel está me segurando com um braço forte, enquanto acaricia meus seios com a mão livre. Ele belisca e torce meus mamilos e eu estou adorando isso. É o sexo mais cru e desconfortável que eu já tive, mas ainda toca meu coração e emociona a minha alma.

Ah, eu quero você, Professor Gostoso. Ah, como eu quero você.

Mexer em mim mesma desse jeito só pode levar ao inevitável.

Um desempenho como este não pode ser mantido por muito tempo. Meu corpo convulsiona e eu grito de prazer, gozando brutalmente. Minha respiração áspera raspa o ar como se eu tivesse acabado de correr uma maratona. A poucos metros de mim, a janela do chat espera em um silêncio vazio. Então, como se eu o chamasse, as palavras voltam a aparecer novamente.

NÊMESES: *Então, Gwendolynne, você já fez isso? Já fez o que eu pedi?*

Levanto-me, enxugando os dedos sobre o edredom. Mas que vagabunda eu sou. E para que diabos serve aquela caixa de lenços de papel ao lado da cama? Estou realmente ficando desprezível.

Sentindo-me como se tivessem me virado do avesso por uma centrífuga, alcanço o laptop quase sem forças para puxá-lo mais perto de mim. Meus braços estão moles como os de uma boneca de pano e eu só quero ficar sentada aqui respirando por mais algum tempo, mas as palavras de Nêmeses pulsam como se tivessem sido gravadas a quente de modo permanente na tela.

GAROTADABIBLIOTECA: *Sim.*

Isso é tudo que consigo digitar.

NÊMESES: *Sim? Isso é tudo? Quero detalhes, minha jovem, detalhes! Quero uma descrição em glorioso tecnicolor e o uso de precisa terminologia, ou então irei lhe impor outra punição, e desta vez será uma das grandes.*

Que porco ganancioso! Sempre lançando suas exigências e fazendo ameaças. Eu vejo que ele sorri enquanto brinca e me incita a fazer as coisas que pede. E eu sorrio de volta. Minha vontade é continuar brincando, mas estou cansada, estou exausta.

GAROTADABIBLIOTECA: *Você já me esgotou. Estou exausta. Me dê a punição.*

Seu grito de triunfo parece ecoar ao longo dos quilômetros de telefonia e através do wi-fi. Isso é exatamente o que ele queria, e agora ele é o único que vai fantasiar enquanto começa a usar a mão em si mesmo. Imaginando que *eu* esteja fazendo o ultrajante ato erótico que ele criou.

NÊMESES: *Prepare-se porque esse vai ser dos grandes. Vou exigir um bocado de você, minha querida. Um salto de qualidade desta vez.*

Meu coração bate com energia e, apesar da letargia que toma conta de meu corpo, começo a ficar excitada novamente.

GAROTADABIBLIOTECA: *Pode mandar.*

E ele manda, e como ele manda... Mas tudo que consigo pensar é na palavra "querida".

8

Um salto quântico

Mal posso esperar para contar ao Professor Gostoso McLindo sobre isso! Quero ver a cara dele quando eu descrever a próxima punição. Eu quero ver o sorriso escondido, a cumplicidade secreta em seus olhos. Eu quero ver até onde posso provocar até que ele venha admitir que eu ganhei o jogo. Porque, definitivamente, agora isso é uma competição. Para ver até onde podemos ir e quem vai ceder primeiro.

Então ele irá dizer: "Tudo bem, tudo bem! Você me pegou! Eu sou Nêmeses!". Ou então eu irei dizer: "Admita! Admita! Você é Nêmeses!"

Ainda há uma pequena noção, por trás de minhas observações, uma pequeeeena possibilidade de eu estar errada e ele não ser Nêmeses. E de que estou de fato participando de um jogo perigoso com uma pessoa realmente pervertida e com uma mente perturbada. Mas lá no fundo do meu coração, onde a racionalidade é uma visitante pouco frequente, eu sei, apenas sei que Daniel Brewster é o meu Nêmeses. Ou Nêmeses é meu Daniel. Seja lá como for.

De qualquer forma, estou determinada a fazê-lo desistir primeiro.

Hoje chamei todas as atenções para mim na biblioteca, e devo admitir que as olhadas que estou recebendo do técnico de informática Greg, de Clarkey e também do Senhor Johnson da Biblioteca Borough têm sido incalculáveis. Como a cobertura de um bolo delicioso.

Fui com minha roupa de bibliotecária ninfomaníaca dos anos 1950 de novo. Blusa justa, a saia apertada, as meias. Uma vez mais, lamento que não posso usar meus sapatos de salto alto no departamento de empréstimos e na outras áreas públicas do local. Os pisos foram refeitos recentemente e saltos finos estão expressamente proibidos.

Eu arrumei o meu cabelo hoje de uma maneira ligeiramente diferente. Está preso de forma frouxa, assimétrica, com muito mais daquelas mechas finas ao redor do meu rosto.

Realmente acho que esse look de mulher-sexy-do-escritório tem tudo a ver comigo e está definitivamente funcionando. Nada mais dessa coisa de ficar usando roupas largas e folgadas. A partir de agora, vou remontar minha forma de vestir e voltar para os dias em que era ótimo ter uma abundância de curvas. Ora, Marilyn Monroe seria tamanho grande para os padrões estúpidos de hoje em dia, e ela fazia os homens ficar de joelhos para adorá-la como a uma deusa.

Parte de mim deseja que Daniel fique rastejando também. Sim, isso é fato. Mas outra parte, bem maior, fica mantendo aquelas perturbadoras fantasias sobre eu estar rastejando para ele, e mais, muito mais. A máscara de couro e algumas vezes um par de botas altas de couro negro parecem aparecer bastante para mim.

A caixa de sugestões não trouxe nenhuma carta azul. Isso é decepcionante, eu preciso admitir, mas é certo que posso me consolar com o fato de que desenvolvemos um modo de comunicação bem mais interativo ultimamente. Nêmeses até me deu um número de telefone celular que está pronto para ser usado, isso só depende da minha decisão. Embora eu não saiba quando isso irá acontecer. Esse foi outro daqueles desafios malucos que ele colocou, o tal salto quantitativo ao qual se referiu.

Ele deseja que eu aborde outros de meus "homens aleatórios" em um bar. Diz que poderá estar ou não me observando à distância, disfarçado, enquanto eu escolho um desconhecido a perigo para fazer sexo anônimo. Fico me perguntando se ele anda lendo um desses famosos blogs de garotas de programa.

Sorrindo, eu olho ao redor da biblioteca. Ela foi aberta há bem pouco tempo e os frequentadores já estão flutuando em torno das prateleiras ou se organizando com seus papéis e anotações. O que eles pensariam se soubessem o que a sua conhecida senhorita Price está prestes a fazer?

Será que algum deles suspeita de algo? Não são apenas as sobrancelhas dos funcionários que se arqueiam novamente esta manhã. Um dos sujeitos desempregados também está lançando olhares furtivos para mim por cima do seu tabloide.

Para a minha tarefa de prostituta, Nêmeses diz que preciso escolher um hotel, e eu tenho uma bela ideia de qual ele espera que eu escolha. Eu deveria agradar a ele, mas seria divertido chocar esse sujeito sugerindo um velho lugar como Horse and Jockey ou o Master Bricklays Arms.

Falando de Nêmeses, onde está o suspeito principal nesta manhã? Eu consegui roubar uns minutos e me esgueirar lá embaixo para checar o cubículo do Professor Gostoso antes da hora de abertura da biblioteca, para ver se ele tinha entrado pela porta dos fundos. Mas não há sinal dele. O que por si só não é incomum, afinal ele é um convidado de honra aqui, mas não possui um horário fixo. Ele nem sequer precisa vir todos os dias. Embora eu penso que haveria para um estímulo bastante picante acima do Arquivo Livesay e de seus documentos insubstituíveis.

A ideia de não o ver causa um extraordinário efeito sobre mim. Eu sempre achei que fosse modo de dizer quando alguém descreve seu coração afundando no peito, mas eu juro que o meu caiu ao ponto mais profundo somente com a ideia de não ver aquele rosto adorável hoje.

Adorável... Mas que diabos há de errado comigo? Eu estou apaixonada por ele em vez de apenas imaginar ter loucos jogos sexuais? Existem sentimentos melhores e mais sérios espreitando na luxúria? Agora sim isto é ser deliberadamente estúpida.

Essa implicação alarmante abaixa a bola do meu dia, mas eu não posso mostrar isso ao meu público. Fixo um sorriso em meu rosto e me lanço em entusiasmados conselhos aos leitores, me excedendo em atendimento até para as pesquisas mais simples. Na hora do intervalo, saio correndo para o porão, mas tudo está envolto em escuridão e volto para a luz ainda carregando aquele vazio comigo.

Só preciso afastar a minha mente desses homens com bocas maravilhosas, dedos mágicos, processos mentais perfeitamente demoníacos e imaginação distorcida. Eu não ouso permitir que minhas reflexões rebeldes desçam muito para esses caminhos perigosos.

Ele só quer uma aventura temporária. E é isso que Nêmeses também quer. Ah, isso é mais do que uma asneira, é algo muito errado, mas ainda assim estou ansiosa para chegar a hora do almoço e poder descer as escadas de novo e verificar se ele está lá.

E logo quando estou prestes a sair do trabalho, depois de perder todas as esperanças, ele chega. E atravessa a porta de entrada com uma mulher! Ela é linda... Eles param no interior do saguão de entrada, ela olha em seus olhos e, nesta visão, tão cheia de suave preocupação, dá um tapinha em seu braço e diz algo calmo e solícito, inclinando-se para ele.

Sinto como se tivesse chumbo derretido no estômago e logo quero arrancar os olhos dela. Ela é mais velha do que eu e do que ele, aparenta uns quarenta anos, mas brilhando em sua exuberância. O cabelo deve ter saído caro, com luzes de diversos tons e o lindo terninho que está usando grita bem alto "de marca"! Ela não devia ser o tipo de Daniel, mas ele devolve o olhar apaixonado dela com um encolher de ombros e um torcer de lábios que parece estranhamente íntimo. Agora eu quero arrancar os olhos dele também.

Eu gostaria de ouvir o que eles estão dizendo, mas, levando em conta a linguagem corporal, o que eu posso presumir é que ela está preocupada com ele e tentando argumentar sobre alguma coisa. Daniel está fazendo o "papel de homem", se encolhendo, ao mesmo tempo que empurra seus óculos e esfrega os olhos e remexe a parte de trás de seu cabelo cacheado. Acontece mais um pouco desse vaivém, e depois ela se inclina e o beija suavemente no rosto. Isso deposita um pouco de batom rosa na pele do rosto dele, e depois, em mais um gesto possessivo, ela tenta limpar.

Quando ela desaparece, Daniel lança olhares em direção a minha mesa, mas assim que ele começa a se aproximar, uma voz esganiçada e bem preocupada de um lado de mim me pede:

— Por favor, você pode me ajudar?

Eu tenho vontade de responder: "Não! Vai à merda! É minha pausa para comer!", mas eu me viro e sorrio. É uma jovem mulher que está sendo muito requisitada por seu bebê no carrinho e me olha já com lágrimas nos olhos. Hesitante, ela descreve um projeto escolar que seu filho mais velho está fazendo e que precisa ser concluído para o dia seguinte. Nem todos têm internet em casa, pelo jeito. No entanto, ela descobriu que poderia usar uma biblioteca pública pela primeira vez em sua vida, em busca de recursos. Dez minutos depois, e com sua pilha de livros emprestados, ela está comovida e extremamente grata. Mesmo no carrinho, o bebê está mais calmo, sentindo a melhora repentina dos espíritos da sua mãe tão preocupada. Sua gratidão foi tão efusiva, apesar de toda a minha atenção deslocada para onde se encontra Daniel, que eu também me sinto melhor. Há um consolo e uma satisfação em fazer bem o seu trabalho e chegar à essência dele em vez de passar por um monte de trabalhos burocráticos. Eu a incentivo a voltar e me disponibilizo para que ela me procure quando quiser e que me peça o que for preciso.

Esse sentimento de missão profissional se dissipa rapidamente, no entanto, quando penso na Senhora Roupas de Grife e seu direito divino de beijar Daniel em público. Como há essa perene escala de serviços na biblioteca e ninguém para me aliviar nessa hora do almoço, eu fecho minha mesa, vou para a seção dos funcionários, bato o cartão e fujo pelas escadas de volta ao porão.

Nada como um pouco de confronto para liberar a crescente tensão. Bem, eu posso pensar em coisas melhores... E, ei, quem sabe consigo isso em vez de uma briga? Quem sabe... Meu coração pula como uma bola de borracha enquanto desço a passos rápidos e numa velocidade imprudente. Se o velho Senhor Johnson fica sabendo disso, vou tomar uma reprimenda e tanto. Mas quem se importa? Simplesmente tenho que descobrir quem é essa mulher.

Eu sei que o meu ciúme é ridículo com relação ao Professor Gostoso McLindo. Não somos um casal. Nós nem sequer fizemos sexo como deve ser feito. Uns amassos e um boquete não constituem as bases de um relacionamento estável. É uma aventura temporária, lembra? Embora a mulher do saguão de entrada agora mesmo não pareça temporária nem um caso à toa.

Eu me acalmo um pouco. Preciso esfriar a cabeça. Isso é apenas um jogo.

Ele não está em seu cubículo. Livros e documentos estão espalhados como de costume, com o laptop brilhando suavemente de um lado. Um do seus joguinhos está piscando. Será que ele realmente faz alguma coisa aqui em baixo? Seu casaco de *tweed* está estendido nas costas da cadeira. Eu me pergunto se ele foi até o banheiro e fico toda ouriçada quando minha lembrança se volta para aquilo que vi da última vez que o segui até aqui. Ele é tão bonito. Tão elegante. Tão homem.

Um som baixinho me retira desses meus devaneios luxuriosos. Parece um gemido, ou pelo menos é assim que soa para mim. Será que ele está fazendo aquilo tudo novamente?

Caminho até a outra extremidade do porão, onde alguns móveis já antigos e castigados pelo tempo estão armazenados, num tempo anterior quando a biblioteca era um lugar mais calmo. Naquela época a biblioteca tinha uma elegante sala de leitura, com nobres móveis e sofás estofados de couro para sentar e ler as cópias do *The Times*. Esses móveis tão veneráveis foram perdendo seu status, mas eu descobri que quem perdeu mesmo a compostura foi Daniel. Ele está totalmente estendido em um sofá, um dos seus braços jogado no rosto, cobrindo os olhos e o outro braço largado em direção ao piso, quase tocando o chão, e os óculos pendurados em seus dedos. Ele parece um cruzamento entre um anjo caído e um poeta vitoriano destituído de sua face por absinto e láudano.

— Você está bem?

O som da minha voz o desperta, e então põe a mão em sua cabeça novamente.

— Sim... mais ou menos.

— Mentiroso.

Seus olhos parecem dois poços escuros neste sombrio, mal-iluminado canto do porão e ele está obviamente com dor. Esta é a segunda vez em que eu o pego aqui embaixo em um situação que está longe de ser o auge de sua saúde.

Ele move as pernas para o chão, fazendo um movimento para dar espaço para mim no sofá. Eu me sento, mas ele está fazendo força com os olhos para enxergar, para tentar substituir os óculos, e ainda não me olha diretamente. Como a mulher elegante de antes, eu coloco a minha mão no seu braço. Sua carne parece quente e febril, através da camisa azul-escura de algodão.

— O que está acontecendo? Há algo de errado.

— Dor de cabeça. Nada mais do que isso. Não se aflija, é coisa normal.

Sua voz parece cansada, rude.

— Parece que você tem essas dores de cabeça um pouco demais. Você já foi se consultar com um médico?

Ele enquadra seus ombros e senta-se em linha reta, e agora ele me olha, e o brilho parece voltar à ele.

— Eu só estou trabalhando muito. É só isso, não é nada.

Ele repousa sua mão sobre a minha, seus dedos leves e se mexendo ligeiramente.

— E como você está?

Em questão de segundos agora, tudo muda porque ele me tocou. São os mesmos dedos que me levaram à loucura ontem, e seus delicados movimentos já me levam para metade do caminho agora mesmo. Num piscar de olhos, pulei do mundo trabalhoso da biblioteca e de seus orçamentos limitados e usuários ansiosos e entrei no reino tipo panela de pressão de Nêmeses e seus lúdicos jogos sexuais psicológicos.

Aqui eu posso fazer qualquer coisa, falar qualquer coisa e desejar qualquer coisa.

— Você realmente quer saber?

— Claro que sim. Afinal de contas somos amigos, não somos?

Que amigos... Eu olho para as suas mãos e as quero em mim. Então parece que vejo seus dedos segurando uma caneta ou as chaves. Está na ponta de minha língua a vontade de exigir a verdade, mas em vez disso eu simplesmente digo:

— Tudo bem, eu vou lhe dizer como eu me sinto. Eu sinto tesão. – Suas sobrancelhas se levantam e ele sorri. – Veja só isso. Que tal isso, é suficientemente amistoso para você?

— Bem, isso é uma forma de tirar da mente a dor de cabeça de um homem. – Ele chega mais perto e eu sinto um toque de sua deliciosa colônia. É amadeirada e picante, com um ligeiro tom exótico. Lá embaixo, sinto-me vibrar em resposta. – Você... Er... Pretende fazer alguma coisa a respeito disso? – Seus cílios grossos e escuros flutuam para baixo. Ampliados pela lente de seus óculos, se parecem com leques de veludo preto sob uma luz fraca. – Tudo puramente pelo interesse da nossa amizade, claro. E isso ainda lhe daria alguma coisa para contar ao seu Nêmeses.

— Foda-se o Nêmeses.

Eu rio assim que brota em mim a certeza de que estou prestes a fazer exatamente aquilo. Ele ri também, e acho que estou tendo alucinações porque me parece ver um brilho devasso saltando em seus dentes muito brancos.

— De fato.

Ele concorda, inclinando levemente a cabeça. Será que ele piscou? Ele poderia ter feito isso. É bem possível que sim.

De fato, de fato. Ele é tão tentador, tão delicioso, e há uma qualidade nele que me faz sentir poderosa. Ele pode levar vantagem na maioria das vezes, mas agora ele está à beira da vulnerabilidade. Eu avanço um pouco, fazendo-o inclinar-se devagar, em seguida o pego pela parte de trás do pescoço e trago seu rosto para lhe dar um beijo. No último minuto ele retira seus óculos e os lança para um lugar perto do sofá. Eu ouço o toque macio deles tocando no carpete já desgastado pelo tempo. Espero que eles não tenham quebrado, mas esta preocupação em si está a milhares e milhares de quilômetros de ser realmente importante. Eu amo a sensação dos cachos do cabelo de Daniel nos meus dedos e o calor úmido da sua boca em minha língua. Eu amo o jeito que ele faz "Hummmm..." Parece que ele engole o sopro da minha vida.

Seu ato de concordância é apenas isso, um ato. Enquanto estou beijando ele, suas mãos trabalham inteligentemente, as franjas da minha blusa já estão para fora na minha cintura antes mesmo que eu venha a ter conhecimento disto, e seus dedos quentes já estão deslizando pelas minhas costas procurando o fecho do meu sutiã. Ele, com destreza suspeita, o gira e o libera. A sensação do deslizar da minha roupa pelo meu corpo é estranha e ao mesmo tempo excitante. Ele logo compensa essa estranheza ao deslizar sua mão e capturar um de meus seios dando-lhe um aperto sensual. No mesmo instante sua língua surge possuindo minha boca de uma forma que nunca vivi.

Eu grito em silêncio e contorço os meus quadris enquanto ele aperta o meu mamilo. A dor é pequena, porém aguda e penetra direto no meu coração e na minha alma. Como diabos ele sabia que isso faria com eu me excitasse? Nem eu mesma sabia disso.

Ele faz isso de novo, mas não de uma forma dura, e sim com autoridade e eu sinto a adrenalina quente na minha calcinha. De repente quero estar nua lá embaixo. Quero de novo a mão dele ali para me tocar, explorar e me dar prazer. Quero os seus dedos dentro de mim, talvez não três, mas certamente dois, entrando, empurrando, e me preparando para a entrada do seu pênis.

Alcançando minha saia enquanto ele ainda está brincando com meus seios, eu a coloco para cima, expondo minha cinta-liga e minhas meias. Puxo com ambas as mãos, tirando todo o pano que possa atrapalhar o caminho, juntando tudo na minha cintura, e depois começo a puxar minha calcinha para baixo. Daniel abandona meus seios assim que percebe o que estou fazendo, e me ajuda. Ele ajuda a arrastar minha calcinha, passa a peça pelos meus sapatos e então estou parcialmente nua, somente desde a minha saia amarrotada até a parte de cima das coxas.

Meus olhos voam abertos e eu descubro que os olhos de Daniel estão fechados, aqueles cílios celestiais deitados sobre o topo das maçãs do rosto. Ele está saboreando-me na escuridão, empregando seus toques apenas quando encontra as rendas e o elástico de minha cinta-liga, e então desliza seus dedos ao longo da faixa escura de minha meia. A ponta de um dos dedos escorrega sob o náilon, acariciando delicadamente, a unha pressionada com força contra a pele nua e suave, e que por tanto tempo só havia sentido o meu próprio toque quando me lavo... E de vez quando me dou prazer.

Por cerca de um minuto, ele fica apenas brincando com o dedo em torno dessa parte da meia calça, me provocando. Ele está tão perto do meu centro, mas vai ficar longe de propósito. Eu posso sentir-me escorrendo e fluindo, meu mel escorrendo pelo couro antigo do sofá abaixo de mim. Meu sexo está latejando, gritando silenciosamente pelo contato.

Eu perco a paciência e coloco a sua mão no meio das minhas pernas. Suportei o suficiente dessa falta de ação, e o som baixo de apreciação que Daniel emite em minha boca me diz que ele não se incomoda que eu tome a iniciativa.

Imediatamente ele assume a configuração perfeita, sua mão colocada delicadamente na minha vulva, o dedo médio magistralmente entre meus lábios vaginais e apertando o meu clitóris. Ele pressiona forte, o mesmo nível de força do momento em que me beliscou, e sua outra mão passa vigorosamente por dentro do meu sutiã agora folgado, apertando delicadamente de novo meu mamilo. Puxa, torce, prensa, esfrega. Puxa, torce, prensa, esfrega.

Minha vagina está trêmula e se aperta e eu quase mordo a língua de Daniel na hora em que gozo. Eu fico feliz que ele tem o domínio da minha boca, porque sem ele eu já estaria gritando – e mesmo que estejamos aqui abandonados nas entranhas esquecidas da biblioteca, alguém me ouviria.

Ele trabalha direitinho para que eu chegue bem ao meu clímax. Ele é implacável. Eu balanço e me contorço, desempenhando o melhor que posso para ele. Por dentro estou planejando minha vingança. Ele comanda a minha paixão agora, mas em breve eu vou possuir a dele. Ainda vibrando, eu me afasto, coloco as mãos em seu peito e o empurro contra o sofá.

— Camisinha. Você tem uma camisinha?

Um pouco ríspida, movendo-me sobre ele, meio sem graça, mas com muita determinação e quase já sem fôlego

— Sim.

Ele suspira para mim e com suas mãos já se separando do meu corpo, vasculha na parte detrás dos seus jeans, nos bolsos, e puxa um daqueles familiares pacotinhos.

Olha que conveniente.

Seus olhos se abrem por alguns minutos e ele me envia um pequeno e irônico sorriso e um movimento nos ombros.

Seu demônio, você já estava planejando isso há tempos! O tempo todo! Eu quero sacudi-lo, repreendê-lo, dizer que ele é um arrogante, bastardo, presunçoso, provocador, pervertido, manipulador. Mas eu não vou fazer isso não, principalmente porque quero trepar com esse homem.

Fixando-o com olhar severo de advertência que ele quase deixa de ver, porque se inclina para trás e fecha os olhos novamente, eu ataco a fivela do cinto, e então o botão da calça jeans.

Eu lanço um olhar severo, advertindo que ele quase perdeu o jogo. Mas ele se inclina para trás e fecha os olhos novamente. Então eu vou para a fivela do seu cinto e parto para o ataque novamente, agora contra os botões. Surpreendentemente ele está sem cueca e confirma mais uma vez minha suposição de que, na arrogância dele, ele estava predeterminado a isso hoje. Minha vontade é de lhe dizer que é um sujeito muito convencido, mas estou abismada demais com a gloriosa visão de seu pau, subindo como uma lança rosada por entre as dobras escuras de sua calça jeans.

Estou quase desmaiando de antecipação. Eu quero ele. Eu quero ele dentro de mim. Eu quero fazer sexo com o famoso historiador que aparece na televisão, o versátil, o demônio espertinho Professor Daniel Brewster. E eu quero isso agora.

— Me dê isso!

Eu pego o preservativo e o abro com a boca. O lubrificante que tem lá dentro é liso e sedoso, mas nem de perto tanto quanto a cabeça do pênis de Daniel. Um fluido claro como prata está escorrendo da pontinha, sua excitação tão ansiosa e reveladora quanto a minha.

Já faz algum tempo que não ponho uma camisinha em um homem, mas essa é uma daquelas habilidades de que a gente nunca se esquece, porque ela vem com o privilégio de lidar com a rigidez deliciosa dele. Consigo alcançar o objetivo sem me atrapalhar, mas o calor em sua carne poderosa é enervante. Assim como é a beleza agonizante de seu rosto enquanto visto o seu pau.

Finalmente, ele está pronto. Agora com a borracha ele parece mais duro e maior do que antes, se é que é possível. Minha boceta pulsa de antecipação.

E agora, como vamos fazer isso? Eu tenho um forte desejo de estar por cima. Eu preciso me impor. Chutando meus sapatos para longe, monto em cima dele, ajoelhando-me sobre o velho couro do sofá com minhas coxas apertando as dele. O antigo sofá range ameaçadoramente enquanto ajusto a minha posição, segurando na parte de trás, quase empurrando meus seios semilibertos no rosto dele. Minhas pernas parecem ranger também, por causa do esforço de me manter em cima dele. Então, estico minha mão para baixo, agarro o pênis e começo a guiá-lo para dentro de mim.

A descida parece levar muito, muito tempo. Há um universo de diferença entre olhar um grande pau e tê-lo dentro de mim, e só agora, na hora em que está acontecendo, é que percebo realmente as extraordinárias diferenças. Ele parece ser enorme em comprimento e grossura e de fato tira o meu fôlego. Engasgo em busca de ar, ainda descendo e ainda me expandindo para acomodá-lo.

Finalmente eu estou em repouso com esse pau, paralisada por sua ponta doce e quente de carne. Preciso de um momento para absorver o fato.

Eu me curvo diante dele, respirando profundamente e aproveitando a sensação de estar cheia dele. O sentimento é intenso, quase solene, inesperadamente emocional; meus olhos se enchem de estranhas lágrimas emocionais. Apenas uma aventura? Ah, meu querido, então estou com problemas.

O meu sutiã aberto desliza contra meus seios conforme eu me movo. Descendo ainda mais, solto um pequeno suspiro e busco a abertura da minha blusa puxando furiosamente até os botões voarem pelos ares e me libertarem, tanto da blusa quanto do sutiã. Agora eu estou totalmente nua da cintura para cima e cheia até a borda com o lindo cacete que tenho dentro de mim do homem por quem suspeito estar apaixonada. Realmente estou com sérios problemas.

Estou contente que os olhos de Daniel estão ainda fechados e que, caso ele os abra, as luzes de emergência aqui neste porão são felizmente fracas. As lágrimas ainda estão em meus olhos e tenho certeza de que o amor sem esperanças está em meu rosto.

As mãos dele estão depositadas sobre as curvas arredondadas de meus quadris e de minha bunda, e a ternura desse toque é mais desoladora do que nunca. Peço a Deus que tudo isso seja apenas paixão passageira, porque se não for será o inferno dos infernos quando essa coisa de aventura acabar.

Olho para seu rosto, sua bela face famosa e desonesta, e a minha tristeza sexual chocantemente se transmuta em raiva. Ah, sim, essa brincadeira não significa nem de longe para ele o tanto que significa para mim. Ele deve ter dezenas de fãzinhas. E já que estamos no assunto, o do professor e suas mulheres, me diga quem era aquela mulher elegante e sofisticada com quem ele estava conversando no saguão da entrada?

— Quem era aquela mulher?

Não posso acreditar que eu acabei de falar. O que diabos há de errado comigo? Eu estou me afogando nas sensações mais grandiosas e mesmo assim meu cérebro estúpido e ciumento quer é estragar as coisas.

Os olhos de Daniel começam a se abrir e por um momento estão desfocados e obscurecidos. Ele pisca como se não estivesse completamente certo do que está vendo – mas eu vejo vermelho. Talvez esse homem esteja realmente fantasiando sobre ela? "Você sabe, aquela com o terninho que você estava beijando no saguão."

Ele franze a testa, ainda cerrando os olhos, então parece focalizar. Deixando escapar um suspiro exagerado, ele agarra-me com mais força em volta da cintura, flexiona os quadris e mete com mais força, sua ereção ainda mais firme.

Deixo escapar um gemido e me sinto como se o vapor estivesse saindo pelos meus ouvidos. Meu corpo está esticado em torno dele, a tensão espetando forte em meu clitóris. Eu esqueço que ainda existe qualquer outra mulher na face da Terra. Há apenas eu sentada em cima de Daniel, com seu pau enterrado em mim. Ele empurra de novo e me puxa para baixo, e não é só o sofá decrépito que range e solta gemidos.

— Aquela mulher – Sua voz é baixa e emocionante, seu aperto ainda forte. – Aquela mulher é minha prima Annie, e ela é a sócia do Hotel Waverley. É por isso que eu estou hospedado lá.

Como que para consolidar o aperto com uma mão, ele gira seu pulso e desliza sua outra mão por entre nossos corpos, encontrando meu clitóris e mexendo nele. Minha boceta ondula em torno dele e eu vejo estrelas, meus próprios olhos se fechando agora. Ele mexe de novo e eu começo a gozar, ainda confusa, ainda irritada.

— Satisfeita?

Ele rosna e, prendendo completamente meu clitóris entre os dedos, ele aperta. E quando dá um tapa leve na minha bunda, sim, aí estou satisfeita... E o orgasmo vem. Um grito borbulha na garganta, mas no último segundo enfio meu punho na boca. Ondas e ondas de prazer começam a irradiar do meu clitóris onde ele aperta, segurando delicadamente mesmo enquanto estou empurrando e me contorcendo em todo o lugar.

Ele dá um tapa em mim novamente e meu orgasmo flui. Eu quase desmaio. Caio para a frente e, por alguns minutos, só fico curvada por cima dele, envolta pelo seu corpo, meu peito arfante, meu sexo inteiro efervescendo com tremores. Seus braços se dobram em torno de mim, me segurando, notavelmente suaves e ternos onde antes se mostravam dominantes. Parece como se eu tivesse sido lançada no espaço e agora voltava flutuando suavemente para o solo em meu paraquedas.

Sexo nunca foi assim antes. Talvez eu nunca realmente tenha mantido relações sexuais antes, talvez fosse apenas uma simulação pálida e ineficaz dele?

Finalmente, respiro fundo. Cheguei lá novamente. E a questão mais premente com que tenho de lidar agora é a ereção feroz que ainda está quente e dura dentro de mim.

Mas como pode ser isso? Será que o homem tem poderes sobre-humanos? Meu ex ou mesmo qualquer um de meus namorados anteriores já teriam acabado há muito tempo. Não teria como eles resistirem a um momento tão excitante, porque certamente deve ter sido tão agitado para ele quanto foi para mim. E ainda assim, aqui está ele, duro como uma rocha dentro de mim, mas uma rocha quente, cheia de sangue que pulsa com sua força vital.

Eu me endireito um pouco e olho para ele. Esse demônio! O sorriso dele é uma pintura. Lá está a ternura, eu não estava equivocada, mas brilhando através dela está aquela irritante presunção masculina. A expressão tipo "Olhe para mim. Olhe como sou poderoso e como resisto... Você nunca irá me superar", que me faz desejar exatamente isso: superar esse sujeito. Eu quero dominá-lo exatamente quando estiver dentro de mim, meu escravo indefeso.

Caio de volta em seu peito, me preparando, ajustando minha posição. Então eu levanto e desço de novo, levando-o para um lugar ainda mais profundo. Minha boceta pisca perigosamente mais uma vez, outro orgasmo a apenas um toque de distância, mas eu tenho a satisfação de ver os olhos de Daniel bem abertos. E quando faço isso de novo ele solta um palavrão que é mais apropriado para um marinheiro em vez de um acadêmico muito educado e sofisticado.

— Shhh! – ordeno, inclinando-me um pouco para a frente de novo e cobrindo a boca de Daniel com a mão.

Então eu cavalgo nele, literalmente cavalgo nele, levantando e descendo repetidas vezes. Em poucos segundos, sinto que vou gozar mais uma vez, em uma repetição violenta e repentina, mas eu resisto a ela, meu corpo se movendo em piloto automático enquanto minha mente navega entre as estrelas.

E ele ainda assim resiste a mim, o desgraçado.

Já chega. Eu fico acocorada, me agacho nele bem perto e aperto meu sexo ardente ao redor de seu pênis. Isso me faz ver aquelas estrelas de novo, mas cerro meus dentes e aperto e trabalho com ele como nunca agarrei e trabalhei um homem antes.

Suas mãos seguram meus quadris, os dedos se cravando na carne também, que é muito abundante lá, e eu sinto as pontas de suas unhas ameaçando minha pele. Porra, ele ainda está resistindo a mim! Seu belo rosto é uma máscara de tensão e teimosia, a linha do queixo duro como ferro, os dentes cerrados.

Mas isso é demais!

Ainda apertada sobre ele, eu me levanto e abaixo com tudo de novo. Duas coisas acontecem simultaneamente. Não, três coisas. Não, na verdade, quatro...

Daniel rosna outro palavrão de marinheiro. Ele goza, seus quadris se movendo loucamente para cima e para baixo. Eu gozo mais uma vez, o prazer torcendo-me quase como se fosse dor.

E o sofá antigo finalmente sucumbe à punição que temos infligido a ele e desaba debaixo de nós com um poderoso estrondo.

9
Nós podemos parar com isso

Há um momento de silêncio total, atordoante. Então, abro meus olhos de repente e olho direto nos de Daniel. Eles estão mais brilhantes e felizes do que jamais vi, claros e cheios de vida, apesar da ausência de seus óculos. Ambos começamos a tremer e o riso parece ganhar força assim como aquele gigantesca bola que persegue rolando o Indiana Jones no filme. No momento em que estou a ponto de explodir em gritos de alegria, outro som nos faz congelar em silêncio.

— Quem está aí? O que está acontecendo?

É o Sr. Johnson, o bibliotecário-chefe e, mesmo que ele pareça estar na outra extremidade do porão, é terrível perceber que está caminhando em nossa direção.

Em um borrão de movimento, nós nos separamos e começamos a recolher nosso equipamento como se fôssemos membros das Forças Especiais reagindo a uma emboscada. Agindo puramente por instinto, eu agarro a mão de Daniel e o arrasto para o outro lado do canto das prateleiras e para dentro de um pequeno esconderijo que conheço por causa das longas horas de tédio passadas aqui arrumando as estantes. É um esconderijo onde às vezes eu me enfio para ler pronografia por alguns minutos.

Passos impassíveis se aproximam.

— Tem alguém aí? – Repete o bibliotecário confuso, obviamente confrontando o sofá completamente destruído.

Está escuro em nosso pequeno nicho. Existe uma luz de parede bem próxima, mas ela não está acesa, e Daniel e eu estamos amontoados ao lado de um caixote e uma pilha de jornais velhos. Como o Sr. Johnson já está demonstrando sinais de exasperação, nossa histeria temporariamente suprimida começa a borbulhar de novo, e tanto Daniel quanto eu temos que bater com as palmas das mãos no rosto para tentar conter essa explosão. Nem consigo começar a pensar no que poderia acontecer se meu chefe nos descobrisse aqui, eu seminua e Daniel ainda com seu pênis agora relaxando, mas ainda aparecendo para fora da sua calça jeans. Nós não podemos nos recompor porque mesmo o menor ruído levaria a nossa descoberta.

Depois do que pareceu um prolongado exame do sofá, polegada a polegada, mas que na realidade não deve ter passado de uma verificação superficial, o Sr. Johnson limpa a garganta com outro pequeno ruído de perplexidade e vai embora, movendo-se rapidamente entre as prateleiras.

Quando ouvimos a porta do outro lado do porão abrir e fechar, tanto Daniel quanto eu primeiro fazemos sair o ar que estava preso e depois nos deixamos cair em uma alegria incontida. Isso leva vários minutos enquanto saímos de nosso esconderijo, nos arrumamos e depois começamos a lidar com as evidências incriminatórias de preservativos usados a botões desaparecidos da blusa. Felizmente, ficamos os dois mais ou menos decentes e estamos de volta à mesa de Daniel, mas nenhum de nós consegue parar de sorrir e romper em risinhos de tempos em tempos.

— Isso foi muito louco, muito louco. – Dobro as mangas da camisa para ocultar a falta de botões no punho. Fica até mais estiloso e mais anos 1950... De repente eu até lanço moda entre as meninas da equipe. Sempre imaginei que existiam garotas que faziam sacanagens aqui embaixo por todos esses anos, mas nunca pensei que eu seria uma delas.

— Isso foi incrível, Gwendolynne. – Daniel me dá um sorriso por trás de seus óculos recém-colocados, mas há um toque de seriedade sobre ele também. Será que fomos longe demais? Tudo ficou muito intenso? Rompeu as barreiras de nosso arranjo de apenas uma aventura? – Você foi incrível. . . Eu me sinto como se você tivesse limpado o chão comigo. Mas no bom sentido.

Estou prestes a concordar com ele quando, de repente, começo a tremer do nada. Em estado de choque. Mas não é apenas porque acabo de ter feito algo que poderia facilmente ter me custado meu emprego. Não, é o que eu sinto. O que eu deixei seguir e estupidamente permiti que acontecesse comigo. Mesmo sendo ridículo, agora estou quase certa de que me apaixonei por Daniel Brewster e quero muito mais com ele do que apenas uma droga de uma aventura.

— Tem alguma coisa errada?

Olho para cima e percebo que estive em uma fuga por um momento. Daniel está olhando para mim, a testa larga bem vincada ao frazir. Ele tem um cacho de cabelo pendendo na testa que eu quero alcançar e tocar e girar ao redor do meu dedo, e esse pensamento, numa suave cumplicidade, me acalma mesmo que não devesse fazer isso. Quase alcancei aquele cabelo, mas antes que eu pudesse fazê-lo Daniel pega a minha mão, apertando-a suavemente, e eu não preciso de mais nada. O calor de seus dedos é calmante e reconfortante.

— Eu estava pensando que desta vez a coisa passou perto, mesmo. Foi realmente uma loucura a gente fazer sexo em um lugar onde qualquer funcionário poderia nos descobrir a qualquer momento.

A boca de Daniel se torce de uma maneira que não é bem um sorriso. Ele parece perplexo, mas ao mesmo tempo está ainda obviamente tentando ser solidário.

— Olhe, Gwen, a culpa foi minha, sinto muito. Eu não deveria ter sido tão imprudente. Coloquei o seu emprego em risco. Foi errado de minha parte. – Ele faz uma pausa, e seu rosto assume uma expressão totalmente séria. – Você sabe, podemos parar com isso, se você quiser. Basta dizer. Eu amo esta coisa que nós temos. É... bem, é muito especial. Mas eu jamais gostaria de tornar a vida difícil para você, pode acreditar em mim. De maneira nenhuma.

Nós podemos parar com isso...

Por um segundo eu oscilo à beira das lágrimas novamente. Ele é sincero. Eu acredito nele totalmente. Ele cuida de mim e se importa comigo, mesmo que seja apenas dentro dos limites da nossa obsessão presente. Mas de repente surge a pergunta em mim: o que é que ele está sugerindo que devemos parar?

Gwendolynne e Daniel? Ou Gwendolynne e Nêmeses? Ou eles sempre foram a mesma coisa?

— Eu não quero parar.

Minhas palavras pairam no ar. Eu quase posso vê-las flutuando ali, parecendo muito veementes e desesperadas.

Daniel olha para mim detrás de seus óculos e, para minha consternação, parece claramente cauteloso. Ele é inteligente e intuitivo. Aposto que ele pode ler-me como um dos tomos antigos guardados no arquivo, provavelmente até muito mais facilmente que eles, e eu poderia me chutar. Ele não quer mais do que uma relação passageira, e deve estar escrito na minha cara que eu quero consideravelmente mais do que isso.

Sua testa larga se enruga quando ele franze. Ele deve estar montando sua frase de despedida. Eu sabia que isso ia acontecer.

— Eu também não.

Por um momento, acho que estou imaginando coisas, apenas ouvindo aquilo que desejo ouvir, e então o impulso de saltar sobre a mesa e dançar quase me leva lá para cima dela, mas consigo me segurar antes de fazer isso. Ele *quer* continuar! Há ainda uma chance! Mas antes de o meu sorriso ficar muito pateta e eu fazer algo que pode ser ainda mais louco e apaixonado do que eu já fiz, consigo voltar a ter controle sobre mim mesma. Não mostre muito entusiasmo, mulher, lembre-se de que isso é temporário. Então, trate de se controlar e de aproveitar o que conseguiu enquanto ainda tem.

— Então, está bem – finjo leveza e sei que ele vê através de mim, mas não me importo muito com isso. – Mas eu acho que é melhor nos comportarmos aqui embaixo no futuro, não é?

— Certamente sim. Existem muitos outros lugares por aí que são ótimos para uma boa trepada, certo?

Estou prestes a perguntar a ele onde ficam e depois agarrar a mão dele e arrastá-lo para lá, quando o grande e antigo relógio da prefeitura começa a badalar a distância. Com isso, o mundo exterior de não trepar e de não participar dos jogos loucos com Nêmeses, que é também Daniel, reclama minha presença ainda mais uma vez. Meu relógio me diz que passei toda a minha hora do almoço aqui embaixo e eu deveria voltar imediatamente para bater o relógio de ponto.

— Mas que merda! Eu já devia estar de volta ao trabalho!

Salto e Daniel fica de pé ao meu lado.

— Mas e o seu almoço? Você tem que comer... Eu ia mesmo dizer isso, vamos até um pub ou a um café ou a um restaurante e...

A ideia é adorável, e tenho algumas visões de nós dois sentados a uma mesa em algum lugar, compartilhando um prato e um copo de cerveja, rindo e conversando. Nada particularmente sexy, apenas boa companhia. Proximidade.

— Bem, é um convite adorável, professor, mas já cumpri a minha hora de almoço... Er... Almoçando você! – a risada maliciosa dele me mata. – Preciso ir, de verdade. Preciso.

Ele morde o lábio. Depois, mergulha em sua pasta do laptop. E de uma das bolsas laterais, ele aparece com uma gigantesca barra de chocolate.

— Tome, o almoço é por minha conta – ele coloca o chocolate na minha mão e eu me sinto como se tivesse acabado de ganhar um colar de diamantes ou um enorme bilhete de loteria premiado. – E depois eu vou passar lá para buscar você na sua folga para o chá, para comermos em algum lugar. Tudo bem?

Por um momento, fiquei olhando para ele, embasbacada, um anjo casual de cabelo escuro e desgrenhado, seus óculos sérios e um rosto que parece ao mesmo tempo infinitamente masculino, infinitamente doce.

Oh, que merda, eu o quero tanto.

— Tudo bem então, é um encontro ou algo assim.

Antes que eu possa fazer algo imensamente idiota, dou nele um beijinho relâmpago na bochecha e venço precipitadamente o corredor, avançando para as escadas. Levo minha barra de chocolate como se fosse o Santo Graal, embora saiba que, mais cedo ou mais tarde, vou acabar devorando-o. Esse é o melhor presente que jamais ganhei, mas uma garota precisa comer.

Na altura do chá da tarde, a barra de chocolate é uma lembrança doce, mas distante. Infelizmente para a minha dieta, estou com fome de novo e sem fazer nada no andar superior, ganhando alguns olhares curiosos de Tracey, que está hoje no plantão noturno no guichê de pesquisas. Estou de pé deliberadamente depois das portas principais e de uma distância para se conversar, mas está garoando lá fora, então seria besteira esperar lá fora, mesmo pelo Professor Gostoso.

Mas o que ele está fazendo? Meu relógio me diz que estou mudando de uma perna para outra pelos últimos quinze minutos, tentando ficar calma. Daniel sabe a que horas eu saio em um dia normal de trabalho, então onde diabos ele foi parar?

Na mesma hora, eu me sinto culpada e preocupada. Antes de detonarmos aquele sofá, ele estava deitado por alguma razão. Outra de suas dores de cabeça, tonturas, ou seja lá o que for. Talvez ele esteja lá agora, caído sobre a sua mesa de trabalho, minado por uma enxaqueca ou o que quer que ele sofra.

Acabo de empurrar a porta que leva para o saguão principal quando ele aparece na porta que dá para o porão, como se fosse um gênio que eu convocara das terras mágicas, saindo de sua lâmpada. Ele já está pronto para sair, usando uma capa de chuva escura que ondula conforme ele anda, com sua mochila que leva o laptop a tiracolo e a pasta na mão. O retrato perfeito do Professor Maluco, mais sexy do que nunca com seus cachos negros selvagens e com os apetrechos de acadêmico.

— Desculpe-me, tive que responder alguns e-mails que chegaram de última hora. Espero não tê-la feito esperar por muito tempo.

Seu sorriso complexo faz valer a pena cada segundo daqueles quinze minutos de espera. Há um arrependimento genuíno lá, bem como aquele brilho travesso no olhar que eu aprendi a amar. É o espírito sexy de Nêmeses resplandecendo através da estudiosa personalidade externa de Daniel.

Como eu gostaria que estivéssemos de volta àquele sofá outra vez. Ainda que ele esteja aos pedaços no chão do porão.

— Que merda! – ele rosna enquanto saímos juntos, seguidos pelo olhar a laser de Tracey, que estava desesperadamente tentando chamar minha atenção enquanto saíamos. Parece que pelo menos uma parte do meu "relacionamento secreto" será de conhecimento comum durante o turno desta noite na biblioteca.

— Eu não sabia que estava chovendo. – Ele olha para frente e para trás ao longo da rua. – Tem algum lugar aqui perto para comer?

— Bem, tem o West Side Fisheries... – Dieta? Ai, a dieta! – Fica no fim daquela rua logo ali.

Eu gesticulo apontando a direção, dividida entre visões de batatas fritas e os ponteiros da balança de meu banheiro, movendo-se para a direção errada. Mostrando pedaços de mim agora com mais frequência para um homem inegavelmente bonito me deixa de repente mais consciente do meu peso do que quase nunca estive desde os meses após meu divórcio.

— Certo! West Side Fisheries, isso aí!

Ele me agarra com bastante força pelo braço e corremos através da chuva fervilhante.

Logo já estamos comendo.

— Isso é bom! Nós não temos um desses lá no sul.

Ele morde um dos pedaços com seus afiados dentes brancos e seu rosto mostra expressão de prazer.

— Sim. Aqui temos o melhor peixe com fritas da cidade. Mas, não sei, com isto e a barra de chocolates de hoje de tarde, parece que você está mesmo querendo acabar com minha silhueta. Acho que seria melhor eu pedir uma salada...

Daniel faz uma pausa, repousa o garfo e pega a sua xícara de chá. Ele dá um gole e me lança um olhar professoral por debaixo das suas escuras sobrancelhas. Depois de esperar que a garçonete fique bem longe da vista, diz em voz baixa:

– Seu corpo é magnífico, Gwendolynne. É suntuoso. Soberbo. Eu amo cada centímetro dele. Você devia se sentir orgulhosa de suas curvas. Elas deixam os homens loucos.

As suas palavras me fazem tremer. Elas são inebriantes. Intensas. Famintas. Ele fala com tanto prazer como se quisesse me comer do mesmo jeito que devora seu bacalhau com batatas fritas e purê de ervilhas. Seus olhos brilham por trás dos óculos só para confirmar o seu fervor.

Quem é que está falando agora? É Daniel ou Nêmeses? Realmente não consigo ver muita diferença entre eles e qualquer lacuna que exista aos poucos está desaparecendo. Ele é apenas um homem, mas como Jano, possui duas faces. Sempre me atormentando e nunca me permitindo saber o que esperar para o momento seguinte.

— Bem, você sabe como as coisas são... quem não estiver no tamanho 38 ou 40, já está fora do padrão, totalmente descartável.

— Peitos e bundas! Esse negócio de padrão é alto totalmente sem sentido. Mas os homens sempre gostaram e sempre irão adorar mulheres com curvas. – Ele leva o garfo à boca com algumas batatas fritas de uma forma que parece um pouco rude. – E você, minha querida Deusa da Biblioteca, você é a última palavra em luxúria.

E agora eu tenho a confirmação. É Nêmeses quem me chama de "Deusa da Biblioteca". Daniel parece não se dar conta desse tiro no pé. Embora, talvez, ele tenha...

— E então, qual foi o último desafio imposto por aquele pervertido do Nêmeses? Você conversou com ele ontem à noite?

Eu o olho com atenção, mas parece que ele não move um milímetro do rosto. Seu rosto é sexy e interessante e, ao mesmo tempo, totalmente inocente. Ou pelo menos é isso que mostra. Por um momento eu experimento um frisson de um medo bem real, com um pensamento de estar envolvida com um homem que é demoniacamente pervertido e distorcido ou que é vítima de um transtorno de múltiplas personalidades. Mas então a diversão do jogo começa de novo, e eu me pergunto quão longe posso pressionar na direção de forçá-lo a admitir suas trapaças.

— Oh, sim! Nós tivemos um bate-papo ontem.

Eu faço uma pausa, sirvo mais um pouco de chá na minha xícara, pego mais um pedaço de pão e coloco nele manteiga e mastigo-o.

Daniel balança levemente a cabeça reconhecendo minha jogada para duas pessoas.

— E então?

— Bem, algumas coisas foram iguais ao de costume...

Sua língua desliza pela boca e faz uma leve varredura pelo lábio inferior.

— ... mas, então, ele lançou um novo desafio.

Os olhos de Daniel se alargam como algo digno de Sir Laurence Olivier quando eu descrevo a punição e o cenário da garota de programa escolhendo um desconhecido.

— Você vai fazer isso? Parece algo muito arriscado de se fazer.

— Não, não. E afinal de contas você disse que iria me ajudar, certo? Bem, você pode ser o tal desconhecido.

Ele sorri e neste momento percebo um instante de verdadeira cumplicidade que passa entre nós. Uma consciência deliciosa de um jogo mútuo de prazeres. Não há necessidade de falar sobre isso, não é preciso reconhecer ou questionar. A seu modo, é o mais próximo do sexo que pode ser. Tudo o que temos que fazer é jogar.

— Tudo bem, então, estou pronto para isso.

— Sério?

Ele ri.

— Claro que sim! Sério!

Bem dentro de mim, estremeço. O que está acontecendo abaixo dessa inócua toalha vermelha quadriculada? Ele já está duro imaginando nosso próximo encontro? Será que só o pensamento desses joguinhos lhe deu uma ereção bem aqui no West Side Fisheries?

— Tudo bem! Então temos que escolher o lugar, e uma noite. E então eu tenho que fazer com que Nêmeses fique sabendo.

Estou tentando manter a calma, tentando me organizar, mas a única coisa que consigo pensar é no corpo de Daniel. Tenho visões dele nu, e de seu pênis, duro e rosado, se imiscuindo em meu cérebro, roubando minha concentração.

— Eu não tenho certeza se Nêmeses vai querer ir até lá só para ficar me espionando – continuo –, ou se vai querer que eu conte para ele em detalhes o que aconteceu, depois. Ele parece gostar de jogar com a incerteza.

Daniel ergue a cabeça e seus olhos estão apertados.

— Em todo caso, você não precisa fazer nada disso. Você pode apenas inventar essa coisa toda.

Ele está me desafiando, claro.

— Isso é trapaça.

— Mas você não deve nada a esse homem. Ele é apenas um cara delirante e pervertido. E está manipulando você.

Certo... e *você* não está... certo...

— Na verdade eu acho que devo algo a ele – respondi.

Quando eu digo isso, bate a sensação como um *chakubuku*, aquela rápida realização espiritual que sobe à mente e que eles falam nos filmes.

— Sem ele – explico – eu não teria... Não teria visto a luz...

Ele meneia a cabeça de um lado para outro, franzindo a testa.

— Eu teria continuado imaginando para sempre as coisas sobre sexo e aquelas coisas mais bizarras. Teria continuado a ler livros eróticos e assistir a vídeos escondida, mas nunca estaria fazendo isso. E certamente não teria tido a coragem de fazer isso com você. Então, você deve isso a ele também.

Daniel estuda o garfo e volta sua vista para mim com olhar vidrado. Seus cílios longos parecem ter um quilômetro de comprimento por trás dos óculos. Ele me dá um sorriso beatífico com tanta doçura que eu quase desfaleço no lugar. Parece que até vejo ele dizer: "*Muito bem! Agora você entende, jovem Skywalker! O aluno finalmente superou o professor!*".

— Você tem razão, eu devo isso a ele... Bem, só por causa disso, deveria dar um aperto de mão a esse cara!

Ele ri baixinho

— Quem sabe você não terá uma chance? – Agora eu quero muito mais do que um aperto de mão, muito mais. – Então onde vamos fazer isso? Vamos combinar sobre o hotel? Que tal o Waverley? Ele tem um bar muito bonito que serve para esse trabalho. Isso que ouvi dizer. Você sabe que eu nunca estive lá?

— Então estará lá em breve, minha querida Gwendolynne, muito em breve. – Ele diz isso muito claramente, estendendo sua mão para dar um tapinha na minha. – Agora; vamos discutir a logística da coisa.

~

Mais tarde, agora estou pensando sobre nosso plano. Bem, só um pouco. Na verdade me sinto muito confusa, atordoada, frustrada, para ser honesta. Além disso estou um pouco preocupada. E mais ainda, um pouco ofendida.

Daniel foi para Londres.

Durante os próximos dias, e durante o fim de semana, ele estará de volta à metrópole, muito muito muito longe de Borough e desta bibliotecária apaixonada e enlouquecida por sexo. E ele não falou nada sobre isso, não até termos terminado o jantar e eu estar profundamente envolvida naquela fase de nosso encontro onde me perguntava "será que ele vai ficar comigo nesta noite?". Foi nesse momento em que ele me avisou que estava indo direto para a estação ferroviária. Ele tem algum compromisso, não especificado, mas que o faz franzir a testa, e está indo visitar seus pais, que também o fazem franzir a testa.

Nós nos despedimos com uma troca de números de telefone e sua promessa de que vai me ligar. Isso significa que *ele* vai ligar? Ou ele vai me ligar como Nêmeses? Verdadeiramente fora de si mesmo.

Neste momento, de verdade, não me importo. Tinha algo além naquela nossa despedida. Era como se ele estivesse escondendo algo muito, muito mais do que os seus segredos sexuais.

Eu não forcei a barra. Inferno! Eu mal conheço o cara! Embora eu tenha tido todos os tipos de relações sexuais com ele.

Isso talvez seja a raiz de meu desconforto, suponho. Como qualquer tipo de viciado, estou sofrendo de abstinência de minha droga quando ela não está disponível para mim. Fico checando toda hora se meu celular está ligado. E clicando na caixa de mensagens para ver se não tem nenhum e-mail. Fico me perguntando se não deveria ir correndo para a biblioteca antes que feche para verificar se há alguma coisa na caixa de sugestões para mim.

Mas não há nada para mim em nenhum lugar nesta noite. Exceto uma garrafa de vinho barato que eu comprei por capricho em um supermercado há algumas semanas.

Chocolate, peixe e batatas fritas e agora mais uma noite com bebida... Meus planos de uma dieta saudável foram para o espaço, então vou acabar a noite me chafurdando no que puder. Vou passar à base de *shake* emagrecedor durante os próximos dias em que Daniel estiver fora. Claro que não vou exagerar na compensação, mas pode ser que salve um pouco de minha consciência. Uma noção que me faz sorrir um pouco pela primeira vez desde que ele desapareceu em direção a estação de trem. Mas a quem estou querendo enganar? Estarei compensando a frustração comendo por toda a Inglaterra até que ele apareça de novo.

O vinho é doce e suave e não demora muito para que eu fique tonta. Eu estou no turno da tarde na biblioteca, então terei algumas horas de manhã para me recuperar.

Derivo em um flutuante sonho erótico, enrolada debaixo das cobertas, ainda usando sutiã e calcinha como uma vagabunda absoluta. Eu deveria me levantar, tomar um banho e me ajeitar adequadamente para dormir, mas não tenho de onde tirar esta energia. Eu não quero me lavar porque quero manter a essência do cheiro do Daniel que ainda perdura em minha pele. É um conforto, mas também uma impropriedade. Uma leve camada de seda cobre a minha pele, mas com mais espessura entre as minhas pernas e meus seios e minha garganta me lembrando dele.

Maldito! Pegue suas coisas e caia fora daqui. Eu dou um jeito sozinha. Um dia desses vou fazer você rastejar, Professor Gostoso, vou fazer você se ajoelhar e implorar por uma pitada de mim.

Uma vez atraída, essa ideia se fixa como um grilhão. Pego meu copo e despejo nele outro tanto de meu vinho barato. Não tem muito dele sobrando agora, mas também não vou precisar de mais. As fantasias em minha mente são muito mais intoxicantes. Nós estamos num quarto de hotel. É tranquilo e luxuoso, perfumado com pot-pourri. A decoração é antiga e colorida. É o Waverley, suponho, a imagem criada a partir da minha noção de como ele deve ser e também de duas ou três fotos que vi num folheto em nossa seção de informações turísticas.

Estou reclinada sobre o edredom tradicionalmente padronizado, vestida com um conjunto de lingerie de seda vermelha, camisola e calcinha francesa. Tenho quatro ou cinco quilos a menos. Ah, agora sim, isso é um sonho!

Daniel está ajoelhado diante de mim, vestindo apenas um jeans preto. Seus pés estão nus e a luz do abajur faz a sua pele brilhar como se fosse um creme derramado. Seu cabelo é selvagem e está um pouco desarrumado como se tivesse acabado de passar os dedos nele. Ou será que fui eu quem fez isso? Ele não está usando os óculos, mas eu não posso ver seus olhos porque sua cabeça está respeitosamente curvada.

— Tire sua roupa – ordeno, e ele se levanta.

Quando coloca os dedos sobre os botões da calça, ele olha para cima por um instante. Ou ele está usando suas lentes de contato, ou então consegue enxergar normalmente neste sonho, mas seja como for seus olhos flamejam em desafio, embora ele obedientemente abra o zíper da calça. Assim que abaixa o jeans preto, seu pau aparece e salta ereto e carnudo contra sua barriga. Está muito ereto, sua glande gotejando fluido, a ponta tão distendida que parece estar olhando para mim.

— Mexa nele – ordeno, quando ele dá um passo e passa por cima do jeans caído no chão.

Ele faz como foi ordenado, mas seu corpo está tenso e seus músculos estão inflexíveis, mesmo que ele suspire suavemente. Sua excitação deve ser muita e eu vejo quando ele morde seu doce e vermelho lábio inferior enquanto luta para dominar uma necessidade urgente de gozar e soltar o sêmen imediatamente.

Quando ele começa a mexer os quadris e entra em um ritmo que está obviamente apreciando, apesar de tudo, faço um gesto imperioso em direção a ele.

— Pode parar e venha me servir. – Eu me deito na cama e aceno com a cabeça para ele. – Pare e venha até aqui.

Ele está lívido de indignação e de desejo desenfreado, mas sua graça é impecável quando ele sobe na cama, ajoelha-se próximo a mim e tira minha calcinha francesa perfumada. E eu sei que é perfumada porque aqui, no mundo real e banal da minha cama, eu coloquei minha mãos entre minhas pernas e estou brincando com minha boceta úmida, e ela é perfumada.

— Beije-a! – ordeno.

E ele pressiona seu rosto contra a seda perfumada, aninhando-se a ela e saboreando o contato. Seus olhos se fecham extasiados. Parece a mim, a deusa, que ele está se divertindo demais. Ele deveria estar fazendo amor comigo e não com a minha calcinha.

— Chega! Agora, mostre que você tem utilidade!

Na minha fantasia, eu me recosto como uma imperatriz, abrindo minhas pernas e exibindo todo o meu corpo para ele, agora mais magro do que o usual. Apesar de suas alegações de que gosta de garotas carnudas, ele parece encantado com o que vê, embora esteja ainda contrariado. Com um gesto de diva, aponto entre minhas pernas e, vendo que estou no comando, em todos os sentidos da palavra, ele vem para dentro.

A expectativa é que ele me lamba, ou que me penetre de uma vez, mas não sei como alguma coisa dentro de meu cérebro entra em curto-circuito e, mesmo sendo esta a *minha* fantasia e esteja supostamente sob o *meu* controle, perco meu domínio sobre ela.

Os estranhos olhos de Daniel brilham para mim, e ele me dá um de seus sorrisos do tipo "Talvez eu seja o Nêmeses". Lentamente, ele ergue sua mão até perto do rosto e estuda a ponta do dedo médio. Então, desleixadamente, e com uma lentidão proposital, lambe a ponta dele.

Ele é Nêmeses agora. Em cada fibra. Ele passa a língua sobre seus lábios macios e vermelhos e faz a brincadeira de lamber o dedo de novo. Então, olhando diretamente em meus olhos, ele estica a mão para baixo, procura com seu dedo habilmente por entre meu pelo macio e encontra o meu clitóris. É como se ele estivesse dizendo: "Isso é meu, eu o controlo, eu controlo você".

Estou me tocando agora, mas no piloto automático, imitando aquela ação manipuladora, casual e insultuosa dos dedos do Nêmeses. Ele apenas faz círculos, trabalhando naquele pedaço minúsculo de pele, esfregando desse jeito e daquele. Não há nenhum outro tipo de contato entre nós. Ele está de joelhos, relaxado, sua mão livre descansando em sua perna enquanto ele brinca com meu clitóris como se fosse o minúsculo joystick de algum robozinho por controle remoto.

Bato meus saltos na cama, em ambos os mundos, e arqueio meu corpo no colchão, minha bunda levantada do lençol pelo menos a seis polegadas de altura.

— Você gosta, não gosta, deusa da biblioteca? – ele parece querer dizer, seu sorriso estreito e irritante. – Você é uma escrava de seu clitóris, não é? A mercê do pulsar, pulsar, pulsar entre suas pernas...

Quando estou no auge desse arco de tormentos, ele faz aquele pequeno e familiar truque que sabe que adoro demais. Ele aperta o minúsculo órgão entre seus dedos, me mantendo em êxtase por causa disso.

Estou gemendo, nos dois mundos, quase pronta para gozar.

— Você é uma piranha, deusa da biblioteca, e sabe disso. Quando observa os homens lá de sua mesa, fica toda molhada e macia imaginando eles se esforçando para lhe servir... Tocando, lambendo...

Não! É minha vontade de dizer. *É só por você que eu fico inchada e molhada, só para você, Daniel ou Nêmeses...*

Mas isso é verdade? E aqueles outros homens que vi passar e que me deram arrepios? O cara bonito da informática, o Greg. O cara fortão da manutenção que veio consertar a janela. Mesmo o alto diretor de finanças, Stone, da última vez que veio até a Biblioteca para uma daquelas intermináveis reuniões do orçamento? E naquela vez que acho que o vi transando no beco...

Sim, já tive fantasias com todos esses homens e, sim, fiquei molhada entre as pernas. Nêmeses tem razão, sou uma vagabunda e, para os efeitos da presente fantasia, meu clitóris é quem me controla.

Lanço minha cabeça para trás e sacudo os quadris, aguçando meu prazer com meus dedos, do jeito que imagino, e desejo, ah, como desejo, que ele está fazendo. Estou com muito tesão, gemo bem alto, fazendo barulho como uma fera.

Eu gozo e chamo "Nêmeses" na noite.

10

O infame Waverley

Então é esse, o notório Waverley Grange Country Hotel?

Superficialmente, ele parece perfeitamente normal. Quieto, suntuoso e um pouco antiquado, nada parecido com um antro sinistro de depravação. Caminhando pelo lobby, sou recepcionada pela visão de um monte de pessoas desapontadoramente comuns, corretas e prósperas, que perambulam perto da recepção ou estão sentadas nas caras cadeiras estofadas no vão da janela, provavelmente tagarelando a respeito de quão comuns, corretas e prósperas todas elas são.

Uma ou duas cabeças se voltam, fazendo com que eu fique insegura. Gastei minhas economias para comprar um vestido novo para esta pequena aventura, mas mesmo assim ainda me sinto um peixe fora d'água, mesmo que este lugar seja a Sodoma ou a Gomorra local. Mas, enquanto eu avanço tranquilamente, parecendo bem-arrumada e confiante, um ou dois homens me presenteiam com olhares francamente ávidos. Então, é óbvio que a minha aposta em um vestido preto muito bem-modelado, mas não muito colado ao corpo, com um sutiã estruturado que realça os seios sob o vestido, um par de sapatos de salto alto e um coque um pouquinho frouxo e benfeito valeu a pena. Adeus, sensata Senhorita Price da biblioteca, e olá *La Gwendolynne*, sedutora sensual.

Mesmo assim, ainda estou nervosa, e meus olhos relanceiam pelo local, procurando o Lawns Bar. Felizmente já o avisto no outro lado do lobby, um local convidativo, com iluminação suave e que pode ser alcançado através de elegantes portas duplas abertas. Daniel estará aqui? Ele estará esperando por mim? Ele disse que faria o possível para conseguir vir, mas, de acordo com sua mensagem, a sua viagem para Londres demorou mais do que o imaginado.

Na verdade, nós não combinamos direito como vai ser o nosso jogo desta noite. Estamos suspensos entre a fantasia e a realidade, em uma fronteira movediça. Nós somos Gwendolynne e Daniel? Ou Gwendolynne e Nêmeses? Não posso dizer com segurança que um de nós dois realmente ainda se importe com isso. Somos somente duas pessoas realizando fantasias em um relacionamento temporário. Uma delas provavelmente gosta bastante da outra; e a outra, como uma tonta, está apaixonada. Mas eu não vou me preocupar e estragar a diversão.

Eu gosto muito mesmo do clima do Lawns Bar. Ele é aconchegante e espaçoso, e tem uma indiscutível atmosfera sensual. As pessoas conversam em voz baixa nas mesas e no bar e, como pano de fundo, Sarah Vaughan canta com sua voz rouca. Quando eu entro no bar e olho ao redor, é fácil acreditar na reputação do Waverley. Reputação que, na qualidade de mulher sozinha em um local tão notório, somente me deixa ainda mais nervosa. A minha pele fica toda arrepiada, como se todos estivessem me examinando. E mesmo que nem todos, alguns deles estão. Daniel não está por aqui, e para tentar não demonstrar minha tremedeira íntima, eu caminho tão confiante quanto posso até o longo e pouco iluminado bar, extremamente consciente de uns quadris e de um rebolado à la Marilyn Monroe, provocados por sapatos de salto com os quais não estou acostumada.

Por acaso, nesse estabelecimento tão frequentado, eu encontro uma poltrona desocupada e me acomodo nela tão elegantemente quanto consigo. Sem saber o que posso dizer se outra pessoa que não seja Daniel me faça alguma proposta, volto os meus pensamentos para qual tipo de bebida vou pedir. Algo fraco, para ficar com a cabeça no lugar, ou algo forte para acalmar os meus nervos?

Fique tranquila, Gwen. Eis que o garçom se aproxima. E que garçom. Um tipo alto, usando um terno perfeito, caminha em minha direção. Ele parece ser da Europa continental, um pouquinho óbvio, mas, mesmo assim, um homem muito bonito. Seu cabelo é negro como azeviche e está penteado para trás em um comportado rabo de cavalo, ele está usando óculos com aros dourados e tem uma boca deliciosamente amuada. Outro homem gostoso que usa óculos. Mas o que é que há com eles?

— A senhora deseja alguma bebida? – Seu discreto sotaque italiano não ajuda em nada para eu manter meu equilíbrio, embora ele não seja bem o meu tipo. Ele é muito arrumado e tem aquele ar de "olha como eu sou lindo"... e ele não é Daniel. Mas, mesmo assim, ele agita meus hormônios e, quando demoro a responder, sugere:

— Talvez um cálice de vinho branco da casa? Ele é muito bom.

— Sim! Seria excelente. Obrigada.

Ele se afasta suavemente e retorna com o meu vinho. Depois de propor um brinde em italiano, que soa vagamente obsceno, mas provavelmente nem seja, ele se afasta outra vez.

Eu sinto vontade de beber todo o vinho de um trago só, mas me controlo e bebo em golinhos. Realmente, *é* um Frascati muito bom, suave e, no entanto, picante, com um gostinho leve de maçãs, mas não estou em condições de apreciar suas nuances.

Onde está Daniel? Nêmeses? Sejá lá o que for? Eu dou uma olhada ao redor do bar, tentando não me agitar em minha cadeira. Felizmente, estou acostumada a ficar sentada na mesa de informações todos os dias, então consigo me dar bem. Na ausência do meu falso cliente, tento descobrir o que dá a este lugar sua reputação tão conhecida.

Assim como no lobby, tudo parece normal. A princípio. Então eu percebo uma ou duas mulheres usando sapatos de saltos muito altos e vestidos discretos. E maquiagem ainda mais discreta. Mais ou menos como a minha aparência, só que muito mais séria. O que elas são, algum tipo de dominatrix? Os homens que estão com elas com certeza parecem ser tímidos e estar assombrados.

Se Daniel não aparecer logo, talvez eu o trate um pouco desse jeito quando ele chegar. Se eu descobrir o que fazer. É muito fácil ficar fantasiando a respeito dessas coisas, mas fazer é um assunto completamente diferente.

Eu tento pensar naquela fantasia de novo, aquela em que sou eu que uso a máscara e o couro. Consigo chegar até o ponto em que ele se ajoelha à minha frente, sem roupas, e então, de um modo muito irritante, a minha mente começa a vagar e a se preocupar com a ausência dele. E se alguma coisa estiver errada? E se ele estiver deitado no quarto dele, atormentado por uma de suas dores de cabeça alucinantes, tão cego de dor a ponto de não conseguir nem me mandar uma mensagem?

Bem quando estou imaginando se eu deveria fazer alguma pergunta discreta, um rosto familiar me chama a atenção e eu me volto para ver Robert Stone, o diretor de finanças do distrito, se dirigindo para as portas duplas pelas quais acabei de entrar. Ele tem a aparência tranquila de sempre e está conduzindo uma linda moça loira que usa um vestido azul-escuro sinuoso e justo nos quadris. Quando eles passam por mim, percebo que a mão dele está maliciosamente colocada em um ponto bem abaixo das costas dela, bem, na bunda dela na verdade, e ele repentinamente olha para o meu lado como se tivesse reparado que eu notei. Ele acena de leve com a cabeça – como se me reconhecesse lá da biblioteca, ou talvez porque ele simplesmente não consegue de deixar de notar as mulheres – e depois lança uma expressão estranha, furtiva, sôfrega, como se soubesse de alguma coisa que eu não sei. A grande mão dele não se move de seu contato caloroso lá embaixo.

Tudo isso acontece no espaço de um milissegundo, mas me faz ficar pensando no que diabos anda acontecendo por aqui. Uma coisa eu sei, entretanto. Eu tenho praticamente certeza de que *é* ele o homem que eu vi na ruazinha na outra noite, e a linda moça com quem ele está é aquela com quem ele fazia amor. É difícil obrigar a minha cabeça se conciliar com o fato de que uma personalidade local tão importante pudesse fazer algo tão insano; mas, se ele tem o costume de frequentar este hotel, talvez goste de viver perigosamente, não?

Daniel ainda não deu sinal de vida, mas, quando dou as costas para o bar, vejo a elegante mulher mais velha que ele encontrou na biblioteca. A prima que ele pode beijar. Ela está com o Signore Garanhão Italiano, e dá para ver na hora que eles são um casal. Mais do que isso: ao olhar atentamente, eu percebo alianças de casamento idênticas, e uma bolha aconchegante de intimidade, mesmo que eles mal estejam se tocando. Ela está tagarelando feliz a respeito de alguma coisa, e ele está olhando para ela com ar de adoração, ainda que com um óbvio desejo crescente. Esse é o tipo de ternura cheia de desejo que me faz ficar doente de inveja. Não por causa de seu belo amante latino, mas pelo amor íntimo e natural que os dois exibem. Eu quero algo assim. Com Daniel. Mas para conseguir isso, a pessoa precisa de um futuro, e não de um casinho.

Subitamente, o Lawns Bar se torna um local vazio e frio, embora ele esteja superlotado e a temperatura ambiente seja tropical.

Eu disse que não faria isso. Que não iria padecer por alguma coisa que não está disponível. Mas, cá estou eu, ficando toda tensa por causa do ardiloso Professor Gostoso de novo. Por que eu não consigo simplesmente aceitar o que tem pra hoje e tirar o melhor proveito disso? Porque tenho uma coisa que muitas mulheres arrancariam meus olhos para conseguir. Uma série de impressionantes aventuras sexuais com um homem inteligente e famoso.

Eu me endireito, me sento reta e empino o peito. Um homem a poucas cadeiras de distância fica me encarando como um cachorro que está olhando um osso saboroso. OK, nunca vai acontecer essa história de uma casa com cerquinha branca e rosas ao redor da porta com o Daniel, mas isso não é o fim do mundo, é?

O Lawns Bar é uma vez mais um conduto de sensualidade agitada. E, como se tivesse sido convocado pela excitação, Daniel aparece. Como o diabo? Não sei exatamente como e quando, mas ele se materializou do outro lado do bar e está com sua bunda gostosa acomodada em uma cadeira igual à minha. A prima dele já está lhe servindo uma bebida clara com gelo em um copo alto, provavelmente um gim-tônica ou talvez vodca, não dá para dizer. Enquanto ela conversa com ele, ele percebe que assisto por sobre o ombro dela e me dirige um olhar demorado e neutro. Ele está fingindo que não me conhece, mas, por trás de sua atitude e de seus óculos bem-polidos, o jeito que me encara é íntimo.

Uma sensação confusa surge em meu peito. Temor, apreensão, excitação – o estímulo que sempre sinto ao vê-lo, mas que é temperado com uma luxúria picante e pervertida.

O jogo vai começar.

Sem dar a mim mesma o tempo de hesitar, termino o resto do meu vinho, saio da minha cadeira e caminho na direção dele. Milagrosamente, ou talvez devido a um tipo de desígnio celeste, alguém acabou de desocupar a cadeira ao lado da dele.

Ele me observa a cada passo, maldito, e então finge uma surpresa inocente quando apareço à sua frente. Seus olhos brilham por trás das lentes enquanto ele gentilmente puxa a cadeira e segura o meu braço para me ajudar a sentar.

— Boa-noite. – Sua voz é deliciosa e insolente.

Meus temores e agitações desaparecem como se fossem os nevoeiros da Escócia.

— Boa-noite. – Eu fico olhando diretamente para a bebida dele.

— O que você vai beber?

Tudo, eu tenho vontade de dizer.

— Um copo de vinho branco da casa seria muito bom.

— E que tal champanhe? – ele retruca, sorrindo feliz.

— E por que não? Estamos celebrando alguma coisa?

Ele ergue as sobrancelhas, faz um gesto para a sua prima e fala com ela em voz baixa, pedindo champanhe. Eu sinto outra onda de inveja, apesar do casamento obviamente feliz dela com o seu garanhão italiano.

Daniel volta a sua atenção para mim e resplandece.

— Então, nós *estamos* celebrando? – insisto.

— Ah, com toda certeza... Não é todo dia que a mulher mais linda deste bar se aproxima de mim sem que eu tenha de fazer o menor esforço.

— A vista deste lado do bar é melhor. – Eu não tenho a menor ideia de como fazer esse tipo de competição de flertes. Tudo isso é novidade para mim, tanto o relacionamento quanto o jogo. Mas ainda sinto um estremecimento de prazer, no mais fundo do meu sexo.

— Agora ela é. – Daniel continua a sorrir enquanto seus olhos passeiam sem o menor pudor pelas curvas dos meus seios. O decote do meu vestido não é profundo, e o corpete não é particularmente justo, mas o corte benfeito faz com que todo o meu corpo pareça sensacional. Os cílios dele se agitam em reconhecimento ao sulco entre os meus seios, e ele ajeita quase imperceptivelmente a sua posição na cadeira. Meus batimentos cardíacos se aceleram, e aquele estremecimento lá embaixo se torna uma pontada lancinante e cheia de desejo. Eu não sou a única pessoa neste bar que tem uma aparência sensacional. Daniel está usando um terno escuro e uma incrível camisa branca que acentua o seu leve bronzeado e o faz resplandecer. Seus cabelos desalinhados estão penteados pelo menos uma vez, porém ainda há uma energia indomável em suas ondas – e em tudo a respeito de Daniel. Ele tem uma aparência forte e animal e dominante, como uma fera sexual.

— Então, você vem sempre aqui? – eu pergunto, e nós dois começamos a dar risada, saindo temporariamente de nossos papéis. As nossas risadinhas atraem um olhar curioso por parte da prima dele, que chega com o nosso champanhe, mas, sendo a discrição em pessoa, ela simplesmente abre a garrafa com uma presteza profissional, então nos deixa com um ligeiro sorriso em seu rosto.

Será que ela está por dentro dessa história? Acho que sim. Mas, na verdade, isso não me aborrece. Estou concentrada em Daniel, e somente em Daniel. Ah, e em Nêmeses...

— Para dizer a verdade, sim – ele finalmente diz, ainda sorrindo –, é um dos meus hotéis favoritos. – Ele faz uma pausa, me favorecendo outra vez com aquele olhar sensual, que francamente me desnuda. – Talvez pelo fato de as mulheres aqui serem sempre tão lindas.

Eu dou risada outra vez. Sei que estamos dando cantadas e participando de um jogo, mas, em meu coração e nas minhas entranhas, eu sei que ele está mesmo dizendo a verdade. Sou linda? Esta noite, quero acreditar que sim. Não sei como responder, então pego minha taça de champanhe e a seguro para um brinde. O tinir dos vidros é bastante comunicativo.

O vinho é excelente. Não sou expert, mas de algum modo a sua complexidade suave se conecta em todos os níveis com meus sentidos. A sua efervescência delicada é a personificação perfeita da excitação entre Daniel e mim. Observá-lo beber um golinho de sua taça me faz tremer e desejar senti-lo bem profundamente dentro de mim. A boca dele toca a borda da taça e um pouquinho de champanhe brilha em seus lábios. Lentamente, a língua dele se projeta para lamber a bebida da curva suave e sensual. Meu corpo estremece e se contrai com força, só de olhar para ele.

— Então? – ele diz baixinho, pousando a taça no bar com um clique.

Foda-se, não quero mais participar de joguinhos. Correção, eu só quero participar de *alguns* jogos. Jogos sensuais com Daniel, lá no quarto dele. Todos esses rodeios, fingindo ser outra pessoa, tudo isso só impede que eu fique perto dele.

Os longos dedos de Daniel brincam e percorrem o pé da taça, e ele me olha, ligeiramente de lado, como se estivesse me lendo.

— Você não quer jogar?

Eu me sinto como se tivesse levado um choque. Engulo um pouco de champanhe e mal contenho um espirro por causa das bolinhas que sobem para meu nariz. Mas que inferno, como ele sempre consegue saber o que está se passando pela minha cabeça?

— Sim, eu quero jogar. – Levo a minha taça aos lábios outra vez, então a recoloco no balcão. – Mas apenas um jogo simples. Só você e eu. Estou pouco me importando com toda essa discussão por causa de N...

Com um movimento rápido e preciso, ele estica o braço e coloca os dedos nos meus lábios. Eles são quentes, e seu toque me faz sentir fraca.

— Só um jogo simples, hã? – Ele me olha detidamente, os seus olhos de um suave castanho por trás das lentes dos óculos. Por um segundo, uma sombra se move nas suas profundezas e ele franze ligeiramente a testa. Então ela desaparece em um relâmpago, e ele sorri. – Para mim, tudo bem. – Ele toca os meus lábios com delicadeza, então os afasta e alcança a sua taça de novo. Ele é bastante regrado. Bebe somente um golinho.

Eu também bebo outro gole, com a firme intenção de, não importa a que preço, começar a tomar esta bebida com regularidade. Uma garrafa por mês no mercado – tenho certeza de que posso me permitir isso, para reavivar as memórias de uma noite especial como esta.

Subitamente, as coisas começam a acontecer rápido demais. Daniel pede o resto da nossa garrafa, depois uma segunda, para ser levada para o nosso quarto. Eu esvazio o meu copo, mas ele olha o seu, o deixa e assume a liderança para fora do Lawns Bar, através do foyer e dentro do elevador.

É apenas um breve trajeto para cima, mas ele parece durar uma eternidade. Eu quero tocá-lo, beijá-lo, mas ele me lança um olhar bravo meio brincalhão e se afasta para o canto do elevador, me encarando, as pontas de seus dedos pressionadas juntas e pousando em seus lábios. Eu poderia ter pensado que ele estava meditando se seus olhos não faiscassem tanto por trás das lentes de seus óculos.

De repente compreendo que não estou mais no controle. Eu estava, mas, sem perceber o momento exato em que isso acontecera, eu o havia transferido para Daniel. Tenho de dançar de acordo com a música dele, e essa percepção faz com que eu me sinta tonta, borbulhante como o champanhe. E repleta de um desejo primitivo. Fantasias loucas cruzam minha mente, fragmentos de cenários dos livros pornô na biblioteca e dos recantos mais sombrios do meu subconsciente, dos quais eu não tinha conhecimento.

Daniel é Nêmeses agora, e estou ofegante para fazer qualquer coisa que ele deseje.

Quando chegamos ao andar do quarto dele, ele me conduz ao longo do corredor, ainda sem pronunciar uma palavra, e passamos por inúmeros quartos – 11, 15, 17 – até que, finalmente, ele faz uma pausa na frente do número 19 e pega o cartão para abrir a porta.

Ele me guia para dentro do quarto.

Eu estremeço ao entrar antes dele, sentindo dificuldade para respirar. Isso parece tão, mas tão mais mágico que as nossas escapadelas no arquivo da biblioteca e que o quartinho da limpeza no meu prédio. Há uma sensação de ritual e de formalidade, e a imagem de Daniel usando a máscara de couro surge outra vez dos abismos obscuros da minha imaginação, fazendo brotar uma nova sensação de desejo em meu sexo.

Abro minha boca para dizer alguma coisa, sem saber direito o que, mas Daniel coloca os dedos com delicadeza em meus lábios outra vez.

— Isto é apenas um jogo, você se lembra? Nada de reservas. Nada de complicações. – A mão dele, tão quente e proibitiva, ainda está tocando meu rosto, então eu apenas aceno concordando. – Eu gostaria de assumir o controle. Controle total. Tudo bem para você?

O poder dele me faz sentir mais fraca do que nunca e eu aceno concordando outra vez, sentindo um turbilhão selvagem, como se eu estivesse sendo transportada para além dos limites do real e do normal por um tornado potente. Nunca me senti mais temerosa ou mais excitada em toda minha vida.

Ele tira a mão de meu rosto e se afasta uns poucos passos para se sentar em uma das grandes poltronas superestofadas, forradas de chintz. Ele se acomoda confortavelmente, os braços apoiados nos braços da poltrona, e parece completamente relaxado. Os seus olhos ainda estão fixos em mim, entretanto, penetrantes e escuros como os de uma ave de rapina. Os olhos de Nêmeses. Não o Nêmeses das cartas e das mensagens, que tecia elogios e bajulava, mas um novo, que sabe exatamente o que quer.

Na ausência de instruções formais, eu não sei o que fazer. Simplesmente fico parada lá, segurando a minha pequena bolsa de festa enquanto sinto o olhar avaliador dele me percorrendo. Tudo que posso fazer é ouvir o silêncio, tendo consciência do sangue, dos hormônios e dos fluidos que estão sendo bombeados e que deslizam por todo meu corpo e minha pele. O suor me dá comichão entre os seios e nas dobras da virilha, e já estou molhada entre as pernas.

— Mostre-me sua calcinha.

A voz dele é baixa, corriqueira, mas mesmo assim faz com que eu tenha um sobressalto. É um pedido tão banal, mas ele parece excessivo e insultuoso como se tivesse me pedido para deitar nua no carpete e gozar usando um vibrador. Com as mãos trêmulas, eu coloco a minha bolsa ao lado da cama e começo a erguer a minha roupa. Essa ação me faz pensar no dia em que eu fiz mais ou menos a mesma coisa no porão da biblioteca, mas isso parece ter acontecido há cem anos e sido feito por uma pessoa completamente diferente.

Lentamente, e ainda tremendo, eu exibo minha calcinha de renda francesa vermelha, e as elaboradas bordas das minhas meias de seda onde elas são presas à minha cinta-liga.

O rosto dele permanece muito calmo, muito tranquilo, mas por trás das lentes dos seus óculos os seus olhos brilham com um fogo fervilhante. Dá para eu sentir o calor ali onde estou, fervilhando e me queimando enquanto ele me mantém ali, aprisionada naquele lugar devido à força de seu olhar pelo que parece ser um tempo infinito.

O suor e outras secreções se acumulam e fluem.

Depois de uma eternidade, ele diz:

— Tire-a e a traga para mim.

Parece que há alguma coisa comprimindo o meu peito. É difícil respirar, estou tão excitada. Não tenho certeza se consigo tirar minha calcinha sem cair, e nem dá para pensar em fazer isso com alguma graça. Mas eu já recebi as minhas instruções e tenho de cumpri-las.

Eu encontro uma solução me apoiando na mesa de cabeceira enquanto tateio por baixo das camadas amontoadas da minha saia e puxo o elástico da calcinha. Eu não sei se posso me apoiar desse jeito ou se devo manter minha boceta exposta durante todo o procedimento, mas Daniel permanece superficialmente inalterado pelos meus esforços para manter um tantinho de elegância.

A renda delicada corre o risco de se enroscar nos saltos finos de meus sapatos enquanto eu luto com ela, mas os deuses sorriem e eu consigo tirar minha calcinha sem cair de cara no chão ou de costas. Ousada, eu deixo a saia descer e me cobrir, então caminho lentamente na direção dele e lhe apresento a minha oferenda.

— Você é perfumada? – Os lábios dele se torcem maliciosamente e ele ergue as mãos e aponta os dedos naquela maneira erudita e acadêmica dele. O que ele deseja? Ele deseja que eu cheire minha própria calcinha na frente dele? O meu decoro se rebela, mas eu aproximo a renda vermelha de meu nariz por uns instantes e faço de conta que estou cheirando. Elas já estão cheias daquele aroma oceânico do desejo, mas isso não me surpreende. Quem não estaria banhada e perfumada sob o encanto do belo homem que está sentado à minha frente?

Ele estende a mão, e eu me inclino rapidamente para frente e quase jogo nela o meu tesouro. Isso faz com que eu ganhe um amplo sorriso, iluminado e familiar, muito mais parecido com o Daniel que eu conheço e a quem amo tanto. Desdobrando a peça delicada, ele a examina como se fosse um item que ele tivesse desenterrado em suas pesquisas. O polegar dele corre pela renda, avaliando sua transparência e verificando sua textura, então ele a ergue pelo elástico e analisa sua estrutura. O que me faz enrubescer profundamente, não porque minha calcinha está perfumada com o aroma do meu desejo, mas porque, para servir em uma mulher como eu, ela não é exatamente pequena.

Os olhos de Daniel lampejam da minha roupa íntima para mim, e é como se ele me lesse por inteiro.

— Ela é linda. E você também é. – Ele inclina a cabeça para um lado, fazendo uma vez mais aquele gesto de um professor que perdeu as esperanças naquele aluno pouco inteligente. – Mulheres magras não me interessam. Eu gosto de curvas, de carne, de feminilidade... assim como a maioria dos homens, minha adorável Gwendolynne, assim como a maioria dos homens.

— Se você está dizendo... – Embora ele não tenha chegado a dizer isso, sei que eu não deveria falar, mas não consigo deixar de pronunciar apressadamente aquelas palavras. Estou feliz por ele ter dito o que disse. De certa maneira, eu já sabia aquilo no meu coração, mas é tão bom ouvir isso diretamente dos lábios dele.

Ele me dá uma olhadinha severa e parece estar a ponto de me repreender, quando ouvimos uma suave batida à porta.

– Ah, deve ser o nosso champanhe. Já estava na hora.

Movendo-se com mais rapidez do que parece ser possível, ele se levanta de um salto, me dá um beijo másculo na boca e meio que me empurra de volta para a cama, fazendo com que eu me sente. Ele me dá outro beijo rápido como um relâmpago e diz em voz alta:

— Entre!

11

Jogos

A porta se abre. Oh, meu Deus, ela estava destrancada durante toda essa história de eu tirar minha calcinha. E se o serviço de quarto tivesse apenas dado uma batida apressada na porta e entrado? Felizmente, no Waverley eles têm um pouco mais de decoro, e há uma pausa cheia de tato antes que uma mulher alta e muito digna, com um belo cabelo negro ondulado entre no quarto empurrando um carrinho de bebidas.

— Seu champanhe. – O sorriso dela é discreto, neutro, ilegível. – E morangos, cortesia da administração. – Ao lado do balde extragrande, com nossa meia garrafa de champanhe, e mais uma outra nova, sem abrir, há uma tigela de prata repleta de grandes morangos de aparência suculenta. Duas taças longas estão lado a lado, delicadas e brilhantes. Tudo muito ao estilo de *Uma Linda Mulher*.

— O senhor deseja mais alguma coisa? – pergunta a nossa camareira. Embora, pensando bem nisso, eu perceba que ela não é de modo nenhum uma camareira. Ela está usando um tailleur muito elegante e correto, com uma discreta plaquinha na lapela com os dizeres "Saskia Woodville, Assistente da Gerência".

— Não, obrigado.

Ela apresenta um papel com a conta para assinar e, como Daniel está de costas para mim, não vejo a transação, mas posso notar um tênue sorriso de cumplicidade iluminar o rosto da assistente da gerência. Ela também faz parte do jogo? Afinal de contas, este é o hotel da prima do Daniel.

A mulher alta volta seu sorriso para mim, e ele é agradável, amplo e sincero.

— Boa-noite, senhora – diz ela em voz baixa e se retira. Ela faz uma pausa à porta e, por um breve instante, seus olhos se dirigem rapidamente para a poltrona de chintz, onde Daniel estava sentado há poucos momentos. Os cantos de sua boca pintada de vermelho se curvam ligeiramente, e ela sai e desaparece, fechando a porta silenciosamente.

Somente quando sigo o percurso daquele olhar tão rápido é que percebo que minha calcinha vermelha está jogada lá no assento, claramente visivel. Meu rosto queima de rubor e de mortificação, mas então eu fico relaxada. O que é que há de errado com uma calcinha imprópria à mostra? O Waverly é um hotel pervertido com uma reputação pervertida. E eu sou uma mulher pervertida em um relacionamento pervertido. Nem um fio de cabelo da Senhora Woodville provavelmente teria saído do lugar se eu estivesse nua e esticada na cama. Ou se Daniel estivesse deitado em cima de mim, me dando o melhor de si.

— Você não ficou constrangida, ficou? – Daniel retorna para sua poltrona, pega minha delicada renda vermelha na ponta de um dos dedos e a deixa escorregar lentamente. – Eles veem muitas coisas picantes toda noite neste lugar – ele acrescenta, confirmando minhas suspeitas enquanto se recosta outra vez na poltrona e começa a acariciar minha calcinha outra vez de um modo lento e contemplativo que apenas me faz desejar que ele estivesse me acariciando tão deliberadamente. Agora que minha virilha está nua, eu sinto meus fluidos sedosos começando a se acumular e a correr, e quando Daniel me lança um sorrisinho malicioso, acompanhado por um levantar das suas sobrancelhas escuras, um pouquinho do fluido escorre de modo revelador pela minha perna até alcançar a borda rendada da minha meia de seda.

— Tenho certeza de que eles veem. – Estou começando a ficar nervosa de novo. Agitada, energizada, vibrando com a prontidão, mas sem saber ao certo para que eu estava me preparando. A antecipação é como faixas de aço amarradas ao redor do meu corpo, dificultando a minha respiração e controlando minha postura e os meus membros. Tento não ofegar e me entregar.

— Sirva-me um pouco de vinho – diz Daniel de modo casual, ainda segurando a minha roupa íntima.

Será que eu tenho de servi-lo? Agir como se fosse a sua camareira? Uma parte de mim se rebela diante de um papel tão subserviente, mas a maior parte do meu ser vibra ao pensar nisso, de um modo antigo e primitivo. Outro fio de mel cálido molha o topo das minhas meias de seda.

Fazendo força para não tremer, vou para o outro lado do carrinho e despejo champanhe em uma das longas e graciosas taças. Quando faço uma pausa e olho para Daniel, a garrafa pairando sobre a segunda taça, os olhos dele se fecham por trás das lentes dos óculos como se fossem me dar um aviso. É claro que eu tenho de merecer o meu champanhe, mas de que modo eu ainda não sei com certeza.

Eu lhe sirvo a bebida e ele deixa minha calcinha cair no braço da poltrona antes de pegar a taça das minhas mãos. Ele bebe novamente um gole muito pequeno, mas muito deliberado. Ele mal está bebendo esta noite, e por algum motivo eu fico com a impressão de que não é realmente por sua escolha. Começo a ficar pensando nisso, mas nesse meio-tempo os olhos dele estão fixos nos meus, e quase dá para imaginar que ele está proibindo minhas especulações. Tendo bebido somente uma porção ínfima da deliciosa bebida, ele coloca a taça na mesa ao lado de sua poltrona.

Ainda me encarando, ele me faz um gesto para que eu me aproxime; o gesto é minúsculo, mas imperioso. Enquanto dou um passo, ele abre ainda mais as suas pernas para permitir que eu fique parada entre elas. Não tenho certeza se mesmo eu tenho permissão para olhar, mas não posso deixar de fixar os olhos na sua virilha imaculadamente vestida, onde ele está duro, a ereção proeminente.

— Tire o seu vestido, Gwendolynne – diz a voz de Nêmeses. E, quando eu quase pego o zíper, ele casualmente leva as mãos à virilha e ajeita o pênis em suas calças. Desgraçado arrogante. Mas eu adoro isso.

Eu tiro suavemente o meu novo e chique vestido; então saio dele e o chuto para um lado. Tempos atrás, eu teria ficado envergonhada por expor meu amplo corpo desse jeito, especialmente se não estivesse usando calcinha. Mas, ao olhar no fundo dos olhos fervilhantes de Daniel, e então vendo o modo como seus cílios espessos se agitam e seus dedos correm sobre seu pau, eu sinto o poder em minha própria carne, e me delicio com isso. Ele está desempenhando o papel dominante aqui, mas, de algum modo, ao mesmo tempo ele também está sob o encanto das minhas curvas, dos meus seios, dos meus quadris e da minha bunda. Ele deseja o meu corpo abundante, assim como eu desejo sua musculatura macia e sua rigidez fantástica e protuberante.

Fico parada na frente dele usando o meu sutiã vermelho, a minha cinta vermelha e as minhas meias de seda com bordas de renda, com as marcas da minha excitação claras e brilhantes na parte interna das minhas coxas. Sem me avisar, ele se inclina para frente e passa seus braços ao redor da minha cintura, puxando-me para perto dele. Ao mesmo tempo, ele afunda sua face entre meus seios, esfregando as maçãs do rosto em suas elevações macias e cobertas de renda, como uma criança ou um filhote que estivesse buscando conforto. Sem parar para pensar, eu abraço sua cabeça, deslizando meus dedos entre a negra seda de seus espessos cabelos anelados.

É um momento estranhamente assexuado. Uma comunhão profunda. Daniel emite um som como um arquejo, quase um gemido, e afunda ainda mais o rosto. Eu me sinto estranha. Meu corpo está totalmente excitado e pronto para recebê-lo. Posso sentir o cheiro de minha excitação, e ele também deve sentir. Mas a necessidade de conforto se sobrepõe à luxúria, forte e comovente. Será que ele está tendo uma de suas dores de cabeça? Sua atitude sugere a ânsia por algum tipo de consolo. Eu seguro sua cabeça com delicadeza, caso ela esteja de algum modo sensível, e sem dizer uma palavra ele se move, uma das mãos ainda me segurando pela cintura, mas a outra se colocando sobre a minha mão, onde ela está descansando em seus cabelos. Nossos dedos se entrelaçam e ele emite um ligeiro suspiro.

Não ouso falar, mas eu queria tanto perguntar se está tudo bem com ele. Essas dores de cabeça acontecem com frequência, eu sei muito bem, e isso indica alguma coisa séria. Eu quero saber o que o perturba, ainda que agora seja um momento estranho para perguntar, quando estou seminua nos braços dele, a minha virilha exposta ligeiramente pressionada contra sua camisa.

— Tem alguma coisa errada?

Eu disse alguma coisa? Eu devo ter...

Daniel não se move nem responde por uns momentos, então ele escorrega suas mãos sobre o meu corpo e me afasta dele um pouquinho.

Merda! Merda! Merda! Agora eu estraguei tudo. Os homens não gostam de parecer fracos. Especialmente quando estão desempenhando o papel de mestres do sexo.

Ele franze a testa, e um olhar de irritação passa brevemente por sua face. Por minha causa? Ou por causa dele? Eu acho que é pelo último motivo.

— Não, nada mesmo – ele diz secamente –, especialmente não com você. Os lábios dele se retorcem; eles parecem avermelhados e famintos. – Não tem absolutamente nada errado com você, linda Gwendolynne. Você é mesmo um colírio para olhos cansados. – Aquele olhar zangado reaparece momentaneamente, então ele estende as mãos para me tocar de novo, puxando-me com sua mão esquerda enquanto a direita desliza arrogantemente entre as minhas coxas, e depois entre os lábios, procurando o meu clitóris. Quando ele o encontra sem se enganar, é minha vez de arquejar, mas em voz baixa ele me faz ficar calada.

— Você tem de ser uma menina boa e quietinha, minha deusa da biblioteca. Nada de gemer e de se queixar enquanto eu brinco com você.

Lá está ele de novo, aquele título. O que prova de maneira inequívoca que ele é Nêmeses. Mas eu não me importo com quem ele é ou de onde ele vem. Só consigo pensar, se é assim que dá para se dizer, no que ele está fazendo no sulco úmido do meu sexo. Ele pressiona o meu clitóris, beliscando-o e brincando com ele, e eu sinto uma necessidade urgente de balançar os meus quadris e de me mover no centro daquela enlouquecedora ponta dos dedos. Mas não faço isso, pois sei que ele quer que eu permaneça imóvel.

Mordendo os lábios, suprimo um gemido. Sensações intensas, embora frustrantes, estão se acumulando. Fecho os olhos, incapaz de olhar para suas feições tão queridas e tentadoras. Mas ele emite baixinho uns sons desaprovadores, e tenho de abrir os olhos outra vez. O rosto dele é sublime, forte e maravilhoso. Extremamente masculino e satisfeito consigo mesmo, e, contudo, tão belo quanto um anjo-demônio pintado por um dos Antigos Mestres.

O toque dele é ultrajante, como o pecado encarnado. Ele faz com que eu me aproxime cada vez mais do orgasmo com cada toque, então, uma vez ou outra ele se retira, bem quando eu estou pronta para gozar.

No momento em que estou a ponto de gritar com ele para que acabe logo com isso, ele retira completamente os dedos. Então, de um modo lento e lascivo, ele em primeiro lugar toma outro golinho de champanhe de sua taça e mergulha o dedo indicador e o médio nela e os coloca outra vez, úmidos com o precioso vinho, em meu clitóris. Eu grito com voz rouca enquanto a efervescência me toca com delicadeza, e gozo intensamente, quase com dor, meu sexo vazio pulsando e se contraindo contra o nada.

Os meus braços agarram Daniel, rodeando-o, se apoiando nele, mantendo-se firmes ao redor dele como um vício, enquanto o meu corpo lateja e estremece e eu gozo. Perdida em sensações, eu me debruço sobre ele, pressionando o meu rosto contra os seus cabelos negros anelados, e respirando profundamente o cheiro intoxicante de seu shampoo de ervas. Beijo o seu couro cabeludo e, no mais profundo de meu prazer, uma ânsia maternal deseja que eu possa curar a dor que às vezes o atormenta.

Finalmente ele me coloca sentada em seu colo. Embora eu automaticamente comece a protestar que não sou nenhum fiapo de gente e muito pesada, ele me ignora. Pegando a sua taça de champanhe outra vez, ele me dá o último gole do fluido dourado e eu o engulo como se fosse limonada, sedenta por ter gozado.

Ainda estou bastante impactada e abalada, mas não demoro muito para começar a pensar outra vez. E a perceber coisas que não são muito difíceis de notar. Como a enorme ereção abaixo de mim, cutucando meu sexo ainda vibrante através do belo tecido das calças do terno de Daniel.

— Você está muito duro – eu observo fracamente, e ele dá risada.

— Sim, eu gosto de ficar duro.

— Você não quer fazer algo a respeito?

— Daqui a pouco. – Ele me acaricia sob o queixo como se eu fosse uma gatinha, seus olhos felizes e brincalhões por trás das lentes dos óculos. – Mas não ainda. – Ele passa a língua pelo lábio inferior, como se estivesse saboreando alguma coisa deliciosa. – Às vezes eu gosto de prolongar a ansiedade. Esperar até que eu queira mesmo, muito mesmo, antes de começar. E sei que, quando eu penetrar você, vai ser algo verdadeiramente espetacular, e vai valer a pena a espera.

Por um breve instante ele toca o meu clitóris outra vez, e eu gemo sem conseguir me controlar, quase pronta para gozar de novo.

— Vamos assistir à televisão um pouco – diz ele, enquanto eu tento me balançar outra vez nas pontas de seus dedos, mas em vão. Colocando-me longe dele com uma facilidade e uma força imensas, ele me coloca em pé de novo, então se levanta a meu lado e me leva para a cama. Ele ajeita um travesseiro, e então diz: – Sente-se – em um tom de voz quase severo.

Com o meu coração martelando, eu deslizo até a colcha, sem saber exatamente o que fazer.

Daniel inclina a cabeça para um lado e então cuidadosamente, e praticamente sem olhar, remove os grampos que estão mantendo os meus cabelos presos, coloca-os de lado, e depois solta os pesados cachos sobre meus ombros, tocando-os e arrumando-os.

— Deite-se – ele me dá a instrução, acenando na direção dos travesseiros, e eu acato, tentando colocar os meus membros em uma configuração sedutora. Minha virilha nua, emoldurada pelas estreitas faixas rendadas da minha cinta, parece gritar para me chamar a atenção. Não consigo olhar para nenhum outro lado senão para meu sexo à mostra. É meio obsceno, mas sedutor e exótico. O fogo nos olhos de Daniel parece dizer que ele é da mesma opinião.

Ele serve mais champanhe e coloca as nossas taças de cada lado da cama, nas pequenas e delicadas mesas de cabeceira.

— Relaxe. – Sorrindo para mim e parecendo absurdamente contente consigo mesmo, ele me arruma, pegando os meus pulsos e colocando os meus braços acima da minha cabeça nos travesseiros fofos, as mãos ligeiramente entrelaçadas, então afasta delicadamente as minhas pernas úmidas, abrindo a minha boceta.

— Relaxe – ele murmura novamente, sua voz mais gentil, como se estivesse tentando me tirar daquele estado do tipo “coelhinho amedrontado na frente dos faróis do carro” em que eu me encontrava. Eu tenho direito de escolha aqui, mas me sinto tão paralisada quanto aquele coelhinho que se defrontou com um monstro destruidor.

Os dedos dele se movem de modo reverente pelo lado do meu rosto, então alisam meus cabelos sobre os travesseiros. Aquilo me faz ficar relaxada. Assim como vê-lo tirando seu paletó, afrouxando a gravata e colocando ambos de lado, antes de descalçar os sapatos e de ir quase dançando para o lado oposto da cama.

As molas do colchão se mexem ligeiramente quando ele se deita a meu lado, como se nós fôssemos ficar calmamente assistindo ao jogo de futebol juntos. Quando ele pega o controle remoto da televisão e aperta o botão, eu quase fico esperando que o monitor ganhe vida. Mas não, aparece somente o menu com o logo do Waverley. Daniel lança um olhar rápido para sua taça de champanhe, resolve não beber e começa a conferir os canais da televisão, usando o controle.

Eu não consigo acreditar nisso! Até mesmo nestas circunstâncias mais exóticas e picantes, ele é igual a qualquer outro homem. Ele não consegue resistir ao *zapping*! E então é minha vez de dar risada alto quando nós ligamos no History Channel e é o próprio rosto familiar dele que sorri para nós. Ele está sentado em um muro de pedra em algum lugar, falando sobre a Conquista Normanda.

— Eca! Detesto esse cara. Que babaca! – Com uma risadinha, ele aperta um dos botões e nós voltamos a ver o menu.

Estar deitada aqui, esticada na cama, enquanto Daniel zapeia, me dá uma sensação peculiar e vagamente pervertida, mas eu sou viciada em televisão também e não consigo deixar de olhar a tela, embora eu esteja seminua e em exibição, como uma odalisca.

Ele passa rapidamente por alguns programas. Filmes. Um concerto. Pugilismo, que horror. E então, inevitavelmente, ele encontra o canal pornô. Primeiro nós nos deparamos com uma dupla de loiras peitudas, mas com corpo de sílfide, se beijando loucamente e se esfregando uma na outra como se fossem cobras. Mas isso não chama a atenção de Daniel, e ele volta rapidamente para o menu e o percorre mais um pouco.

Em seguida, nós vimos um cara que eu sei que é o famoso Ron Jeremy, transando vigorosamente com uma outra loira, na posição do cachorrinho.

— Já vi este – diz Daniel, me surpreendendo. Quem haveria de imaginar que o queridinho do mundo acadêmico gostava de filme pornô?

De volta para o menu, e aperta, aperta, aperta, ele seleciona o "Live Feed". Mas que diabos é isso? Infelizmente, tudo que a tela nos mostra é a legenda "Canal fora do ar".

— Opa!

Antes que eu possa perguntar exatamente o que quer dizer "Live Feed", Daniel pula para fora da cama, vasculha o bolso de seu paletó e pega um cartão extra, muito parecido com o que nós usamos para abrir a porta do quarto. Ele o coloca em uma fenda na frente da televisão, então aperta o botão outra vez enquanto volta rapidamente para a cama e se deita ao meu lado, os olhos fixos na tela e não em meu corpo parcialmente vestido. Ótimo.

A imagem passa rapidamente para algo estranhamente familiar. Chintz. Luz suave. Dois amantes. Um vestido, outro parcialmente nu.

É a imagem de uma webcam. Não de nós dois, graças a Deus, mas que claramente vem de algum lugar dentro do hotel.

— Oh, não, é ele!

A atenção de Daniel se volta rapidamente para mim e ele me olha com curiosidade.

— Você o conhece? – Ele acena na direção da tela, onde um homem mascarado, mas mesmo assim perfeitamente reconhecível, está se impondo a uma mulher que eu também já vi antes, e recentemente. Em um quarto muito parecido com o nosso, o suave, contudo loucamente inconsequente Robert Stone, diretor de finanças do distrito, está pronto para começar a espancar sua amada loira, a bonita moça que eu vi com ele não faz muito tempo. Ele está sentado na borda da cama, usando uma máscara de couro, fato que faz com que alguma coisa dentro de mim tenha um sobressalto, me lembrando de minhas fantasias. É o tipo de coisa que, provavelmente, ocultaria a identidade dele... a não ser que você já soubesse disso. Sua parceira está deitada sobre os joelhos dele, usando um corpete e uma máscara parecida, mas mais delicada, com uma fina borda rendada, e não muito mais que isso.

A definição das cores dessa cena é surpreendentemente boa, considerando as condições de iluminação, e é fácil perceber que ele já a está espancando por algum tempo, porque sua invejável bunda bem-modelada está avermelhada e parece sensível. A moça está tremendo também, como se estivesse protestando por causa da dor. Mas, quando ela volta seu rosto, permitindo que nós víssemos sua expressão, mas não quem a estava castigando, seus olhos faíscam por causa da excitação dentro dos limites de sua máscara exótica, e ela sorri, um sorrisinho feliz para si mesma. Ela gosta disso!

— Caramba! Espancar! Que tesão! – murmura Daniel ao meu lado, ecoando integralmente os meus pensamentos, e ele altera ligeiramente a posição em que está sentado, como se a cena picante já estivesse atingindo a região da sua genitália. Como já está atingindo a minha. Stone dá um tapinha descuidado na bunda de sua amada e ela se contorce no colo dele, retorcendo os lábios. Sua boca me move como se ela estivesse gemendo, mas não existe o áudio, supostamente para permitir que o casal mantenha certa dose de privacidade em um cenário tão abertamente exibicionista. Eu tenho de morder os lábios para evitar um gemido e, quando afasto os olhos da tela por uns segundos, descubro que Daniel, na verdade, está observando a mim, e não a eles.

— Esse tipo de coisa deixa você excitada? – Os olhos dele brilham por trás das lentes dos óculos, me contando que essa ideia *o* deixa excitado. Ele se inclina sobre mim, o seu olhar atirando da tela para mim e de volta para a tela, indo e vindo. Enquanto Robert Stone dá mais algumas pancadas, em rápida sucessão, Daniel se aproxima e desliza a mão entre minhas coxas, me testando.

Ele encontra o que eu acho que estava esperando, e dessa vez não consigo deixar de gemer. Estou molhada e escorregadia, excitada e pronta para receber o toque dele. Quando eu me contorço e tento pressionar a minha mão sobre a dele, ele diz: "Uh oh!" e me dirige um rápido olhar de censura. É um olhar complexo, cheio de humor e, no entanto, ligeiramente proibitivo, e eu fico imaginando se estou na presença de um homem tão hábil no papel de disciplinador como aquele que está nas imagens vindas da webcam.

Preciso fazer um esforço, mas volto as minhas mãos para sua posição original, ligeiramente entrelaçadas, e tocando os meus cabelos esparramados no travesseiro. É como estar algemada, sem, no entanto, estar; e embora eu nunca tenha sido algemada e tudo que saiba a respeito disso vem de filmes e histórias, instintivamente sei que provavelmente é muito mais difícil *não* estar algemada em um tipo de situação como este. Talvez seja relaxante ficar imobilizada. Pelo menos desse jeito você não tem de lutar contra seu próprio desejo de se mexer, de lutar. Especialmente quando um lindo homem que você adora está acariciando o seu clitóris com a ponta do dedo.

Eu arquejo e os meus quadris se mexem por conta própria, assim como os da bonita companheira de Robert Stone. Ele parou de bater nela por um momento, e ela está se contorcendo sobre os grandes joelhos dele, se esfregando nele, tentando se estimular.

— Você é tão safada quanto ela. – Daniel se aproxima ainda mais, sua boca a poucos centímetros da minha. – Aposto que isso deixa você excitada. Eu aposto que você lê todo tipo de livros picantes lá naquele porão da biblioteca, não lê? Eu já os vi. Eu sei o que tem lá embaixo.

E ele continua tocando, tocando, me tocando, e eu me sinto compelida a girar minha bunda. Mas isso não faz com que ele se afaste de seu objetivo, de jeito nenhum. É como se ele fosse guiado por um laser, com a precisão de um cirurgião.

— Mas isso quer dizer que você os leu também – eu arquejo, ainda tentando lutar contra ele, porque de alguma maneira sei que é isso que ele deseja. Faz parte do jogo, um dos papéis que você tem de desempenhar durante esta dança. – Então você é um pervertido também.

— Shhhhh! – Ele me dá um beijo violento, o clássico e romântico beijo punitivo, o tempo todo movendo seu dedo onde realmente importa. O meu corpo se contrai, mas ele retira a sua mão e a coloca sobre a minha boca quando interrompe o beijo, a mão ainda com meu perfume. – Nós estamos falando de você, Senhorita Gwendolynne Price, não de mim. E de todos aqueles segredinhos picantes por trás daquela sua fachada comportada e profissional de bibliotecária.

Eu quero dizer para ele que nunca fingi ter uma fachada comportada, mesmo quando era relativamente inexperiente, mas estou quase gozando. E, de qualquer maneira, a mão forte dele ainda está sobre minha boca.

Ao mesmo tempo, nós voltamos a nossa atenção para a tela, embora essa não seja uma ideia tão boa para mim, que estou quase gozando, porque nesse meio de tempo Robert Stone tinha colocado a sua parceira na cama e feito com que ela ficasse na posição do cachorrinho, sua bunda nua e rosada erguida bem alto e suas pernas esguias separadas. Eu arquejo sob os dedos de Daniel quando nosso amigo exibicionista abaixa o zíper das suas calças e revela um pênis impressionante que combina bem com sua estatura e seu tipo físico.

Por um segundo, lanço um olhar na direção de Daniel, e ele ri de mim, subitamente muito mais parecido com ele próprio, não mais Nêmeses.

— Não estou intimidado. Não estou intimidado. Não estou intimidado. – Ele revira os olhos por trás das lentes dos óculos, e, como não consigo falar, eu lhe digo com meus olhos que não tenho reclamações a fazer a respeito dele naquele departamento. Estou mais do que satisfeita, excitada e impressionada com o esplêndido cacete dele. Ele entende a mensagem e me dá uma piscada. Nós voltamos a acompanhar a cena, nenhum dos dois sem se sentir afetado. Eu ainda estou louca de vontade de gozar, e Daniel está exibindo uma saliência colossal em suas calças.

Os amantes estão fodendo agora. Stone está penetrando a sua amada com majestade e com entusiasmo, entrando nela como se fosse um pistão, contudo de algum modo quase com carinho. É algo no modo como ele segura os quadris dela, e o modo como, de vez em quando, ele se move para colocar a mão nos ombros dela, no pescoço dela. Existe amor na união deles, um amor doce e selvagem. Oh, como eu desejo isso! Eu desejo aquele modo refinado com que ele curva o seu corpo sobre o dela, quando ela claramente está a ponto de gozar. O modo como a boca dele se move, as palavras silenciosas impossíveis de não compreender quando ele a toca por baixo e a acaricia para aumentar o prazer dela.

Eles se movimentam e se balançam; os seus lábios emoldurando exclamações de êxtase e de amor, os quadris deles se erguendo e vibrando até que finalmente chegam ao fim e Robert Stone dá um tipo de meia-volta para o lado, puxando consigo sua amada, fazendo com que ela se deite ao lado dele, em vez de simplesmente desabar o seu impressionante peso pós-coito sobre o corpo dela. A última coisa que eu percebo, bem na hora em que Daniel dá um clique no controle remoto, é que ambas as mãos entrelaçadas deles estão usando alianças de casamento. Não consigo imaginar que eles pertencessem a outras pessoas que não um ao outro.

— Gente, ela é esposa dele! É tara de casados. Eles poderiam estar em casa transando, mas claramente gostam de se exibir.

— Alguns casais gostam, eu acho. – Daniel está franzindo ligeiramente a testa, e ele se senta, passando a mão entre os seus cabelos, cerrando os olhos por trás das lentes dos óculos.

Sinos de alarme soam em meu coração. Está tudo bem com ele?

Contudo, um instante depois, ele está sorrindo outra vez.

— Então, essas exibições pervertidas... elas deixaram você excitada?

— Você sabe que sim! – É claro que ele quer que eu diga isso. – Com certeza você percebeu isso.

— É, você está fantasticamente molhada, minha pequena deusa da biblioteca. Já tem um belo laguinho aqui. – Ele pousa a mão ligeiramente curvada sobre meu pequeno tufo, o dedo médio mergulhando, mas sem fazer contato. Eu poderia gritar e sair dando chutes. Isso é tão frustrante, mas de algum jeito consigo manter a pose que ele parece ter escolhido para mim.

— Laguinho? Você deve estar brincando.

— Tsc, tsc, nós não vamos começar essa conversa outra vez, vamos? – Ele balança levemente a cabeça e o seu dedo se aventura um pouco mais perto da zona tórrida. Então os seus olhos se alteram, se abrem e ficam sinceros, estranhamente inocentes. – Gwendolynne, não é uma mentira, ou um clichê, quando eu digo que você tem um corpo fabuloso. É verdade. É nisso que eu acredito. Você tem as formas mais belas e gloriosas que eu já vi. – Por um breve instante, ele parece estar completamente tocado, e terrivelmente apavorado, mas então, assim como aconteceu antes, ele volta ao normal. – Ou será que eu vou...

Eu abro a boca, a ponto de implorar para que ele confie em mim, me diga o que o está perturbando, mas então ele me toca e nós estamos de volta àquele luxuriante mundo de sensualidade, porque ele está tocando o meu clitóris e se curvando sobre mim para pressionar os lábios em minha garganta, e depois na curva de um daqueles amplos seios de que ele tanto gosta. Os meus quadris se elevam com o contato, e a minha pele queima sob a boca dele.

— Então, o que vai acontecer, deusa? – ele respira, um zéfiro de calor sobre a elevação de meu peito. – Uma surra? Ou uma trepada? Diabos, eu sei o que eu quero! – Ele agita o corpo, se voltando, de modo a poder pressionar a sua ereção contra o meu quadril nu. Ele está imenso, e excitado, e, diabos, eu também sei o que eu quero. Vamos guardar aquelas excentricidades relacionadas à bunda dos amados Stone para outro dia, que tal?

— Eu também. – Quebrando o pacto secreto que nos une, eu me movo e o cubro com a mão em concha, e ele arqueja, movendo-se nela. O seu dedo também se move em meu clitóris.

E logo em seguida estamos nos movendo rapidamente, em um acordo silencioso para ficarmos nus. Eu puxo e estico alças do sutiã e as tiras das ligas, sem afastar os meus olhos da beleza emergente que vi pela primeira vez outro dia, lá no banheiro da biblioteca. Eu me livro de minha roupa rapidamente, mas Daniel é mais circunspecto, sobretudo quando, de modo muito hesitante, tira os óculos e os coloca de lado. Imediatamente ele pisca, então arranca o resto de suas roupas e simplesmente se joga sobre meu corpo, como se estivesse ansioso para compensar, com o contato da pele, o que ele perde com sua visão imperfeita.

Beijando-me, ele esfrega todo o seu corpo contra o meu, de um modo muito parecido com o que ele esfregou seu rosto sobre meus seios há tão pouco tempo. É como se ele me estivesse "vendo" com todo o seu ser, absorvendo a textura da minha pele, a resiliência da minha carne, o vibrante contato com os meus pelos púbicos. Os pelos púbicos dele e o pênis poderoso que surge do meio deles são muito vibrantes também. A ereção dele desliza e me pressiona, me dominando silenciosamente.

Nós deslizamos e nos retorcemos um contra o outro por um tempo, brincando e nos excitando e aumentando a aposta. Finalmente, ele me agarra e me segura com força contra si, seu pau como uma barra de fogo contra a minha barriga arredondada e macia.

— Eu quero você do jeito que ele comeu ela – ele diz em voz inarticulada, me cutucando, empurrando. – Eu quero você de quatro. Eu quero ver essa bunda sensacional enquanto estou metendo bem dentro de você.

Ah, que palavras vulgares e deliciosas vindas de um professor sofisticado e erudito. O que diriam suas fãs entusiasmadas se elas pudessem ouvir o que estou ouvindo?

— Vamos, deusa do sexo, eu *preciso* trepar com você!

Ele se afasta ligeiramente, então me segura pela cintura, me vira e me ergue com uma precisão e com uma segurança impressionantes. Como um animal, uma fêmea obediente, eu me apoio em meus cotovelos e em meus joelhos, meu cabelo caindo sobre minha face. Eu o ouço abrir a gaveta da mesa de cabeceira, procurar alguma coisa e fechá-la de novo. Certamente o Waverley tem um bom estoque de preservativos. Então ele diminui as luzes e nós ficamos em uma semiobscuridade fracamente iluminada. Bom, se ele não consegue ver muito bem, que diferença faz... e eu, eu consigo sentir, eu sinto!

O ar no quarto está morno e agradável, a superfície da colcha irregular sob os meus joelhos e cotovelos. O leve aroma de flores secas pinica as minhas narinas, e os cheiros mais fortes de nossos perfumes misturados, e do meu sexo, excitado e almiscarado.

Daniel se move contra o meu corpo, e a sua pele está muito quente. Ele não é um gorila, mas eu sinto o roçar dos pelos masculinos em seu peito, e em suas pernas e coxas enquanto ele se move por cima de mim e me agarra pela cintura outra vez, não me penetrando, somente pressionando todo seu corpo contra o meu, fazendo-me conhecê-lo por meio do toque e do calor e do cheiro. Os lábios dele pousam na minha nuca e, enquanto me beija lá, ele passa o braço sob meu corpo e acaricia vigorosamente os meus seios, indo de um para o outro, apertando-os e se deliciando com a abundância e a elasticidade da minha carne.

— Você é linda, Gwendolynne – ele murmura de novo, o som abafado porque ele está me lambendo e me beijando ao mesmo tempo. Ele mal pode me ver com esta luz enfraquecida, mas a tonalidade primitiva de sua voz me convence de que há beleza apenas no contato tátil.

Eu me balanço para frente e para trás, me esfrego no corpo dele com a mesma intensidade com que ele está massageando o meu corpo, as coxas dele, o pau dele coberto de látex. Eu me sinto em um êxtase de excitação em meio ao poderoso cheio e toque de um corpo masculino.

E então ele está ali em mim, na minha entrada, tateando gentilmente com seus dedos, arrumando as minhas dobras macias, abrindo espaço para sua ereção firme e alta. Sinto a cabeça rígida empurrando cada vez mais, e é como se tudo fosse novidade, embora ele já tivesse estado ali antes. Ele se move bem para cima de mim, um pouco mais, encosta o lado de sua face na curva do meu pescoço e do ombro, e me penetra. Dá para eu sentir o seu lindo cabelo escuro e anelado me pinicando, e o leve toque da barba começando a crescer que arranha a minha pele enquanto ele move rapidamente os quadris e tenta empurrar ainda mais para conseguir penetração total.

Assim tão próximo e tão excitado, é um pouco desajeitado. Ele se retira, torna a ficar de joelhos, me segura pelos quadris e, ajeitando o seu ângulo, se posiciona melhor com as pontas dos dedos. Eu coloco o peso do corpo em um cotovelo e, caindo para frente para pressionar a minha face contra os travesseiros, estendo o braço para trás a fim de agarrar a sua coxa musculosa e me prensar contra o corpo dele.

Na mosca! Ele desliza para dentro, bem profundamente. Agora que nós nos encaixamos, ele se debruça sobre mim outra vez, como se estivesse procurando o máximo de contato. Seu corpo em chamas é como se fosse um cobertor quente por cima das minhas costas, e lágrimas me sobem aos olhos, somente pela sensação de proximidade. Por alguns momentos, enquanto estamos parados, um contra o outro, nem parece que estamos fazendo sexo.

Eu sei que o amo. É loucura. Insensato. E não acho que exista um futuro para a nossa relação. Mas, mesmo assim, não lamento essa sensação. Alguém não disse uma vez em um filme que "Uma vida vivida com medo é uma vida vivida pela metade"? Bem, eu não vou parar de amar Daniel Brewster por ter medo de que esse amor acabe ou por ele não ser correspondido. A vida é muito curta. Vou aproveitar essa emoção enquanto posso.

— Você está maravilhosa – ele diz baixinho, seu hálito acariciando gentilmente a minha nuca. – Um encaixe tão perfeito... Nunca senti isso antes. – Ele dá uma ligeira empurrada, e o encaixe é mais do que perfeito.

Os homens, eles dizem qualquer coisa, mesmo assim as palavras dele me comovem. Eu esfrego o rosto no travesseiro, secando os meus olhos de modo ineficaz e provavelmente arruinando a minha maquiagem. Dou um empurrão para trás, contra o corpo dele, desejando que ele pudesse penetrar na minha pele, no meu cérebro e no meu coração, de modo que eu pudesse conhecer os segredos dele.

Mas não podemos ficar assim para sempre. Inevitavelmente, ele começa a se mover, e é algo indescritível. Ele é grande. Ele me leva para além de meus limites, de todos os jeitos, para dentro e para fora. Cada estocada atinge diabolicamente o meu clitóris. Eu me agarro às sensações, mas elas me desorientam. Eu quero gozar, e ser tocada enquanto estou sendo fodida.

Daniel lê a minha mente como se *tivesse* realmente rastejado para dentro dela. Apoiando o peso do seu corpo em um braço, ele passa o outro por baixo de mim, dentro da minha leve penugem, e encontra o meu clitóris. Considerando quanto a atenção dele deve estar distante, por causa da pura luxúria masculina, mesmo assim ele consegue ter sua habitual precisão, que me deixa sem fôlego. Penso momentaneamente na falta de perícia que eu já experimentei no passado, e reconheço que ele é um amante inigualável. Ele regula suas carícias delicadas com as estocadas de seus quadris poderosos, e nenhuma vez hesita ou perde o ritmo.

Eu grito. Exclamando com voz inarticulada "Oh, meu Deus! Oh! Oh, caramba!", ou qualquer coisa igualmente banal, eu forço os meus quadris contra o corpo dele enquanto o meu sexo se contrai ao redor do dele e minha mente se enche de uma luz branca. É como se a minha virilha existisse em outro espaço, e o meu cérebro estivesse em curto-circuito. Eu só tenho consciência do êxtase, do êxtase, do êxtase... e do emocionante calor e beleza do corpo de Daniel.

E então eu sou quase uma coisa amontoada por baixo dele, ainda gozando de leve, mas tendo consciência outra vez, e tentando fazer alguma coisa que fosse boa para ele também, em vez de ficar deitada lá como um monte egoísta de protoplasma. Eu me movo bruscamente na direção dele, tentando manter o ritmo e ao mesmo tempo agarrar a coxa dele, a bunda dele, pressionando-o contra o meu corpo e tentando fazer com que ele penetrasse ainda mais fundo. As pontas dos meus dedos roçam os pelos de seu ânus e ele solta um gemido primitivo e doloroso. Eu os acaricio outra vez, da melhor maneira que posso, e os quadris dele se movem rapidamente, fora do controle, e ele começa a me dar estocadas mais fortes, atingindo o orgasmo com violência. Nós desabamos em um amontoado de calor e pernas... e de lágrimas.

12
No escuro

Um pouco depois, estamos deitados em silêncio na escuridão. A luz está apagada, o preservativo já foi descartado, e nossos corações batem gentilmente em um ritmo normal que induz ao descanso. Nós nos deitamos lado a lado sob a coberta e tudo está silencioso e aconchegante, mas eu tenho a dolorosa consciência de que posso ter dito "Eu te amo" entre todos os "cacetes" e "merdas"... e fico pensando se Daniel ouviu isso, e o que ele pensa. Ele parece estar relaxado, mas, com os homens, nunca se sabe.

— Foi bom – ele finalmente diz, embora eu tenha uma indicação de que ele sabe que isso é dizer pouco. Isso certamente não dá ideia do que eu senti. Esse deve ter sido o melhor exemplo de fazer amor que eu jamais experimentei na minha vida. Nem posso dizer que foi uma transa, porque foi muito mais do que isso.

— Sim, foi... – Não consigo expressar o impacto que ele teve sobre mim. Provavelmente eu já disse muito mais do que isso, durante o êxtase.

O quarto está cheio de sombras negras, porque as cortinas são muito espessas. A única luz vem dos números iluminados no mostrador do relógio na mesa de cabeceira, como minúsculos vermes brilhantes na escuridão. Sinto que Daniel se deita de lado para me olhar, então os dedos dele tocam o meu rosto, tão delicadamente que eles poderiam ser feitos de asas de mariposas.

— Foi mais do que bom – ele diz, e então o toque dos seus lábios na minha testa é ainda mais delicado.

Eu tenho uma forte sensação de que alguma coisa está se rompendo dentro de mim, e todos os meus protestos para mim mesma, sobre valer a pena correr os riscos, começam a fraquejar. A ideia de ficar sem ele, depois de ter ficado com ele, me tira o fôlego e, incapaz de me conter, eu procuro a cabeça dele, mergulho os meus dedos em seus cabelos anelados e sedosos e puxo o rosto dele para perto do meu para dar um beijo de verdade. Ele tem o gosto dos deliciosos morangos que nós engolimos famintos, depois de termos terminado de transar. As necessidades que deveriam ter sido completamente satisfeitas começam a se manifestar outra vez.

— Eu ia dar uma surra em você, você sabe – ronrona Daniel em meu ouvido quando nós nos afastamos um do outro – assim como o Stone e a amada dele nas imagens do vídeo. Eu pensei mesmo nisso. – Ele faz uma pausa, tira o cabelo da minha face, onde ele está caindo desordenado sobre o meu rosto, então me dá um beijo na garganta. – Mas então, de algum modo, quando nós começamos, parecia que era suficiente só transar... fazer amor.

Eu gostaria de agarrá-lo, puxá-lo para cima de mim, fazer com que ele me penetrasse de novo. Amarrá-lo a mim fazendo amor de forma desesperada, para que ele nunca mais quisesse que eu partisse. Em vez disso, digo apenas:

— É, eu achei que ia ser daquele jeito, mas acabou não sendo, não é? – Respiro profundamente. – Podemos tentar agora, se você quiser...

Eu realmente não estou com vontade de fazer nada pervertido neste momento, mas, pelo Daniel, eu vou arriscar. É engraçado, eu nunca quis ultrapassar os limites desse jeito com o meu marido. Mas, é claro, ele simplesmente não era o homem para mim. E Daniel é.

— Essa é uma oferta fabulosa, meu bem – diz ele, me dando um beijo na testa outra vez. – E Deus sabe que eu estou tentado, mas, não sei por que, só me sinto com vontade de ficar deitado aqui e ser normal por um tempo, você não?

Eu quero. E digo isso para ele. Então acrescento:

— Embora eu suponha que Nêmeses vai se desapontar se eu não relatar nenhuma outra pervers...

Daniel dá risada, um som acolhedor e feliz.

— É, parece que ele é do tipo que gosta de escapadas pervertidas, não é? – Um braço forte desliza ao meu redor e, para minha surpresa, descubro que sou leve o suficiente para ser puxada para os braços de um homem. – Um homem que manda bilhetes e mensagens com sexo explícito deve ser um tarado perfeito, completo, não deve ser? A escória da humanidade. – A risada ainda está presente em sua voz, e a ponto de se manifestar novamente. Apesar de minhas apreensões, e de meu amor, minha alegria borbulha.

— Ah, ele é um horror! Um monstro doentio. Depravado e repulsivo. Eu nem sei por que eu me importo com ele. – Eu faço uma pausa, e os arrepios lá na minha virilha começam a aumentar outra vez. Quando eu me aproximo de lado, percebo que Daniel também tem algum tipo de tremor. – Deve ser pelo fato de ele ser tão dominador. Ele me diz o que fazer, e eu gosto disso. Eu nunca fiz isso antes, com outros homens, mas gosto de fazer isso com ele.

Informação demais? Parece que não. Não dá para eu ver Daniel, mas dá para sentir seu sorriso, iluminado e maroto, e quase dá para eu ver aquele ar meio cigano, meio pernicioso, em seu rosto.

— Então, você gosta dessas coisas de dominação, gosta? Eu achei que você gostasse... Então é por isso que você foi uma putinha tão lasciva e gostosa agora há pouco?

— Acho que sim.

— Nesse caso... – Ele me solta e me faz ficar deitada uma vez mais. – Abra as pernas. Bem afastadas. Faça isso, agora.

Eu tenho uma onda de sensações. É como um sobressalto no meu coração, uma pontada de medo, contudo é algo delicioso, como o champanhe que bebemos anteriormente e não chegamos a terminar. Eu sinto como se minha vontade estivesse se derretendo, fora de controle, e fazendo com que eu me sinta tonta.

— Agora eu quero que você afaste os pelos da sua boceta. Penteie-o com seus dedos e se exponha. Você tem de se abrir mesmo, mostrar o seu clitóris e os seus lindos pequenos lábios.

Olá, Nêmeses.

Eu obedeço, toda trêmula. Achei que estivesse totalmente satisfeita, talvez pronta para dormir um pouco, mas subitamente todos os meus neurônios e feromônios estão fervendo. Eu estendo os braços e começo a mexer nos meus pelos púbicos úmidos e densos. Estou um pouco emaranhada por causa do jeito que fiquei molhada e transpirei em nossa transa anterior.

Uma mão maior que a minha se aproxima, verificando se estou sendo obediente. Eu me abro ainda mais, permitindo que ele me toque, me belisque e brinque comigo. Ele se diverte comigo por um minuto, então coloca a minha mão na posição.

— Agora, brinque com você mesma. Vá fundo. Seja um pouco rude.

Eu solto um arquejo. É difícil respirar. Eu me sinto presa à cama. Enquanto começo a me tocar, a mão dele se posiciona sobre a minha, dobrando a pressão, a ação. Eu estou escorregadia, e ficando ainda mais molhada. O ataque é intenso, dominante. As sensações se acumulam tão rapidamente e de forma tão forte que elas são quase dolorosas, e, quando o prazer chega, vem tão intenso e localizado que é algo próximo da angústia. Eu grito, como um pássaro na noite, a minha vagina se contrai. Eu me sinto como se estivesse flutuando rumo ao teto.

Então, enquanto ainda estou em choque, Daniel está agindo. Ele atira o edredom para longe de nós, então sobe por cima de mim, uma perna de cada lado, e se mantém acima do meu corpo. É uma posição estranha, mas, de alguma maneira, nós damos um jeito nisso. Eu estou toda esparramada, como uma estrela-do-mar jogada na praia pela maré, e ele está ajoelhado por cima de mim, as pernas fortes afastadas e apertadas de cada lado das minhas costelas. Pressionando suas mãos de cada lado dos meus seios, ele faz um sulco profundo entre eles e insere seu pênis nele.

— Ah, mas isso é fantástico – ele geme, começando a mexer os seus quadris um pouco e deslizando para frente e para trás no sulco entre os seios. Ele se balança e desliza, balança e desliza, e gradualmente eu me recomponho de minha inércia temporária. Minha boceta foi deixada de lado, fora do campo de ação por enquanto, mas de algum modo sinto surgir uma pulsação outra vez. Eu agarro as coxas dele, sentindo os músculos que vão de tensos a relaxados enquanto ele empurra, adorando a sensação da fina camada de pelos masculinos e crespos em sua pele. Eu deslizo os dedos para baixo, acariciando as partes internas da bunda dele, brincando na entrada assim como fiz antes... e obtendo os resultados esperados. Ele grita alto, dá um forte empuxo com os quadris e despeja sêmen morno no meu queixo e nas minhas bochechas.

E tudo isso no escuro. Eu gostaria de poder ver o lindo rosto dele quando atinge o orgasmo, mas me consolo lambendo a essência dele dos meus lábios, experimentando-a e saboreando-a.

Ele oscila, lutando para obter controle, resistindo à sua natural inclinação masculina para cair sobre mim, satisfeito e sonolento. Ao contrário, ele se joga para um lado, resfolegando na noite escura, então se aproxima para me abraçar, seu braço úmido de transpiração.

— Obrigado – ele arqueja. – Obrigado, obrigado, obrigado...

Por alguns momentos, ele respira com força, seu braço pesando por cima da minha cintura. Então ele balança a cabeça, como se fosse para ordenar as ideias, a sua mão desliza sobre a minha barriga úmida e os seus dedos mergulham em minha fenda uma vez mais. Enquanto seu dedo médio começa a se mexer rapidamente e com força bem no ponto central, eu lambo meus lábios uma vez depois da outra, sentindo o sabor dele.

~

— Não! Não! Não!

Eu sou arrancada do sono, acordada bruscamente com Daniel gritando e se debatendo. Procuro a luz da lâmpada de cabeceira, vendo as horas quando a acendo. É começo da madrugada, e nós estávamos dormindo, aconchegados um no outro, como amantes antigos.

— O que foi, meu amor? – Eu tento colocar meus braços ao redor dos ombros dele, mas ele está tentando se sentar com dificuldade, os ombros dele se voltando para um lado e para outro, as mãos passando sobre o seu rosto. O quarto está quente, mas ele está tremendo incontrolavelmente. Eu tento libertar as mãos dele, mas ele emite um som cheio de angústia e me dá as costas.

Não consigo perceber se ele está acordado ou adormecido, porém, quando eu coloco a minha mão em seu ombro nu e sinto a sua pele encharcada com a transpiração, ele não se afasta. Felizmente.

— Daniel, o que está acontecendo? Está tudo bem com você?

Ele não me responde, mas o seu peito se eleva em um imenso arquejo. Ele continua a segurar o seu rosto e a mantê-lo voltado para o outro lado, mas permite que eu corra a minha mão pelas suas costas. Ele está suado e grudento.

Eu não sei o que dizer. O que fazer. Eu simplesmente o abraço e absorvo o tremor dele. E o temor. Ele está tão apavorado, desesperadamente apavorado, por causa de alguma coisa.

Gradualmente os tremores começam a diminuir, mas ele ainda não afasta as mãos do rosto. É como se ele estivesse se escondendo de alguma coisa. Por trás dos seus dedos, os seus olhos estão semicerrados, e a testa dele está cheia de rugas profundas.

— Que tal um copo d'água? – Bom, é isso que eles sempre sugerem nos filmes, não é? Outro arquejo. E então, ele diz:

— Sim... sim, muito obrigado, eu gostaria de um copo d'água.

Dou um apertãozinho nele, então me levanto da cama, nua, e caminho até o minibar. Encontro vários tipos de água e pego uma garrafa de Malvern sem gás, despejo-a em um copo e a levo até ele. Daniel ainda está ocultando o seu rosto, mas eu dou um jeito de afastar os seus dedos e coloco os seus óculos nas suas mãos. Ele bebe a água com gratidão, mas nem por uma vez abre os olhos.

Alguma coisa está errada com a vista dele. Eu já percebi isso. Mas o quê? E quão sério é? Será que ele teve uma crise repentina? Ele ainda consegue enxergar?

— O que está acontecendo, Daniel? Por favor, me diga. Posso fazer alguma coisa para ajudar?

Ele expira como se estivesse prendendo a respiração e, ainda segurando com firmeza seu copo d'água, ele abre os olhos. Piscando, ele olha o copo e as suas próprias mãos que o seguram, então cerra os olhos com força outra vez.

— Um pesadelo – ele diz, em uma voz baixa e monótona, e então fica encarando a água como se nunca tivesse visto um copo em sua vida. Parece que ele não quer beber mais, entretanto, porque permite que eu tire o copo das suas mãos e o coloque de lado.

Eu procuro as mãos dele e ele segura as minhas, com força, quase com desespero.

— Com que você sonhou, querido?

Nem sei se eu poderia chamá-lo assim, mas parece ser adequado para a circunstância. E finalmente ele me olha. A expressão dele é estranha, complexa, abatida, e mesmo assim dá para ver que ele está lutando para recuperar o controle, para se recompor, ser o homem. E os olhos dele não parecem estar bem. Eles estão embaçados, parecem ter dificuldade para focalizar.

— Eu sonhei que acordei e não podia enxergar mais. Tudo era escuridão. – Ele encara os lençóis, depois olha para mim, a face cheia de perturbação.

— Mas é de madrugada, e as cortinas são grossas. Tudo *era* escuridão aqui.

Ele encolhe os ombros.

— Não, o sonho foi diferente. Acredite em mim... eu sei.

— Como? – Eu aproximo as nossas mãos entrelaçadas dos meus lábios e dou um beijinho delicado nas juntas dos dedos dele. Isso parece dar a ele um pouco de conforto, e ele me dá um sorriso meio torto.

— Aquela era uma escuridão interior, Gwendolynne, não a do quarto. Eu a conheço, eu consigo reconhecê-la.

Uma mão de gelo se apodera de meu coração. Meu Deus, eu tinha esperanças de que não fosse nada sério. Que ele estivesse tendo dores de cabeça por causa da tensão, ou sofrendo com o estresse, ou algo assim.

— Tem alguma coisa errada com os seus olhos, Daniel? – eu pergunto com firmeza. Não vou mais ficar fazendo rodeios a respeito disso. Se ele tem um problema, ele deve ser enfrentado. E se é um problema que pode ser enfrentado mais facilmente por duas pessoas, eu quero ser a pessoa em quem ele possa confiar. Eu preciso ser essa pessoa, porque é isso que ele é para mim.

As palavras "na saúde e na doença" cruzam a minha mente em um segundo. Elas eram somente palavras em uma cerimônia no meu casamento. Agora eu penso nelas com sinceridade.

Ele ainda parece ter dificuldades para me olhar, mas começa, hesitante:

— Bem, não é tanto com os meus olhos, mas aqui. – Ele esfrega a parte posterior da cabeça, despenteando seus cabelos anelados. – Tem alguma coisa aqui que não deveria existir. Tenho feito exames, tomografias... e eu tenho um tumor. Os médicos acham que é benigno, mas ele tem de ser extraído. – Ele inspira profundamente. – E logo.

Finalmente ele me encara de novo. Os olhos dele estão mais focados agora, mas consigo perceber tanto a aceitação quanto o temor em sua expressão. A mão de gelo me oprime ainda com mais força. Eu luto para não ceder, mas é difícil não ser dominada pelo terror. Por ele. Como isso deve corroê-lo por dentro... o temor, a perspectiva de que ele possa ficar cego... de que ele possa morrer. A mão de gelo me atira em um mar revolto de terror, de pesar e de raiva.

Ah, não! Não este homem! Isso não pode acontecer com ele! Não agora, quando eu o encontrei! Talvez nós não tenhamos mais que essa pequena aventura por parte dele, mas, mesmo assim, não quero que nada ruim aconteça com ele, para sempre. Porque eu o amo. E não me importo se não puder mais tê-lo para o resto da vida. Eu só desejo que ele seja feliz. Mas, ao mesmo tempo, não quero envolvê-lo na piedade e na melancolia. Os homens não gostam desse tipo de coisa.

— Isso é complicado. Algo muito difícil de lidar, Daniel. – Eu falo com cautela. – Eu sinto muito ouvir isso. Tem alguma coisa que eu possa fazer? Algum modo em que eu possa ajudar você a completar a sua pesquisa, ou alguma outra coisa? Digitar anotações, qualquer coisa?

Milagrosamente, os olhos dele ficam mais focados, e ele se volta para mim. Ele me dá um sorrisinho ligeiro, a cabeça voltada para o lado.

— Você é uma mulher especial, Gwendolynne. – É a vez dele de beijar a palma da minha mão. Ele faz isso uma vez, duas, e depois esfrega o queixo, onde a barba já começa a despontar, no dorso da minha mão. – Uma mulher realmente muito especial.

O sorriso está nos olhos dele, agora, e eu sei que, neste momento, ele provavelmente consegue me ver com perfeição.

— O que você quer dizer com isso?

— A maior parte das mulheres iria começar a ficar cheia de superproteção, e a dar uma de Madre Teresa para cima de mim; mas você, você está toda calma e prática, e sem frescura. – Ele me beija novamente. – E eu gosto disso. E eu sou grato por isso.

Apesar da revelação dele, que tinha revirado meu mundo, eu sinto um borbulhar de algo muito bom, de algo maravilhoso. Uma comunicação real entre nós, que não está relacionada somente ao sexo.

— Bom, eu achei que você não gostaria de muita confusão, e de piedade, e de sentimentos maternos, e dessa coisa toda. Eu... hum... – faço um biquinho, sem saber bem como expressar o que quero dizer. – Não quero que você pense que acho que você já não é mais homem porque tem algum problema de saúde.

Ele dá risada, e é um som puro e doce.

— Juro que você deve ser um gênio, ou uma psicóloga, ou algo assim, minha cara bibliotecária. – Ele dá de ombros, e me lança o mais carinhoso dos olhares. Uma expressão que faz com que meu coração vire cambalhotas, apesar de tudo. – É exatamente assim que eu estava... estou... me sentindo. – O olhar dele fica sério. Intenso. – Eu quero você, Gwendolynne. Eu desejo você, e me importo com você. E quero que você me deseje e se importe comigo. A última emoção que quero da sua parte é a piedade. – Os olhos dele se fecham um pouco. – Ainda sou um homem, e ainda fico com tesão, não importa se eu tenho sabe lá Deus que tipo de tumor na minha cabeça.

— É, eu sei disso – eu olho para ele, tão bonito, tão desarrumado, tão masculino. Ele acabou de lançar uma bomba gigantesca no nosso relacionamento, mas nós ainda estamos sentados em uma cama, sem roupas, juntos, e ele ainda é o homem mais lindo que eu jamais encontrei. Serei eu algum tipo de tarada por, repentinamente, sentir desejo de estar com ele de novo? – Você não quer nenhuma transa movida pela piedade.

Ele dá risada, e então me lança um olhar rápido com o canto dos olhos.

— Não, nada disso...

Mas e as do outro tipo? Não dá pra dizer, o lençol está sobre os quadris dele. A ameaça da escuridão e da mortalidade paira sobre ele, mas o espírito humano e a libido masculina são sabidamente desafiadores quando defrontados com a adversidade.

Contudo, eu fico pensando. Um futuro incerto explicaria o desejo dele por um relacionamento temporário, a cautela dele a respeito de um compromisso mais profundo. Isso também poderia explicar o estranho modo de ele iniciar um relacionamento? Ser Nêmeses daria para ele a distância e a excitação clandestina, a chance de ter uma diversão pervertida com uma mulher sem o envolvimento direto. É o produto de uma mente doentia, mas, seja como for, ele é o Professor Gostoso, tão brilhante quanto carismático e bonito.

Ele franze ligeiramente a testa.

— O quê? Em que você está pensando? – Ele pode ter problemas de visão, mas consegue ver dentro de mim. Ele sabe que estou pensando em alguma coisa.

— Dá para entender agora por que você empregaria alguns, hum, digamos, métodos "pouco ortodoxos" para seduzir as mulheres, para mantê-las à distância. Para não ir muito fundo no relacionamento.

Ele inclina a cabeça para o lado, e um cacho de cabelos negros pende sobre sua testa. Ele tem uma aparência tão perfeita, tão hipnotizadora, que eu tenho de estender a mão e tocá-lo, alisá-lo. Mas ele volta a cair.

— Não entendo o que você quer dizer, Gwendolynne – ele diz, maliciosamente, segurando o meu pulso. Agora ele me segura pelos dois pulsos. Não forte demais, mas há definitivamente um toque de superioridade em sua atitude, e ela se intensifica quando ele gentilmente me empurra sobre os travesseiros e paira por cima de mim.

— Você não vai admitir, vai? – eu devolvo o olhar, transferindo o jogo para o campo dele.

— Admitir o quê?

— Você sabe.

Ele está dando risada uma vez mais, na minha cara, baixinho e deliciosamente malicioso.

— Você é uma menina safada, Gwendolynne, fazendo acusações vagas e infundadas. – O corpo dele está fazendo pressão sobre o meu, duro e cheio de vida, preparado, em todos os sentidos da palavra. O meu coração se expande, feliz por sentir isso, enquanto o meu próprio corpo se excita outra vez, parecendo insaciável em seu desejo.

— Não são vagas! Você é Nê...

Não consigo terminar, porque os lábios dele descem com força sobre os meus e a língua dele está dentro da minha boca, suprimindo a palavra que tento pronunciar. Nós dois sabemos o que eu estive a ponto de dizer, e nós dois reconhecemos que essa é a verdade. O próprio beijo é uma prova disso.

Ele se coloca por cima de mim, seu pau duro pressionando minha barriga. Com uma destreza incrível, ele consegue segurar os meus dois pulsos com uma das mãos, enquanto com a outra faz um progresso insolente ao longo do meu quadril e da minha coxa, então segura minha bunda, os dedos entre meu corpo e o colchão. Ele pega com força, apertando a carne, ameaçando-a de um modo que somente me faz ficar mais sem fôlego ainda.

Segurando-me, e me pressionando, ele desliza ao meu lado, pele contra pele. Eu sinto os seus músculos compactos, e a sua ereção poderosa. Meu maxilar começa a doer por causa da força do beijo dele, mas eu gosto disso. Eu me deleito com a energia dele. Eu me submeto a ela, e a ele.

Quando ele me subjugou completamente, pelo menos por enquanto, ele interrompe o beijo e diz com voz rouca:

— Mais alguma acusação, garota da biblioteca? – Ele não me dá tempo para responder, simplesmente me pune outra vez com mais um beijo, mais sedutor desta vez. A língua dele se move e experimenta, tocando na minha, mexendo-a. Ele faz um movimento com os quadris, me obrigando, se é que isso era necessário, a ter consciência de seu pau.

— Nada a dizer? – ele persiste, a sua voz rouca e diabólica.

— Não, eu não preciso dizer. Você sabe do que eu estava falando.

— E você não vai voltar atrás? – Os olhos dele parecem furiosos, maravilhosos, aguçados e claros. Não consigo imaginar um homem menos completo.

— Não!

— Então, eu preciso castigar você. Você merece isso. Você não aceita um "não" como resposta.

As minhas entranhas estremecem, e todos os pensamentos a respeito do futuro incerto de Daniel desaparecem na excitação do momento.

— Faça o seu pior, Professor Gostoso, faça o seu pior!

13

Aulas com o Professor Gostoso

Ele solta uma gargalhada profunda.

— "Professor Gostoso"? Ora, sua piranhazinha atrevida! É assim que você me chama pelas costas?

— Claro. Eu, e todas as meninas da biblioteca. Eu achei que você soubesse disso.

— Aposto que é você que põe fogo nas meninas, não é? Aposto que vocês ficam fazendo intermináveis especulações a meu respeito e que você sempre aparece com as histórias e as fantasias mais loucas

— Posso ter feito isso um pouco. Bom, bastante, para dizer a verdade...

Ainda dando uma risadinha, ele vira o meu corpo e se senta.

— Vire-se. Mostre-me essa bunda maravilhosa que você tem.

Alguma coisa de tirar o fôlego se acende dentro de mim. A sensação de despertar e de me derreter, um prazer rebelde por receber ordens e por me submeter a essas ordens. Eu nunca desejei isso antes. Eu me ressentia por isso antes. Mas agora é algo delicioso, irresistível. É tão excitante que faz a área entre as minhas pernas estremecer e derreter. A minha cabeça fica cheia de imagens de máscaras de couro, de quartos escuros, a perspectiva de me ajoelhar perante um mestre severo, mas lindo. *Este* mestre severo e lindo, ninguém mais.

— Você precisa de uma bela correção, mocinha – diz ele, com o tom de voz de um autoritário diretor de escola, então acrescenta: – E eu não estou me referindo somente a uma trepada. – Palavras que comprometem seriamente a impressão de um solene e sério acadêmico.

Eu obedeço lentamente, virando-me, o meu coração batendo disparado enquanto Daniel afasta o lençol da minha bunda suntuosa e arredondada e o joga para a ponta da cama. Escondo a minha cabeça nos braços, porque de algum modo não ouso olhar para Daniel. Subitamente, ele ficou impressionante demais em minha imaginação, muito perturbador. Eu estremeço, tremendo como um cavalo de corrida enquanto ele começa a acariciar as curvas da parte posterior do meu corpo, explorando a minha carne, o músculo e as covinhas mais macias. Ele corre as pontas dos dedos sobre cada centímetro, fazendo com que o sangue quente suba às minhas faces enquanto explora o caminho sinuoso entre as nádegas e a pequena e rosada abertura que se aninha lá. Ele não me poupa nada, explorando e vistoriando e fazendo com que eu me contorça, esmagando a minha virilha contra o lençol sob o meu corpo. Eu sou a criatura dele. Ele pode fazer o que ele desejar.

— Toque o seu corpo. Faça isso, agora – ele sussurra, se debruçando sobre mim, ainda brincando com a minha bunda.

Gemo involuntariamente. A ideia é tão embaraçosa e deliciosa.

— Gwendolynne – diz ele, ameaçadoramente, me pressionando.

Lutando para respirar, eu deslizo uma das mãos sob o meu corpo, tateando para achar o meu sexo. Quando atinjo o meu alvo, a quantidade de umidade que brota é impressionante. Estou criando uma pequena poça de fluido sedoso em minha boceta.

— Toque o seu clitóris.

— Nããããããoooo... – eu gemo.

— Por que não?

— Não sei... Parece algo muito indecente ficar excitada enquanto você está brincando comigo desse jeito.

— Mas isso é porque você é uma mocinha indecente, Senhorita Price. Eu sei que você se toca.

Fecho meus olhos. A-há! Como o senhor sabe, Professor Gostoso? Eu contei isso somente para Nêmeses. Mas então eu me lembro de que ele quase me pegou no flagrante no jardim atrás da biblioteca. Não dava para se equivocar com o que eu estava fazendo lá, embora ele fingisse não ter percebido.

— É, sei que me masturbo, mas e daí, todo mundo faz isso. – Eu cerro os dentes enquanto ele me pressiona ainda mais, testando minha determinação, minha resiliência. – Com certeza você se masturba!

Por um momento se segue um silêncio mortal, embora ele continue com a sua brincadeira maliciosa, inserindo a sua mão livre por baixo do meu corpo para ter a certeza de que eu estou obedecendo.

— E como você sabe disso? – A voz dele soa no meu ouvido, a sua respiração acariciando a minha face, e desarranjando os meus cabelos.

O meu clitóris parece formigar por baixo das pontas dos meus dedos enquanto eu penso naquela cena fantástica que testemunhei. Daniel se tocando e se acariciando no pequeno banheiro da biblioteca. Eu vejo outra vez as linhas puras e cheias de agonia do seu rosto, a tensão em suas costas e em suas coxas. O pau dele jorrando, e o seu sêmen deslizando pela base de porcelana da pia, branco sobre o branco.

— Porque eu vi você fazendo isso.

Mais silêncio. Os dedos dele estão por trás dos meus, aumentando a pressão sobre o meu clitóris.

— Ah – ele acaba dizendo, a palavra silenciosa sobre minha pele. – Eu suspeitava que estivesse sendo vigiado aquele dia. – Os lábios dele me tocam e me beijam, tão delicadamente. – E eu suspeitava que fosse você... ou, pelo menos, esperava que fosse.

— Você estaria encrencado se tivesse sido o Senhor Johnson! – eu queria dar risada. Isso é somente uma reação. Um mecanismo de defesa.

— Como assim? Tenho certeza de que a uma celebridade visitante podem ser permitidas as suas pequenas fraquezas.

— Essa é uma fraqueza bem grande. – Empurro o lado do meu quadril contra a sua ereção potente. – E se o velho Johnson fosse gay? Ele poderia ter dado umas cantadas em você.

— Essa é uma coisa muito impertinente para dizer a respeito de seu patrão... e a meu respeito. – Ele empurra de volta com seu pau, pressionando-o contra a minha carne. – Estou cada vez mais convencido de que você precisa ser corrigida, sua safadinha tarada. Você não está de acordo? Está com vergonha de sua própria safadeza?

— Não! Nem um pouquinho!

Daniel dá risada uma vez mais, esfregando a sua face contra os meus cabelos e as minhas bochechas, e depois me beija e me mordisca.

— Eu adoro você, sabia disso? Mesmo sendo a mulher mais provocante e fascinante que jamais conheci, vou ter de surrar você... Sabe disso, não sabe?

Eu me contorço contra o corpo dele, desejando a surra, e com medo dela. Excitada além das medidas. Eu quase poderia gozar ali mesmo, estou tão perto disso. Ele ainda está fazendo cócegas entre as minhas nádegas e no pequeno buraco.

— Sim – eu sibilo, enquanto ele primeiro me dá umas cutucadas, e depois umas palmadinhas. – Desde que você saiba o que está fazendo. Você já surrou alguém antes? Eu diria que isso é quase um tipo de arte.

Ele morde o lóbulo da minha orelha, gentilmente, mas com autoridade.

— Já surrei uma namorada ou duas no passado. Acho que consigo me virar. – As pontas dos seus dedos mergulham pressionando ainda mais a parte mais profunda da minha bunda.

— Tudo bem, então – eu arquejo, sentindo a minha cabeça oca, à medida que a pequena pressão aumenta. – Comece logo com isso, sim?

— Eu deveria espancar você. – Ele dá uma ligeira palmada na minha nádega esquerda. Isso não é nada. É só uma brincadeira. Eu mal sinto o impacto, embora meu sexo responda com uma palpitação.

— Eu deveria dar umas cintadas em você com um cinto de couro, ou com uma vara de professor ou algo parecido. Aí sim você iria saber. – Ele dá uma palmada mais forte, e desta vez eu a sinto. Ela é como fogo, um fogo doce, e, embora a minha nádega não pareça gostar dela e ela me faça tentar escapar, as terminações nervosas na minha boceta parecem pensar que isso é um deleite. Outra onda de prazer me faz gemer muito mais do que a dor.

— Você gosta disso, não gosta, sua taradinha? – Ele parece tão feliz, tão relaxado, tão distante de seus problemas. Parte de mim se alegra com isso, enquanto o restante do meu corpo fica ligeiramente insano enquanto ele me bate uma vez depois da outra. Meu cérebro realmente não sabe o que está acontecendo. Ele registra o bater febril da mão dele, tenta processar o fato como se fosse algo desagradável e a ser evitado, mas existe algum resquício de inteligência animal que habita em algum lugar muito mais profundo e que está me dizendo que isso é fabuloso, é excitante, é sexo puro.

Eu me contorço e me balanço, me roçando contra os meus dedos, e os dele, enquanto me mexo.

— "Inha"? Você só pode estar brincando, com certeza. – Eu falo arquejando, quando consigo respirar. – Aposto que estou o mais longe possível de ser uma "inha" do que qualquer outra mulher com quem você já esteve. – Eu faço uma pausa para gritar enquanto ele dá uma palmada ligeira na parte mais baixa de uma das nádegas, que arde como se fosse fogos de artifício. – Um homem como você pode ter sua dose de supermodelos, eu aposto.

— Não seja estúpida, Gwendolynne – ele diz com um tom de voz amável, ao mesmo tempo que me dá uma palmada das boas e eu grito como se fosse louca. – Eu diria "transar com" supermodelos, mas, para dizer a verdade, eu não *quero* transar com nenhuma. Eu só quero trepar com você e o seu corpo magnífico e atraente. – Ele me dá outra palmada, bem forte, e eu sinto algo que parece ser um miniorgasmo, embora os sinais estejam tão embaralhados que eu realmente não sei o que é isso. – Por que você não acredita em mim quando digo que você tem o mais belo corpo que jamais vi? Para uma mulher inteligente, minha querida, você pode ser persistente e obstinadamente tapada!

Ele está realmente me surrando com força agora, e eu *estou* gozando. O meu sexo se contrai em espasmos febris e violentos, no mesmo ritmo das palmadas adoradas, e mel sedoso flui através dos meus dedos. Eu gemo e solto grunhidos e me balanço contra meu próprio dedo médio, mas nem uma vez Daniel erra o seu objetivo, ou a palmada. Desgraçado, ele já surrou mais de umas duas namoradas, disso eu tenho certeza. Ele sabe como fazer isso. Eu juraria que ele é um expert.

Eu estou acabando com o travesseiro, e empurrando os lençóis com os meus dedos dos pés, estou esparramada. Mas ele ainda continua no controle, e ainda me surrando. Parece que a minha bunda está terrivelmente inchada e ficou com um tom vermelho fluorescente, e o calor incendiário nela está se espalhando para o meu sexo trêmulo. Subitamente, desejo mais. Quero Daniel. Preciso dele dentro de mim. Eu me contorço com firmeza, me viro e começo a implorar:

— Por favor, por favor, me come! Eu não quero ficar vazia. Eu quero você dentro de mim.

Os olhos dele parecem estranhos, escuros, cheios de emoção. Será que ele consegue me ver? Acho que sim. Mesmo que, neste momento, a sua visão esteja determinada a ser recalcitrante, ele está me vendo com outros sentidos, com uma clareza profunda. Ele se inclina para o lado, vasculha a gaveta da mesa de cabeceira sem olhar e pega outra camisinha. Ele rasga a embalagem, coloca-a rapidamente, então afasta minhas pernas e mergulha dentro de mim profundamente.

Eu o agarro, me segurando nos seus ombros, e nas costas, então nas nádegas, desejando-o mais perto, ainda mais perto, tão perto quanto ele possa estar. Ele está me preenchendo, mas eu o desejo ainda mais dentro de mim, dentro de minhas células e meus nervos e minha consciência. Eu ergo meu quadril para que se encontre com o dele, esmagando os nossos sexos juntos, bem na hora em que ele me procura com uma força igual e oposta. Pontadas ardentes se originam do dolorido onde tomei as palmadas, que apenas aumentam a intensidade e o prazer.

O caos dos empurrões, e os nossos movimentos descontrolados e a luta não permitem que nós nos beijemos, mas ele empurra a boca sobre o meu pescoço, os lábios entreabertos, os dentes arranhando a minha pele, me mordiscando, quase como uma fera. Isso me deixa ainda mais louca, é algo tão primitivo. Balançando minha pélvis, eu cruzo meus tornozelos na parte de trás da cintura dele, recebendo-o ainda mais profundamente.

Nós lutamos e balançamos um contra o outro, soltando sons enlouquecidos e quase desumanos. Se um trovão subitamente estrondeasse e vibrasse lá fora, não me surpreenderia. A tempestade já está se movendo e desabando dentro dos nossos corpos e nos nossos corações. Mesmo que ele não consiga sentir o que eu sinto, não dá para acreditar que ele não fique comovido com nossa união.

Um tumulto como este não pode durar muito tempo. Ele é furioso demais, intenso demais para ser mantido. O orgasmo percorre o meu corpo com violência, como uma estrela cadente incandescente, e com um grande grito Daniel me acompanha bem no auge. Eu estremeço, quase perdendo a consciência, tentando respirar em inspirações profundas, o meu peito se elevando e de Daniel se arqueando contra o meu.

Nós somos um amontoado confuso de pernas, suor, fluidos e de fragmentos de consciência, mas lentamente nós nos separamos; as minhas pernas abertas largadas sobre o colchão, permitindo que Daniel se liberte. Ele fica por alguns momentos deitado entre as minhas pernas, como se estivesse juntando forças para se mover; então, com um arquejo ele ergue o seu peso de cima do meu corpo, a nossa pele pegajosa se separando enquanto ele se solta sobre um dos lados e desaba junto a mim.

Eu não sei o que dizer, e sinto que ele também não sabe. Mas, quando ele procura minha mão e nossos dedos se entrelaçam, meu coração dá um pulo.

E pela segunda vez nessa noite, nós caímos no sono.

14

A hora da explosão

Quando eu desperto, já é manhã clara, e Daniel está na porta do quarto, se apropriando de uma bandeja lotada com o café da manhã. Dou uma olhada no relógio e vejo que já são dez e meia, o que me faz sentar em um pulo de pânico, até que me lembro que, prudentemente, dei um jeito para não precisar trabalhar hoje.

Os olhos de Daniel se abrem apreciativamente por trás dos seus óculos quando ele traz a bandeja para a cama, sua atenção se concentrando no meu corpo. Ele tem a aparência refrescada e descansada em seu roupão atoalhado azul-escuro, e o seu cabelo anelado está úmido por causa de um banho recente. Eu me sinto ligeiramente irritada por ele ter se levantado sem me acordar, mas eu suponho que ele tenha feito isso somente por consideração por causa do meu evidente estado de total exaustão. Porque eu me sinto como se tivesse corrido umas doze maratonas, e percebo umas pontadas ligeiras me incomodando nos lugares mais improváveis. Nada de se espantar, se for pensar nas nossas aventuras sexuais. Estranhamente, contudo, a minha bunda, que foi espancada, parece estar bem.

— Café? – sugere Daniel, erguendo o bule, o seu olhar ainda pairando em meus mamilos ou ali por perto. Ah, os homens, eles são tão transparentes, tão concentrados na carne.

Tudo bem, eu também estou concentrada na carne. Na carne do Professor Brewster. Não consigo ver muito do corpo dele assim como ele pode ver do meu agora de manhã, mas consigo me lembrar de cada centímetro do que vi a noite passada. Dá para eu me lembrar de como ele parecia e como ele era para o tato. E como eu me senti ao tocá-lo. O que é muito parecido com o jeito como eu me sinto agora, embora eu esteja cansada demais e subitamente tímida demais para tomar alguma atitude relacionada a essa sensação.

Eu me lembro da verdade incômoda: que, como uma idiota, eu me apaixonei por ele. Tão típico da minha parte, me apaixonar tão completamente e tão rapidamente por um homem que é, de tantos modos, bastante inacessível. Não tenho nenhuma ilusão de que eu seja para ele algo além de uma diversão enquanto ele faz a sua pesquisa na biblioteca.

Entretanto, de algum modo, algo em sua expressão se alterou mesmo enquanto eu estava acordando. Aqueles olhos, cuja visão às vezes o decepciona, estão repletos de sombras que não parecem se relacionar nem um pouco com sua vista cada vez mais instável. Eu percebo dúvidas e incertezas neles, que espelham as minhas próprias. Estará ele lamentando a intimidade reveladora da noite passada, assim como eu estou? E, se for esse o caso, será por uma razão diferente daquela que está começando a me perseguir e a me atormentar?

Eu me doei demais. Eu mergulhei fundo demais. Eu entreguei o meu coração de forma completa demais para que possa recebê-lo de volta sem deixar partes dele para trás. Será que ele se sente da mesma maneira, ou estará somente lamentando por ter ficado um pouco mais envolvido do que planejava?

— Gwendolynne? – ele me incita, a sua boca bem modelada se retorcendo ligeiramente. Ele está certamente perturbado.

— Sim, por favor, me sirva um pouco. – Eu pego um segundo roupão, que ele conscienciosamente colocou ao meu alcance, deslizo para fora das cobertas e me enfio nele. – Volto em um minuto. Eu só preciso, hum, usar o banheiro.

— Tudo bem. Açúcar e leite?

— Somente leite – eu peço, e vou rapidamente para o abrigo do banheiro, como se tivesse sido escaldada. Talvez eu tenha sido, de certa maneira. Meus dedos estão metafórica, mas definitivamente queimados e chamuscados. Eu me pus ao alcance de uma chama, uma linda chama, e estas são as consequências.

Faço o que tenho de fazer no banheiro, relutando estranhamente em deixar o meu santuário temporário. Eu me sinto tímida, por mais ridículo que isso possa parecer depois de tudo que eu e ele fizemos juntos. Mas, por amar aquele homem, e sem saber exatamente o que ele sente por mim, isso somente faz com que a situação pareça cada vez mais precária.

Finalmente eu me esgueiro para fora, bem enrolada no meu roupão e em uma grossa camada de cansaço. Daniel está sentado na cama, uma xícara de café acomodada nas suas mãos, encarando os próprios pés. Eu pego minha xícara e me sento ao lado dele. Fico encarando os pés dele também. São pés muito bonitos, bem grandes, mas bem proporcionais e muito bem tratados.

— Eu preciso ir embora outra vez. Mais tarde, hoje. Para uma cirurgia. – As palavras dele caem como um piano em um lago, tão súbitas e tão impressionantes que eu estremeço. Este é um choque ainda maior que o da noite passada, se é que tal coisa fosse possível.

— Oh... tudo bem... – Não consigo pensar em mais nada para dizer, mas por dentro estou gritando. É claro que eu sabia que ele estaria fazendo um tratamento. Não daria para ele *não* estar fazendo nenhum. Mas a realidade dele, e o fato de que é agora, logo em seguida, me força a confrontar o horror do que está acontecendo com o homem a quem amo.

— Preciso dar um jeito neste problema. – Ele faz uma pausa e esfrega a parte de trás da cabeça, desarrumando os seus cabelos anelados. Onde aquela coisa maldita está à espreita. – E quanto mais rápido, melhor; ou o fato brutal é que eu ficarei cego... ou pior. – Ele inspira profundamente, e eu percebo que ele está lutando contra uma gigantesca onda de pavor. E quem não estaria? Merda, é claro que eu estou! Por ele.

— Tenho de voltar para Londres, para a clínica, para mais alguns exames... e então, em dois ou três dias, eu entro na faca.

Ouço um gemido profundo, que, para o meu próprio horror, percebo que vem de mim.

— Ei, não fique preocupada! Eu sou jovem, estou em boa forma e sou um desgraçado duro na queda para um acadêmico. – Colocando a xícara de lado, ele passa o braço ao meu redor. Eu levo a minha xícara aos meus lábios com as mãos trêmulas e tento beber. O café está excelente, mas derramo um pouco dele no meu roupão, felizmente sem tocar nenhuma parte da pele nua.

A visão dele cego, ou morto, é horrível demais para ser compreendida. É como se tudo dentro de mim estivesse esmagado. Permitindo que ele pegue minha xícara também, eu me sinto entorpecida e, no entanto, muito agitada. E começo a fazer negociações, em minha cabeça, com as autoridades superiores.

Eu desisto dele, nunca mais o vejo, mas permitam que ele fique bem.

Façam alguma coisa comigo, pelo contrário, mas permitam que ele fique bem.

Eu desisto de todos os prazeres da carne e faço uma doação para os pobres de tudo que possuo e do que ganhar daqui para frente, mas permitam que ele fique bem.

— Posso ir com você? – eu me ouço dizer. – Posso tirar umas férias. Posso ficar por perto. Fazer algum serviço, ou o quer for, para você. Eu, hum, não estou falando como uma namorada séria, nem nada disso, só como um alguém para ajudar ou algo assim.

Sinto os músculos de seu braço que está ao meu redor ficando tensos e retesados. Eu disse algo estúpido, eu sei. Mas só quero ficar ao lado dele, para que eu possa saber o mais rápido possível que ele está bem.

Quando me volto para olhá-lo, ele parece preocupado e perplexo. Ele suspira profundamente outra vez.

— Preciso fazer isso sozinho, Gwendolynne. – Ele balança a cabeça ligeiramente, como se não estivesse bem certo do que está dizendo e realmente pensasse que está sendo um tolo, mas não consegue evitar isso. – Eu... eu... eu não quero ninguém com quem eu me importe por perto de mim. Não quero que as pessoas me vejam fraco assim.

— Ai, mas isso é idiotice demais!

Chocado com a minha explosão, ele estremece de verdade. A sua linda boca se contrai, e eu percebo que, mesmo em um momento crítico como este, um brilhante acadêmico como Daniel Brewster pode ser tão teimoso quanto um homem das cavernas. Misericordiosamente, o braço dele permanece ao meu redor.

— Talvez seja, Gwendolynne, mas é assim que eu quero que seja. – O olhar zangado dele se abranda. – Não é você, querida, sou eu. Eu preciso passar por isso sozinho. Para provar para mim mesmo que posso. – Ele me dá um apertãozinho. – Eu me importo com você, muito, pra caramba, mas... Eu não sei explicar, é assim que preciso que as coisas aconteçam. – Tocando o meu rosto, ele me faz olhar nos olhos dele, escuros e cheios de sombras por trás das lentes dos seus óculos. – Por favor. Eu tenho de fazer isso do meu jeito.

— Mas isso não faz sentido. Se fosse comigo, eu iria querer alguém por perto.

Então penso... Será que eu iria querer? Por causa do temor e da escuridão, sim. Mas, com toda a certeza, o cabelo será raspado, e tem os tubos, e todos os tipos de horrores médicos. Nada disso poderia diminuir o que sinto por Daniel, nem no mais ínfimo dos graus, mas, há uma parte vaidosa e tola de mim que iria se rebelar se ele *me* visse desse jeito. E os homens podem ser vaidosos e tolos também nesse aspecto.

Nós nos agarramos um ao outro por uns momentos, em um impasse.

— Você *tem certeza* de que eu não posso ir com você? – eu acabo dizendo com uma voz fraca. Não é um lamento, a não ser dentro da minha cabeça.

— Escute, não vai ter mais ninguém lá, se é isso que você está pensando – ele diz repentinamente, pegando a minha mão com a dele que está livre. – Não há mais ninguém na minha vida a não ser você, Gwendolynne, eu juro.

Isso tinha passado pela minha cabeça. E tinha, de verdade. Como uma explicação para sugerir apenas uma aventura, no começo, e agora para a sua relutância em me deixar dar apoio para ele nessa provação. Eu deveria me sentir grata, mas a minha própria teimosia não vai deixar as coisas como elas estão.

— Eu acredito em você, mas essa é uma razão a mais para eu estar lá, então. Se não tem mais ninguém.

— Não! – diz ele bruscamente, sua boca se cerrando em uma linha severa e rígida.

Eu me sinto bastante séria e rígida também. Desejo insistir. Eu abro a minha boca para protestar, para insistir em ser ouvida e dizer qualquer droga que o fizesse conceder, então, eu mordo a minha língua. O homem a quem eu amo está passando por uma provação. Como pode uma pessoa pensar com objetividade e lógica ao se defrontar com o que espera Daniel? Se eu o amo, tenho de fazer as suas vontades e deixá-lo lidar com a sua operação e os seus riscos do jeito dele. Não importa quanto isso me cause dor.

— Tudo bem – digo baixinho. – Eu entendi. Você quer lidar com isso sozinho. – Eu me sinto murcha, perdida, ainda desejando estar ao lado dele. Como se todo o ar tivesse saído de dentro de mim, eu me amontoo contra o corpo dele, e ele coloca os dois braços ao meu redor, me apertando contra o seu corpo.

— Eu vou ficar bem, Gwendolynne. Eu vou lá, serei operado e vou ficar novo em folha em pouco tempo. – Ele acaricia os meus cabelos, devagar, de modo compassado. – E assim que tudo estiver bem comigo, talvez nós possamos tirar umas férias, ou algo parecido, que acha? Em algum lugar agradável e quente e sofisticado, onde nós possamos ficar descansando em uma praia e você possa fazer topless e eu possa passar o dia inteiro observando você com minha visão restaurada.

Ah, as férias dos sonhos com o homem perfeito. Algo que eu sempre fantasiei, mas nunca cheguei a conseguir. Por que a perspectiva de isso finalmente acontecer tem de ter um obstáculo tão apavorante atrelado a ela? Para conseguirmos a nossa escapada idealizada, primeiro nós temos de passar pelo vale da morte – e Daniel não vai permitir nem que eu segure a sua mão enquanto nós o atravessamos.

Eu tremo e soluço e desejo que a vida não fosse assim tão complicada. É como se, de algum modo, eu estivesse desabando, e fosse eu quem tivesse de enfrentar a horrenda cirurgia. Daniel me abraça mais apertado, e as mãos dele são, ah, tão cheias de ternura. Mas, alguns minutos depois de perder o controle, eu me sinto fortalecida pelo seu calor e pela sua presença. Eu deveria ser forte por ele, a sua rocha, e não agir como uma tolinha amedrontada. Eu tenho de aceitar o ponto central da questão, e estar lá ao lado dele de qualquer modo que ele possa precisar que eu esteja. Mesmo que isso signifique *não* estar lá de verdade.

E preciso dar para ele a melhor das despedidas. Procuro a boca dele com a minha, a encontro e começo um beijo. Eu sinto os seus lábios firmes, com gosto de café, se curvando sob os meus. Ele entende o que estou fazendo. As nossas línguas duelam por vários minutos, quentes e escorregadias. Tento empurrá-lo contra o colchão, tencionando envolvê-lo em prazer, de toda e qualquer maneira que eu possa conceber, mas ele se mantém firme.

— Não, do meu jeito – diz ele com voz ríspida, me segurando pelos ombros e atacando a minha boca uma vez mais, mergulhando nela a sua língua de um jeito que faz a parte inferior da minha barriga tremer e se desfazer.

Eu ponho de lado todas as ideias a respeito de homens condenados e de refeições suculentas e somente permito a mim mesma sucumbir, fascinada com a força dele e com o jeito de ele assumir o controle sobre mim. Quando ele se deita sobre o meu corpo, esquecer a escuridão se torna doce e fácil.

Ele beija com força, o ataque é tão excitante que é quase como ser comida antes mesmo de nós tirarmos os nossos roupões. As suas mãos longas e elegantes começam a perambular, acariciando-me com força através do tecido atoalhado, usando a sua textura como um estímulo extra. Finalmente, entretanto, ele abre bruscamente o meu roupão e desnuda o meu corpo. Então, com movimentos bruscos e impacientes, ele puxa a faixa do roupão sob o meu corpo com rudeza e agarra os meus pulsos e os coloca acima da minha cabeça. Com uma série de laços e de nós, capazes de deixar até um escoteiro orgulhoso, ele prende as minhas mãos na cabeceira de metal da cama e testa os laços para garantir que os meus pulsos não estejam muito desconfortáveis.

Uma sensação de pânico enlouquecedor, misturado com uma fraqueza submissa e deliciosa, percorre o meu corpo. Eu não esperava por isso, de jeito nenhum, não nessas circunstâncias estranhas e cheias de emoção. Eu simplesmente não estou pronta para isso, no entanto esperei por tempo demais. Automaticamente eu começo a contorcer o meu corpo, e um fogo embaçado começa a queimar nos olhos de Daniel ao ver isso. A minha compulsão para testar os meus laços parece agradá-lo, e a sua linda boca se curva de modo diabólico. O seu prazer evidente faz com que a minha pele fique quente e formigando.

Ainda usando o seu roupão, ele se debruça sobre as minhas formas expostas, aproximando o seu rosto, e eu percebo que, em um momento indeterminado ele tirou os seus óculos. Ele não parece ter muita dificuldade para me ver, contudo. Na verdade, ele está examinando minuciosamente com alegria tudo que ele deseja.

Sem nenhum aviso, ele mergulha e lambe o meu mamilo, a sua língua quente e brincalhona enquanto acaricia a ponta contraída. Essa sensação atinge o meu clitóris, fazendo com que ele pulse, e enquanto Daniel mordisca delicadamente, e ao mesmo tempo desliza o seu polegar até a depressão do meu umbigo, eu gemo e choramingo.

— Shhh – ele murmura junto do meu seio, então cerra os dentes uma vez mais, com extrema delicadeza. Eles parecem ser muito afiados e muito ameaçadores. Daniel ergue e puxa e rodeia, pegando a pele macia como se fosse um pequeno cone. Eu mordo os meus lábios com força, para suprimir os meus gemidos, enquanto a minha boceta protesta silenciosamente, queimando e ansiando para ser tocada.

Por alguns momentos, Daniel brinca deliberadamente com os meus seios, mexendo com eles, segurando-os com as mãos em concha, lidando com os meus mamilos até que eles ficam proeminentes, cheios de luxúria, como dois montículos. Enquanto luto para não enlouquecer – e, às vezes, fracasso completamente, erguendo os meus quadris da cama –, as pontas dos dedos dele às vezes se perdem em outras zonas, antes de retornarem para o meu umbigo, explorando e experimentando de um modo que faz com que eu me mexa desordenadamente e me contorça. Às vezes ele apenas corre as pontas de suas unhas para cima e para baixo na concavidade entre a minha barriga e as minhas coxas, na curva da minha virilha.

Intencionalmente, e com muito escrúpulo, ele evita o meu sexo.

Mas eu não consigo evitá-lo. Ele parece ter se apossado de toda a minha consciência. Sinto como se ele estivesse inchado, tenso, aberto, distendido por um desejo agonizante. Ele parece se exibir entre as minhas pernas, brilhando com os fluidos e quase inflamado, pois ele está ardendo, ardendo, ardendo para receber as atenções de Daniel.

Eu estou morrendo de vontade de gozar, e de sentir qualquer parte de Daniel lá embaixo. Dedos. Língua. Pau. Contudo, em alguma parte central e controlada da minha consciência eu reconheço que, embora eu esteja queimando de desejo por ele, este interlúdio só se relaciona a Daniel, a respeito de ele estar no controle, a respeito de ele estar mergulhado no jogo e esquecer o que está à espreita dele. A minha frustração intensa, o tormento da recusa temporária – estes são as doces oferendas que eu posso lhe dar para distraí-lo.

Abro ainda mais as minhas pernas, agito os quadris contra os lençóis, ergo-me e me mostro para ele, oferecendo submissão total, permitindo que ele saiba que a minha carne é dele, completamente, para ele fazer com ela o que desejar.

Finalmente, ele se senta. Os olhos dele parecem estar fora de foco, mas eu não sei se é por causa do desejo ou da coisa odiosa que o atormenta. Ele tira o roupão e está completamente ereto, o seu pau vital, poderoso, repleto de uma vida e de uma força magníficas. Enquanto ele se inclina sobre mim outra vez, me beijando ao longo das linhas do meu pescoço e rodeando os meus mamilos com os seus polegares, a lança ardente de sua masculinidade percorre suavemente a minha coxa.

— Eu gostaria que nós tivéssemos mais tempo – ele diz em um tom de voz baixo e contido, então procura um preservativo na gaveta. – Eu gostaria de levar você à loucura de tanto prazer. Passar horas com você.

Fazer você gozar e gozar... – Enquanto ele fala, em voz baixa e com uma raiva contida contra o seu destino, ele coloca o preservativo. – Eu iria fazer coisas que deixariam você em um estado tão grande de lascívia que não conseguiria se lembrar do seu nome, e iria gritar até ficar com a garganta rouca quando gozasse.

Antes que eu pudesse me conter, subitamente me esqueço de desempenhar o meu papel e digo:

— Fico esperando a próxima...

E então se segue um momento de silêncio profundo, durante o qual eu me daria uns pontapés, caso conseguisse fazer isso direito, e Daniel ri às gargalhadas e virtualmente se joga entre as minhas coxas.

— Ah, minha linda Gwendolynne, você não existe. O que eu faria sem você? – Ele me dá um beijo rápido e viril nos lábios, então se coloca na minha abertura e começa a penetrar. – Nós vamos nos divertir tanto quando toda essa merda tiver acabado. Nós vamos trepar como coelhos e jogar todos os joguinhos sexuais com que jamais sonhamos... e mais alguns. – Ele solta um grunhido determinado e feliz e começa a meter rumo ao seu objetivo.

Por alguns instantes, o meu orgasmo tão ansiado corre o risco de se afastar, de ir para longe do meu alcance, distraído pela volta dos pensamentos a respeito do que acontecerá com Daniel. Mas então a intensa e amada presença dele, o seu peso, o seu perfume, a sua ereção, a sua respiração quente em meu pescoço, tudo isso conspira para recapturar o orgasmo e forçá-lo a se tornar realidade. Me sinto florescer ao redor do seu pau e, incapaz de segurá-lo nos meus braços, eu engancho as minhas pernas nas dele, ergo os meus quadris e empurro e empurro e empurro a mim mesma e o meu sexo palpitante contra o corpo dele.

Daniel também me puxa vigorosamente, deslizando uma das mãos sob meus quadris, me penetrando com força, como se estivesse lidando com toda a sua apreensão e incerteza com a força das suas estocadas. Nós nos lançamos um contra o outro, como animais, assim como fizemos antes, revisitando o claro e purificante espaço do prazer mútuo, do desespero mútuo, do orgasmo mútuo.

É claro que, neste ritmo, a coisa não poderia durar muito. Eu me elevo rumo a mais um orgasmo espasmódico de tirar o fôlego e, no momento em que o alcanço e me sinto segura dele, sinto que Daniel está gozando também. Ele soluça e grunhe enquanto jorra dentro de mim, e o som é uma magnífica exclamação de emoção sombria.

~

Logo em seguida, ele me desamarra e nós nos separamos.

Nós dois ficamos em silêncio, perdidos nos nossos pensamentos, sobreviventes de um furacão. E de uma explosão. Daniel parece uma pessoa a quem mal conheço, o que ele realmente é, e a minha cabeça está repleta de pensamentos e de emoções confusas que são difíceis de processar.

Eu me concentro na sequência de eventos, tentando achar um sentido para eles. Um – eu acabo envolvida em um jogo sexual pervertido. Dois – eu me apaixono por um homem lindo, inteligente e cheio de glamour durante esse jogo sexual. Três – eu começo a pensar se poderia haver para mim alguma chance séria, no futuro, com esse supracitado homem lindo, inteligente e cheio de glamour. Quatro – eu fico sabendo que o supracitado homem lindo, inteligente e cheio de glamour está com a sua vida em risco e, como não houve tempo para eu realmente chegar a *conhecê-lo*, não posso fazer reivindicações a seu respeito, não tenho o direito de uma amante de insistir para que ele permita que eu o ajude.

Eu sinto vontade de gritar e de fazer um escândalo e de quebrar coisas neste quarto adorável onde nós dois partilhamos tantas coisas. Mas não posso. Preciso manter a calma e ficar quieta, não posso fazer uma cena, devo manter a compostura e abrir concessões em nome de Daniel, que, com certeza, não deve estar conseguindo pensar logicamente em uma hora como esta. Eu me acalmo dando uma choradinha no banheiro, porém, ao sair dele, refrescada e arrumada, mas desconfortavelmente consciente de usar o vestido de ontem à noite e de estar sem a calcinha, eu ofereço a Daniel o que espero que seja um sorriso calmo, reconfortante, mas não muito intrometido.

Ele ainda usa o seu roupão, mas as suas malas estão à vista e ele está guardando as suas coisas. Sua expressão é complexa, e cheia de melancolia, mesmo assim marcada, até mesmo agora, por um pouco de desejo.

Ah, se nosso *timing* não tivesse sido essa droga que foi! Quem sabe quais possibilidades não teriam se concretizado?

— Quan... onde você vai ser operado? Como você vai até lá? Suponho que você não possa dirigir.

Ele suspira profundamente, mas, para meu alívio, não fica muito distante de mim. Nós nos sentamos juntos por alguns momentos e ele me conta, em termos gerais, o que vai acontecer com ele. O que ele não quer me dizer é onde fica o hospital, mas aparentemente, é um centro de excelência com fama mundial, uma clínica particular onde ele receberá o melhor dos cuidados.

Sinto vontade de insistir de novo, de implorar pelos detalhes, implorar para que ele permita que eu vá com ele, mas nós passamos por tudo aquilo e, embora este seja o pensamento mais horrível do mundo, se são estes os nossos últimos momentos na companhia um do outro, eu não desejo que eles sejam repletos de brigas e de conflitos.

— Você é uma boa mulher, Gwendolynne – ele me diz repentinamente, pegando minha mão com as suas. – Dá para imaginar quanto custa para você não me fazer perguntas e não pressionar e ficar esperando por mim, por eu ser do jeito que sou. E só Deus sabe, eu adoro você ainda mais por causa disso.

Ele leva minha mão aos seus lábios e a beija com uma ternura infinita.

— Você é rara e especial, e, quando tudo isso tiver terminado, eu acho que *nós* podemos ter algo raro e especial também. – Ele pressiona o seu rosto morno contra a minha mão e consigo sentir o roçar delicado da barba que começa a despontar. Ele continua a falar sem olhar para mim, o seu hálito roçando a minha pele. – Mas nós precisamos passar por isto antes, para que possamos começar da estaca zero. Eu não quero que aconteça com você o que aconteceu com a minha mãe. A doença do meu pai extinguiu a vida dela, acabou com a sua criatividade. – Ele faz uma pausa e os seus dedos se comprimem de maneira dolorosa ao redor dos ossos da minha mão. – E jurei que nunca infligiria aquilo a uma mulher de quem eu gostasse, nunca. Ele foi um paciente ingrato e cheio de caprichos, e a culpava pelos seus infortúnios. – Ele beija a minha pele de novo. – E não posso garantir que não vou ficar igual a ele quando a hora da verdade chegar.

O que quero lhe dizer é que no fundo já sei que ele não vai ser nem um pouquinho igual ao pai dele, mas estou lutando contra tanta tristeza interior que simplesmente não consigo falar. Ao contrário, quando Daniel se ergue e eu vejo o brilho das lágrimas contidas com ferocidade nos seus olhos, apenas coloco os meus braços ao redor do corpo dele e o envolvo em um abraço. Nós nos abraçamos e beijamos por algum tempo. É algo estranhamente assexuado, se levarmos em consideração tudo que nós vivemos neste quarto.

Mas agora chegou a hora. O interfone toca e, pelo que posso ouvir da conversa, dá para dizer que um carro vem vindo para buscá-lo em menos de uma hora – e ele ainda tem de se barbear e se vestir e terminar de fazer as malas.

Nós dois estamos em pé, os dois um tanto embaraçados.

— Vou acompanhar você até o foyer e chamar um táxi – diz ele, pegando as suas calças jeans que estão na parte de cima da sua mala.

— Não, está tudo bem, eu me viro. – Um machado de gelo atravessa meu coração, mas dou um jeito de ficar sob controle. – Termine de fazer as malas e tudo mais. Quem sabe é melhor eu simplesmente ir embora.

Eu me movo como se fosse para a porta, sem saber com certeza por quanto tempo consigo resistir; porém, em vez dos jeans, ele pega uma camisa.

— Ei... serve como jaqueta. Coloque-a sobre o seu vestido.

Nessa hora, quase perco o controle. Ele é tão atencioso, tentando fazer com que eu chame menos a atenção em um vestido que obviamente foi feito para usar à noite, em coquetéis ou algo assim. Quando eu insiro os braços nas mangas da camisa, a fragrância dele me envolve.

Na porta, nós nos beijamos apaixonadamente e, enquanto nos abraçamos, ele murmura no meu ouvido:

— Não vai demorar muito. Eles acham que é uma coisa simples. Eu posso ter alta em duas ou três semanas, e estar em recuperação. Aí então eu telefono.

O meu coração grita, e se eu não receber esse telefonema, o que isso vai querer dizer?

Porém, fico em silêncio, saboreando os últimos momentos com os braços dele me envolvendo, e depois de um último beijo delicado abro a porta. Ele fica me olhando enquanto caminho pelo corredor, e a visão dele quando me volto para um último olhar, tão belo e tão juvenil em seu roupão escuro e com os pés descalços, quase me mata. Nós acenamos um para o outro, então eu me precipito e corro para as escadas, sem querer pegar o elevador. Não consigo parar de correr até ter saído do Waverly, e pego o táxi que está esperando no caminho de cascalhos. Felizmente, ele parece estar à minha espera, e o motorista mantém um silêncio cheio de simpatia enquanto as minhas lágrimas contidas começam a cair.

15

As melhores das intenções

Estou perdida em um nevoeiro. Eu me sinto como se tivesse sido operada também. Uma cirurgia para me alienar da realidade, do vaivém cotidiano e contínuo da minha existência.

Como uma idiota, tirei uns dias de licença, porque não conseguia me concentrar no trabalho. Mas agora eu tenho muito tempo livre nas mãos. Eu deveria ter ido para a biblioteca de qualquer jeito, para me manter ocupada; mas, em vez disso, estou em casa, perambulando pelo apartamento, tentando recriar na minha imaginação todas as coisas que Daniel e eu fizemos juntos. Se eu conseguir mergulhar nas maravilhosas lembranças da vida e da sensualidade sublime, talvez possa mandar para longe os pensamentos a respeito do que está para acontecer, ou talvez já aconteceu com ele.

Não consigo nem ao menos encontrar conforto no fato de estar sofrendo pelo meu amado me tirar o apetite e, assim, eu perder um pouco de peso. Justamente o contrário. A geladeira é uma constante tentação, e finalmente eu saio do apartamento e me afasto dela, andando sem destino pelas ruas, sem um objetivo estabelecido, encarando os passantes e as vitrines das lojas, porém vendo somente Daniel, Daniel, Daniel.

Finalmente, eu acabo assistindo a um episódio de *Plantão Médico* que passava durante o dia, ao qual eu pretendia não assistir... e perco o controle. Eu não me importo com o que ele possa dizer. Tenho de ir até ele. Bem lá no fundo mantenho a certeza de que ele me deseja ali. Ou pelo menos é o que eu fico repetindo para mim enquanto disco o número do Waverley Grange Hotel e peço para falar com a única pessoa que sei que pode me dizer em qual clínica ou hospital ele está internado.

— Annie Guidetti – diz uma voz cálida e agradável, que imediatamente me faz quase ficar cheia de lágrimas de tanto alívio. Não é o Daniel, mas alguém que o conhece, alguém que tem o sangue dele.

— Oh, hã, olá, você não me conhece, mas eu sou uma amiga do seu primo Daniel Brewster, e eu fiquei pensando se você saberia dizer como ele tem passado.

— Gwendolynne? É você? Eu estava a ponto de telefonar. Mas que coincidência.

Ela me conhece? Ela estava a ponto de me telefonar? Um sombrio temor se apossa de minhas entranhas. Eu desabo na cadeira.

— Sim, sou eu. Daniel e eu andamos... bem, saindo juntos. Eu estive no Waverley semana passada. – Eu sinto que estou perigosamente a ponto de entrar em pânico e de começar a chorar, e faço um esforço imenso para me controlar. – Sei que ele vai ser operado, ou já foi, e ele disse que era para não entrar em contato com ele, mas só preciso saber como ele está passando, mesmo que ele não queira que eu saiba.

A minha voz soa desesperada e ridícula, à beira da histeria, mas Annie Guidetti fala com delicadeza.

— Daniel é um homem brilhante, porém, neste caso, é um idiota completo. E é muita crueldade da parte dele não deixar você por dentro da situação. Eu falei isso, mas ele é como uma mula, e tão estoico, determinado a fazer as coisas do próprio jeito... – Ela faz uma pausa momentânea. – Oh, minha querida, eu sinto tanto. Estou tagarelando. Sim, ele foi operado. Ele foi operado anteontem, e tudo correu muito bem, segundo o que disseram. Tudo certo, sem complicações, e o cirurgião conseguiu remover todo o tumor, de modo que ele não deve reaparecer.

Eu não consigo falar. As lágrimas estão correndo pelo meu rosto. Parece que o meu coração vai sair voando, e que estou voando também. Embora eu esteja chorando copiosamente, sorrio como uma idiota no telefone.

— Tudo bem com você? – pergunta Annie. – Você entendeu? Daniel vai ficar bem. Eu falei com a enfermeira e ele está se recuperando bem. Tem a dor do pós-operatório, e ele está exausto, é claro, mas tudo isso é normal, ao que parece. Aquelas dores de cabeça horríveis acabaram, e os primeiros sinais indicam que sua visão não vai ser afetada seriamente. Ele ainda vai usar óculos, mas sempre os usou.

— Ah, isso é um alívio tão grande. – Eu consigo dizer essas poucas palavras e então me descontrolo novamente, soluçando como uma idiota.

Annie deixa que eu tire um pouco, senão todo, o peso do meu peito, então diz:

— Escute, por que você não vai comigo até Londres para visitá-lo? Ele me disse para não ir também, mas eu decidi ir de qualquer modo. E tenho certeza de que, se você aparecer por lá, ele vai ficar muito feliz ao vê-la, apesar das ideias de machão dele de "passar por tudo isso sozinho" e toda essa idiotice. Venha. Eu gostaria de ter uma companhia durante a viagem. Valentino está arrumando um quarto de hotel para mim, dirigido por um dos seus colegas, mas ele pode reservar com a mesma facilidade tanto dois quartos como um.

Eu vejo o rosto de Daniel, sério, severo, determinado a fazer as coisas do jeito dele. Bem, para o inferno com essas ideias, caramba! Eu não me importo com você me dando ordens na hora do sexo; para falar a verdade, adoro isso, mas neste caso vou fazer o que *eu* quero, e você vai ter de aceitar isso!

— Isso seria muito bom mesmo; obrigada. Eu adoraria viajar com você. Eu preciso vê-lo, não importa o que ele diga. Não me importo se ele ficar bravo comigo. Eu vou arriscar. – E vou arriscar telefonando para a casa do velho chefe Johnson também, e lhe dizer que estou indo visitar uma amiga doente por um ou dois dias. – A que horas você vai partir? Devo ir até o Waverley?

Não, ela virá me pegar, e nós vamos partir em umas duas horas.

Quando desligo o telefone, danço pelo quarto, cantando de modo incoerente. Daniel está vivo! Ele está bem! E ele consegue enxergar!

Annie Guidetti acaba se revelando uma companheira de viagem excepcional. Para afastar a minha mente dos meus temores remanescentes a respeito de Daniel – como ele vai reagir com a minha presença –, ela me presenteia com umas histórias inacreditáveis a respeito dos fatos mais picantes lá no Waverley Grange Hotel. Eu fico sabendo que ele não tem a sua reputação escandalosa à toa, e que a maior parte dos rumores a respeito das festas envolvendo sexo, atividades exóticas e quartos *especiais* com instalações *especiais* é apenas a superfície de uma verdade absurdamente depravada.

— Eu era praticamente inocente até conhecer os Stone e o meu marido – diz Annie alegremente – mas agora sou o que chamam de velha mulher suja, e adoro isso! – Ela me lança um olhar e uma piscadela, então volta a sua atenção para a estrada, acelerando de modo confiante e suave.

Eu percebo que ela não é velha, e fico pensando no que deve significar ser casada com um homem exótico e extremamente sensual como seu marido Valentino, o lindo garanhão continental que me serviu drinques no Lawns Bar no que parece ter sido centenas de anos atrás.

E como seria estar casada com um homem glamoroso e extremamente sensual como Daniel?, me pergunta uma voz sorrateira e perigosa dentro de mim, antes que eu possa reprimi-la. Eu mal conheço o cara. Nós somente interagimos na biblioteca e em nossos loucos jogos eróticos. É hora de enfrentar o fato, eu nem mesmo consegui fazer com que ele admitisse que é Nêmeses, muito menos explorar quaisquer sentimentos mais profundos e duradouros. Embora existisse uma esperança, não é mesmo, naqueles últimos minutos antes que ele partisse...

— O que Daniel pensa a respeito do Waverley? – eu pergunto, tentando me afastar dos meus pensamentos. – Deve ser muito estranho dirigir um hotel voltado para atividades sexuais e ter o seu próprio primo como hóspede.

— Bem, Daniel mal é um primo de verdade. Ele é, de fato, filho da prima em segundo grau da minha mãe, então, tecnicamente, sou um tipo de tia. Eu nem sabia que o Daniel da nossa família era o Daniel da televisão, até que ele telefonou, dizendo que faria uma pesquisa aqui e perguntando se nós tínhamos quartos.

— Ah, entendi.

— Ele gostou do ambiente do hotel na hora. Definitivamente, ele gosta da coisa. – Ela me lança outro rápido olhar oblíquo, muito desafiador. – E não fazia muitos dias que ele estava lá quando começou a falar a respeito da mulher maravilhosa que tinha encontrado na biblioteca, uma mulher com quem ele gostaria de se envolver, e de levar ao Waverley para passar um tempo com ela.

Que coisa.

— Quando você diz que ele gosta de brincar... isso incluiria mandar bilhetes e e-mails anônimos com teor sexual, talvez? Desafios explícitos, esse tipo de coisa?

— Ah, claro que sim. Eu diria que isso parece ser bem o estilo dele. Ele é um homem muito sexy, mas também discreto e malicioso. Por que, ele mandou algum para você?

Usando termos cuidadosamente selecionados, eu descrevo alguns dos comunicados de Nêmeses, e ela ri com alegria.

— Ah, mas que delícia! Isso parece ser uma diversão e tanto. Mas é muita safadeza dele não assumir. Eu acho que você vai ter de fazer com que ele assuma quando estiver melhor, não acha? Virar o jogo com ele. Assumir o controle uma vez ou outra. Até mesmo os homens mais machões e mais alfa gostam que a mulher seja a forte para variar um pouco.

E como isso seria, fico pensando? Annie coloca um jazz suave no MP3 do carro e nós mergulhamos em um silêncio amigável por certo tempo. Eu fico pensando na ideia de dar uma bronca em Daniel. Pensando seriamente.

Entretanto, não me sinto com vontade de dar uma bronca nele quando finalmente o vejo.

Já é noite quando nós chegamos à clínica, que é particular, imaculadamente limpa e um santuário de silêncio e de um luxo quase como o de um hotel. Não como o Waverley, certamente, mesmo assim bastante luxuoso.

Daniel está passando tão bem que já está de volta ao seu quarto particular, embora ainda esteja sob um cuidadoso monitoramento. Quando me permitem que o veja, tendo em primeiro lugar participado da tranquilizadora conversa entre Annie e a enfermeira-chefe, e depois de uma rápida passagem pela desinfecção das mãos, eu o encontro deitado de lado em uma imensa cama branca, parecendo um herói de guerra ferido. A luz está fraca, e uma televisão com volume baixo está transmitindo um dos meus seriados policiais favoritos, mas Daniel parece estar adormecido, os seus olhos fechados. Ele ainda está com os tubos para injeções intravenosas presos ao seu braço, mas, a não ser por isso, não vejo tubos ou fios preocupantes.

Sob a luz enfraquecida e trêmula da televisão, a fisionomia dele parece estar um pouco pálida e etérea. Ele está usando uma proteção de um macio tecido branco na cabeça, para manter no lugar as bandagens, eu suponho, e sinto um choque momentâneo pela da perda dos seus lindos cachos negros. O seu rosto tem uma aparência um pouco estranha e cansada, com sombras avermelhadas embaixo dos olhos, mas, a não ser por isso, ele ainda é o belo homem sensual por quem eu me apaixonei. A palidez de sua pele e a brancura da proteção em sua cabeça de certa maneira fazem com que seus cílios espessos e negros pareçam ainda mais longos, como sedutores arcos negros pairando sobre suas bochechas pálidas. O quarto está quente, e o peito dele está nu para cima das cobertas que cobrem a parte de baixo do seu corpo.

Eu vou até a ponta dos pés para o lado da cama, desejando não despertá-lo.

— Você é uma garota malvada e desobediente, sabe. Eu gostaria de ter forças para espancar você por me desobedecer.

Eu estremeço com a surpresa. Tenho certeza de que ele não chegou a abrir os olhos. A sua voz familiar tem um som áspero e um pouco fraco, mas, ainda assim, muito divertido. Apesar do que ele diz, consigo ver que ele se sente feliz por eu estar aqui. E eu tenho ainda mais certeza disso quando ele abre os seus olhos, e há felicidade nas suas profundezas castanhas, límpidas e destituídas de sombras.

— Você sabe como eu sou... nunca consigo fazer o que me mandam.

Eu tenho vontade de sorrir, e sorrio, porque estou feliz por vê-lo, e simplesmente sei que ele vai ficar bem. Hesitante, eu procuro a sua mão, mas ele se antecipa a mim, segurando a minha. Os seus dedos estão quentes e o jeito de ele segurá-la é forte, de um jeito que me deixa confiante.

Ele também sorri, e o sorriso ilumina o seu rosto, fazendo com que pareça menos abatido, mais normal. E belo, de um modo delicioso e inebriante, apesar do seu gorrinho branco e da ausência dos seus cachos.

— O que você está achando do novo equipamento? Sexy, não é? – ele ergue as sobrancelhas negras. – E eu tenho a impressão de que os meus cachos também se foram. Eu achei que tirar tudo era mais machão do que tirar somente uma parte.

— Aposto que você tem a aparência muito máscula. Um verdadeiro agente secreto bem durão. Tenho certeza de que você vai estar pronto para sair por aí controlando rebeldes ou algo parecido em um dia ou dois. Ou para assaltar alguém.

— Eu não iria conseguir roubar nem um pirulito do jeito que eu estou me sentindo agora.

– Logo tudo vai melhorar. A enfermeira disse que você está se recuperando bem e que em breve vai ter alta daqui.

Ainda não consigo parar de sorrir e de olhar para ele e de inalar a a sua presença. E de amá-lo. Eu não sei o que o futuro nos reserva, e se eu estarei ao lado de Daniel. Porém, ele sobreviveu, ele vai ficar bem, e foi isso que eu desejei.

Os dedos dele se fecham ao redor dos meus, fortes e vitais, apesar de sua provação.

— Eu estou feliz por você ter vindo – ele diz com simplicidade. – Esqueça o que eu disse. Esqueça as minhas ideias estúpidas a respeito de lidar sozinho com essa situação e de não querer que você me visse fraco. – Ele leva minha mão aos seus lábios e a acaricia ligeiramente com eles. Não é uma ação cheia de força, mas eu consigo sentir que ele colocou o seu coração nela. – Eu me sinto tão fraco quanto um gatinho, mas mesmo assim jamais me senti tão feliz por ver alguém em toda minha vida.

Eu fico emocionada, não tenho palavras. Não tanto por causa do que ele disse, mas pela expressão dos seus olhos, em que os seus sentimentos agora brilham com uma claridade que nunca vi, embora imagine que eu ainda seja uma visão um pouco nebulosa para ele.

Ele *realmente* se importa. Ele se importa *comigo*. Ele talvez até me ame.

Eu lhe dirijo um sorriso confuso e coloco a minha mão sobre a dele que está sobre a minha. Eu desejo segurá-lo, abraçá-lo, envolvê-lo, mas, neste momento, e temporariamente, ele está fragilizado e não posso ser brusca. Porém, isso vai passar, e quando ele estiver bem vou lhe dar tudo de mim, e ainda mais, de qualquer maneira que ele desejar.

— Sua prima está aqui. Ela me deu uma carona. Você quer vê-la também?

— Sim, eu quero agradecer por ela ter trazido você até mim. E depois que eu tiver conversado com ela um pouco, quero você de volta aqui, na hora.

Ele está ficando mais forte agora, soando mais arrogante. Meu sexy e confiante Daniel está ressurgindo rapidamente.

— Mas eles disseram que nós poderíamos ficar somente dez minutos cada uma, e que isso seria tudo por esta noite.

— Fodam-se! – ele anuncia alegremente, esfregando o seu polegar na palma da minha mão de um jeito decididamente rude e lascivo, nada do que você poderia esperar de um paciente que está se recuperando de uma operação no cérebro.

— Eu estou pagando uma fortuna por este quarto. O mínimo que eles podem fazer por mim é satisfazer um pouco os meus caprichos.

O desejo se acende lá embaixo na minha barriga, embora eu esteja chocada comigo mesma por estar ficando excitada em uma situação como esta. Ele poderia ter morrido, e cá estou eu, estimulando fantasias picantes que envolvem levantar o lençol e subir em cima dele bem aqui neste quarto. Ai meu Deus, estou virando uma ninfomaníaca.

Os olhos castanhos de Daniel faíscam. Eles estão brilhantes e límpidos, e quase consigo ler seus pensamentos. E eu tenho certeza de que ele acabou de ler os meus.

Ele dá uma piscadinha.

— É, eu sei. Eu sempre tive umas fantasias pervertidas a respeito de transar em uma cama de hospital; porém, infelizmente, estou sendo monitorado com atenção, já que eles enfiaram uma furadeira na minha cabeça. – Ele dá de ombros e acaricia a minha mão outra vez. – E não tenho certeza se eu estaria pronto para a coisa, mesmo que não estivessem me checando no que parece ser de cinco em cinco minutos. O espírito está com vontade, e certas partes do meu corpo estão demonstrando interesse. – Ele dá uma olhadinha lá na sua virilha. Não dá para ver muita coisa por baixo dos cobertores do hospital, mas a minha fantasia me fornece uma deliciosa imagem do seu magnífico pênis adormecido começando a adquirir vida. – Contudo, o resto de mim se sente como se tivesse sido atropelado por um rolo compressor, e eu não gostaria de desapontar a minha deusa da biblioteca com uma performance que fosse algo menos que espetacular.

— Eu posso esperar. Tenho autocontrole... um pouco. – E posso brincar comigo mesma esta noite, na privacidade do meu quarto de hotel, antecipando o dia feliz em que Daniel tiver voltado à sua forma uma vez mais.

— Não duvido que a senhora tenha, Senhorita Price – diz ele, arrogante, deixando que as nossas mãos entrelaçadas caíssem sobre as cobertas. Dá para eu ver que ele está exausto, mas ainda tem uma aparência excepcionalmente boa e alerta, considerando a sua condição no pós-operatório. É como se um fardo imenso tivesse sido tirado de cima dele, e ele tem agora todo um futuro pela frente.

— Mas quais são as chances de que você possa fraquejar quando estiver sozinha de novo? Eu sei que mulher deliciosamente sensual você é, Gwendolynne. Você não vai permitir que um detalhezinho insignificante como a falta de um homem possa impedir você de fazer o que tem de ser feito. – A cabeça dele afunda no travesseiro, mas ele ainda tem energia para piscar e sorrir.

— Eu não entendo o que o senhor quer dizer, Professor Brewster – eu digo, muito pudica, então concentro nele os meus olhos de modo acusador. – E o senhor percebe que "deusa da biblioteca" é o nome que Nêmeses me deu, não? Quais conclusões eu devo tirar desse pequeno deslize?

Ele me dá uma risadinha fraca.

— Conclua o que você desejar, minha querida – ele diz, baixinho. – Mas fazer suposições e chegar a conclusões precipitadas são atividades muito ousadas. Elas podem envolver você em uma confusão das grandes. Confusão em que eu vou ter de dar um jeito assim que voltar à minha velha forma de novo.

A excitação se agita em minha barriga. Eu o imagino recuperado, em forma, poderoso, me punindo do jeito que fez lá no Waverley. Meu sexo lateja e anseia pelas suas mãos, pela sua força, pelo seu pau, e eu sei que a ameaça dele de me dar umas palmadas, quando gozei pela primeira vez, não foi uma ameaça vazia.

— Vou ficar esperando por isso... – Eu estou sem fôlego, e tudo que ele fez foi soltar uma sugestão. Uma promessa. Eu serei uma gelatina, derretendo de tanto prazer quando ele estiver de volta à ativa.

— E quanto à hoje à noite? Você está esperando por esta noite? – Ele ainda está segurando a minha mão, então ele a vira, e depois fica brincando com a palma da mão, fazendo aquele gesto sugestivo com a ponta dos seus dedos. – Sozinha no seu quarto de hotel... devo supor que você vá ficar aqui na cidade? – Por um instante ele parece um pouco perdido, como se a ideia de eu partir o deixasse magoado. – Não vai?

— Sim, vou. O marido da Annie arranjou tudo. Ele conseguiu que um dos contatos dele arrumasse para nós uns quartos muito bons, muito bons mesmo, quase na hora.

— Ótimo – diz Daniel, se animando novamente –, porque eu vou imaginar você em seu quarto muito, muito bom. Eu vou pensar em você nua e magnífica, esparramada na sua cama, se tocando e tendo fantasias a respeito do que vou fazer com você quando o médico me der alta.

Eu fico sem fala, eu o desejo tanto. Isso é loucura. Ele é um inválido em um leito de hospital, e mesmo assim ele consegue me excitar mais do que qualquer outro homem em minha vida.

Os seus lindos cílios se fecham. Dá para eu perceber que ele está cansado, apesar de sua malvadeza maliciosa e daquele sorriso ardiloso e subversivo.

— Eu não estou brincando, você sabe – ele sussurra com a voz baixa. – Eu espero que você brinque com o seu corpo esta noite, em minha homenagem. – Ele passa sua língua rosada pelos lábios. – E quando você tiver acabado, acho que é melhor você escrever tudo, e mandar para o seu amigo Nêmeses, para quando ele tiver a oportunidade de checar o e-mail dele.

Quero brincar com o meu corpo agora. Quero fazer coisas imorais e rudes, para alegrar o meu herói ferido e fazer com que ele se sinta melhor logo. Quero satisfazer a deliciosa luxúria que ele inspira em mim, uma vez, e mais uma vez, e mais uma vez.

— Mas eu não trouxe o meu laptop.

Os olhos de Daniel estão fechados agora, mas a minha mão está apoiada na minha coxa, os dedos esparramados enquanto ela chega a poucos centímetros da minha virilha. Lentamente, ela vai se aproximando cada vez mais.

— Bem, então você tem de se virar à velha moda, com papel e caneta. Foi assim que ele começou.

Visões de palavras picantes dançando no papel azul quase me fazem gemer em voz alta, mas nesse instante uma batida rápida à porta faz com que eu tenha um sobressalto, e os olhos de Daniel se arregalam, ele solta uma gargalhada, entendendo tudo.

A cabeça da enfermeira de Daniel aparece na fresta da porta.

— Tempo esgotado, eu sinto muito, Senhorita Price – diz ela, alegremente. – Vou deixar a Senhora Guidetti entrar por alguns minutos, e então é hora de você dormir de novo, meu jovem. – Ela é de meia-idade, bem britânica, bem incisiva. Provavelmente, ela tem um coração de ouro, mas não suponho que ela vá aceitar nenhuma tolice por parte de seus pacientes, não importa quão persuasivos e charmosos eles sejam.

Daniel beija os meus dedos e então, com uma força impressionante, quase febril, ele me puxa para junto do seu corpo e estende o braço para aproximar os meus lábios dos seus. A sua boca é ardente quando entra em contato com a minha, e a sua língua pressiona para entrar, aventureira e sensual, apesar da presença da nossa plateia. Com certeza, nós não podemos mesmo nos beijar desse jeito, por causa do controle dos riscos de infecção e tudo mais, mas por alguns segundos ele me domina completamente, ali da sua cama, experimentando e me incitando.

— Professor Brewster! Mas o que é isso? Agora já chega – repreende a enfermeira. As suas palavras cheias de indignação rompem o encantamento, e nós nos separamos. Com extrema relutância.

Uns instantes mais tarde, estou parada à porta, olhando para trás. Daniel parece estar esgotado por causa do nosso beijo ardente, mas os seus olhos estão radiantes, claros como o cristal e deliciosamente dominadores.

— Vejo você mais tarde, garota da biblioteca – ele murmura –, e não se esqueça daquela carta.

— Vejo você mais tarde, Professor Gostoso.

Ele ri baixinho enquanto eu me afasto do quarto, à beira das lágrimas, desejando ficar.

Para sempre.

Um pouco mais tarde, depois de passar algum tempo na sala de espera, pensando, pensando, pensando, e ficando cada vez mais excitada por baixo das roupas, permitem-me que eu volte ao quarto para ver Daniel uma vez mais. Por apenas dois minutos, e absolutamente não mais que isso, porque elas têm tarefas de enfermeira para cumprir antes que Daniel vá dormir.

E dessa vez nós não somos deixados sem supervisão, provavelmente para o caso de Daniel se atrever de novo.

Ele ainda está acordado, mas acho que está precisando de descanso agora. A enfermeira nos disse que o processo de restabelecimento suga a energia do corpo tanto quanto fazer atividades físicas. Apesar disso, ainda persiste um brilho malicioso nos seus olhos quando ele se volta para me recepcionar.

— Eu disse para elas que eu não dormiria de novo até que visse você outra vez – murmura ele, a sua voz com uns matizes doces e afetuosos.

— Bem sei! – eu aperto a mão dele e ele aperta a minha, com muita força.

— Ah meu Deus, eu me sinto em frangalhos, entretanto. – Aqueles cílios sublimes se fecham uma vez mais, e realmente ele parece estar cansado como se ele tivesse acabado de correr uma maratona. Mesmo assim, ele ainda se agarra à minha mão.

Eu me inclino, toco o seu rosto tão amado, acaricio a sua pele. Eu fico imaginando como deve ser o couro cabeludo dele, todo raspado e aveludado, mas sei que seria uma irresponsabilidade fazer uma investigação a respeito disso, e que a enfermeira provavelmente me obrigaria a ir embora se eu começasse a mexer na cabeça dele. Portanto, eu me consolo correndo os meus dedos pelo maxilar dele, onde a barba começa a despontar. Ele murmura indistintamente alguma coisa a respeito de "deveria ter raspado aí também..." e então abre os seus olhos e sorri novamente.

Quando dou um beijo em sua bochecha ele simplesmente o aceita em silêncio. Eu sussurro: "*Boa-noite, doce príncipe*" em seu ouvido, pensando como devo parecer idiota e sentimental citando Shakespeare, e que quando ele estiver de volta à sua plena forma provavelmente não vai aceitar com tanta facilidade esses sentimentos tão excessivos. Por trás de mim a enfermeira diz:

— É hora de ir embora, Senhorita Price. A senhora pode voltar amanhã de manhã.

Porém, na hora em que eu solto a mão de Daniel, toco o ombro dele e me afasto novamente, ele murmura baixinho, mas com firmeza:

— Boa-noite, meu amor. Vejo você amanhã.

Ao chegar à porta, eu me volto, e os seus olhos ainda estão fixos em mim, cheios de significado.

16

Carta de Amor

No meu quarto no Whitford Hotel, que é extremamente sofisticado, eu descubro que o papel de carta destinado aos hóspedes é azul. Aquele tom de azul-calcinha, a mesma cor que Nêmeses sempre usa. Isso deve ser um sinal, um presságio, ou algo assim.

Depois de um longo e hedonístico banho, no qual usei quase toda a sofisticada essência de banho oferecida para os hóspedes e bebi uma garrafa de vinho tirada do minibar, me sento na cama ampla e macia, mas na qual a ausência de Daniel se faz sentir de forma dolorosa, com a minha caneta e as folhas de papel azul. Apesar do banho supostamente relaxante, eu me sinto confusa, sensível e um pouco agitada. Eu me sinto como se fosse a pessoa que tivesse passado por uma cirurgia no cérebro e fosse difícil processar todos os eventos e as emoções da semana anterior.

Eu anseio por Daniel, mas me sinto ligeiramente culpada por ter pensamentos lascivos a respeito dele em uma hora como esta. Eu sei que estou sendo tola, mas parece que é tão estranho e um pouco doentio ficar tendo fantasias sexuais a respeito de um homem que está convalescendo de uma operação séria.

E ainda parece mais pervertido me tocar pensando nele. Contudo, se recebi minhas instruções, e quem sou eu para discutir? Bem, não com ele...

Colocando de lado a minha caneta e o meu papel, a obra-prima erótica ainda não iniciada, eu desato o espesso roupão branco fornecido com os cumprimentos do Whitford. Por baixo dele, estou nua. O quarto está morno e minha pele está rosada por causa do banho quente e um pouco brilhante devido à loção corporal enriquecida com vitaminas que espalhei sobre ela, imaginando que estava me preparando para Daniel.

Fecho os olhos, tentando evocar a presença dele e, subitamente, é fácil. Em minha mente ele está comigo, inteligente e belo, vestido com uma roupa escura. O seu cabelo revolto, negro como o de um cigano, está como era antes da cirurgia, e como voltará a ser. E ele consegue enxergar. Os óculos não obscurecem a picante magia nos seus olhos.

Mergulhando naquela magia, eu o imagino tocando o meu corpo, as pontas dos dedos percorrendo os meus seios enquanto estou deitada e inerte, como uma estátua concebida para o entretenimento dele. Ele investiga cada centímetro de pele que consegue alcançar, e então tira o meu roupão e explora cada recanto que estava coberto também. Ele se apossa de cada zona em que coloca as mãos. Os seios, a barriga, os quadris, as coxas, o sexo, tudo pertence a ele. E enquanto eu imagino o exame minucioso dele, também penso em como poderia descrevê-lo na minha carta.

Ele manipula meus mamilos, rolando-os entre os seus dedos e os polegares, fazendo com que eu me contorça e esfregue as minhas pernas uma na outra.

Ele enfia o dedo no meu umbigo, e é como se ele estivesse tocando o meu sexo.

Examina minhas nádegas e o que há entre elas, deitando-me de costas e me fazendo revelar tudo para ele, e meu corpo arde tanto de prazer quanto de mortificação.

Ele brinca na cavidade úmida do meu sexo, tocando com gentileza os lábios delicados, o meu clitóris intumescido, a minha entrada.

E, quando termina, enfia dois dedos bem dentro de mim.

No mundo real, sou apenas eu, fazendo tudo isso e pressionando meu clitóris enquanto penetro e tomo impulso com os dedos, em uma patética imitação da presença dele dentro de mim. Porém, como estou fazendo isso por ele, o prazer se apossa de mim rapidamente e eu gozo, exclamando: "Daniel!".

Isso tudo é rápido, difícil e desnorteador. O meu corpo está satisfeito, mas o meu coração e a minha mente se sentem desconectados e, de certa maneira, fora de sintonia, porque ele não está aqui.

Eu fico um pouco deitada, me acalmando, reafirmando silenciosamente para mim mesma que isso é apenas temporário. Logo Daniel vai estar bem e não apenas nós vamos poder ter uma transa real e deliciosa – e mais –, mas nós também vamos poder nos sentar e conversar e, no meu caso, pelo menos, colocar as cartas na mesa.

Mas estou impaciente. Quero me comprometer agora. Eu sei que isso é uma idiotice, mas que diferença faz?

Então, eu ato o cinto, acabo com o vinho, me sento na cama e pego a minha caneta e o folder de couro encadernado que contém o caro papel de carta do hotel.

E começo a escrever.

Caro Nêmeses, eu tenho uma coisa para contar. De uma parte dela você vai poder gostar, e de outra parte, não. Mas lá vai...

Estou em um quarto de hotel em Londres e acabei de me tocar. Eu gostaria de poder dizer que estava pensando em você, mas não estava. Não mesmo. Eu estava pensando em outro homem enquanto me tocava. O homem a respeito de quem falei em uma das nossas correspondências anteriores. Você sabe, o homem qualquer para quem resolvi mostrar o meu sexo? É ele.

Eu o conheci melhor e me apaixonei por ele.

Espero que você não esteja irritado.

Ele é lindo, inteligente e engraçado. E ele faz com que eu sinta todas essas coisas também. Com ele, eu me sinto como se fosse uma deusa. Exatamente como a deusa que você também disse que eu era. Contudo, ele faz isso com o poder do seu toque, dos seus olhos, da sua voz, da sua risada... e do seu corpo incrível, quando me come e me acaricia.

Agora mesmo eu estava deitada aqui nesta cama, me tocando e imaginando que era ele. Estou usando um espesso e macio roupão de tecido atoalhado, mas soltei o cinto e ele se abriu um pouco, então deu para acreditar que ele estava examinando o meu corpo e o tocando. O olhar dele era como um fogo líquido correndo sobre mim, e o suave toque dos meus dedos tornou-se o dele, deslizando e explorando.

Ele me mandou tocar em todas as partes. Nos meus seios, e nos meus mamilos. Nas minhas coxas e na bunda, bem entre ela. E também entre as minhas pernas, na cavidade quente da minha entrada. Eu fiquei toda molhada só de pensar nele, sonhando com as suas mãos tão hábeis me examinando, os dedos dele mergulhados na minha umidade. Eu brinquei com o meu clitóris, assim como ele brinca, e enfiei os dedos dentro de mim, assim como ele faz.

E quando gozei, eu o fiz por ele, exclamando seu nome.

Espero que isso não deixe você chateado. Mas não consigo evitar, eu o amo.

Eu o amo por causa do corpo dele, e por causa do jeito como ele transa comigo, e brinca comigo. Eu o amo por causa da sua mente, porque ele é inteligente e brincalhão e incomum e como nenhum outro homem que conheci antes. Eu quero fazer coisas com ele, para ele e por ele, que eu nunca desejei antes. Coisas estranhas, que somente agora parecem ser maravilhosas e corretas.

Você consegue entender isso? Eu acho que você entende. Acho que você o conhece tão bem quanto eu. Acho que conhece a ele muito melhor do que a mim, e do que eu conheço você.

Me apaixonei e foi profundo, Nêmeses, e não há como escapar daquilo que é bem profundo, não há como voltar atrás.

E eu nem quereria fazer isso, mesmo que ele não me ame como eu o amo.

Será que algum dia vou enviar isto? Ou entregar para a pessoa a quem a mensagem se destina? De algum modo, acho que sim. Eu vou ser ousada. Eu vou ser corajosa. Vale à pena arriscar por ele.

17

Em algum lugar muito sofisticado

Eu estou no quarto, no xale com ares tropicais, me preparando, o meu coração batendo com força.

Sobre a cama está uma carta, escrita com a familiar caligrafia no papel de carta azul. Ela é explícita e deliciosa, e me faz ficar toda quente. Não que eu já não esteja sentindo calor, de mais de uma maneira.

Cá estou eu, em um paraíso tropical, em um lugar delicioso, quente e muito sensual, e minha companhia é o homem a quem amo e desejo, Daniel. Ele está muito bem agora, completamente recuperado de sua operação e da ameaça que ela acarretava.

As instruções na carta são bastante específicas.

Você tem de usar um perfume de lírios do vale.

Feito.

Depile os seus pelos íntimos – exatamente do jeito que eu gosto.

Feito.

Coloque um pouco de brilho labial nos seus mamilos e brinque com eles até que eles fiquem duros.

Feito... oooh, sim, muito benfeito.

Use o seu corpete de novo, aquele seu lindo corpete branco com as meias com bordas de renda branca e aqueles seus sapatos de salto alto.

Foi muito bom eu ter tido a intuição de trazê-los, não é? Mas como eu não poderia ter trazido, considerando a reação que eles produziram a última vez em que os usei?

O entardecer caribenho é multicolorido e balsâmico e, obedecendo ao meu amado, eu me aperto dentro do corpete de cetim branco com o qual ele tanto gosta de me ver. Apesar dos protestos de Daniel a respeito da minha perfeição, tem um pouco menos de mim para ser colocado dentro do corpete. Ele disse que eu era muito travessa e que ele me castigaria se eu continuasse a fazer dietas idiotas e perdesse peso, mas com certeza há certos dias especiais na vida de uma moça nos quais ela precisa estar mais esbelta do que em outros. Entretanto, ainda há muito de mim, e provavelmente haverá um pouquinho mais antes que muitos dias se passem, se pensarmos na fantástica cozinha da ilha e em sua abundância.

Um olhar atento ao espelho é tanto uma necessidade quanto um prazer secreto. Eu gosto de ficar me olhando em minha lingerie branca como a neve. Bem, eu gosto de ficar me olhando, de qualquer maneira. Eu adoro ficar estudando o meu corpo e imaginando as mãos de Daniel o percorrendo por inteiro, adorando-o e saboreando-o e dando-lhe prazer, tanto prazer, e de tantas maneiras diferentes.

Eu também amo o jeito de ele olhar para o meu corpo, vendo-o sem empecilhos agora e apreciando cada detalhe.

O meu reflexo me faz soltar uma risadinha. Por mais belos que sejam o corpete e seus acessórios, eles realmente dão uma aura de uma dançarina exótica devassa à la "Like a Virgin", embora eu pense que, nos melhores clubes, as meninas não fiquem com os peitos equilibrados de modo tão precário, à beira da exposição total, como estou agora. E provavelmente elas também fazem uma depilação completa, enquanto meus pelos perfeitamente aparados ainda estão em exibição em toda a sua glória.

Eu pego uma escova de cabelos, ergo os braços para pentear os meus cabelos e, oooopa, um mamilo pula para fora de um dos perigosamente pequenos bojos do sutiã. Ele está avermelhado, rosado, assim como foi mandado, e enquanto eu o coloco de volta no lugar um frêmito de prazer me percorre e o meu clitóris fica excitado e formigando. Eu tenho me sentido tão cheia de luxúria desde que nós chegamos aqui que estou pronta para o sexo a qualquer hora, a qualquer minuto do dia ou da noite. Eu não sei se é alguma coisa que existe no pólen das flores tropicais que perfumam o ar e que está agindo como um afrodisíaco, ou se é somente porque eu amo Daniel tão desesperadamente que fico querendo trepar com ele o tempo todo.

Ou fazer outras coisas.

Eu passo os meus dedos pelas costas da clássica e muito cara escova de cabelos com cabo de madeira que ele comprou para mim recentemente. E isso faz com que o meu clitóris fique formigando também.

Ainda segurando-a, eu faço uma última checagem.

Os cabelos brilhando e caindo sobre os meus ombros? Confere.

Um grande e profundo sulco entre os meus seios, que estão quase saltando para fora do corpete? Confere.

Os pelos cuidadosamente arrumados, já ligeiramente brilhantes por causa da excitação? Confere.

Os olhos grandes e brilhando por causa de uma antecipação sublime e deliciosamente amedrontadora? Confere.

Com os meus quadris balançando, caminho lentamente ao longo do recluso xalé que nós estamos alugando, a minha excitação e o meu desejo aumentando a cada passo. Eu já me sinto estimulada entre as minhas pernas, e meu mel escorregadio está a ponto de transbordar. Mas sei que Daniel adora o fato de eu ser tão excitável. Ele me repreende por ser uma vadia tão fácil e tão cheia de luxúria que fica permanentemente molhada por causa dele, mas dá para ver que realmente adora isso, e claro que é algo que lhe oferece a desculpa perfeita para me corrigir.

O céu que se estende sobre o oceano além da nossa varanda está colorido com tons rosados e azul-esverdeados, e as cores se mesclam na noite tropical que está começando a escurecer. Lâmpadas tremeluzem a cada lado da ampla área coberta com tábuas de madeira, atraindo mariposas esvoaçantes, e há uma mesa rústica e duas cadeiras preguiçosas com encostos altos. No lado oposto da varanda há um sofá-cama baixo, coberto com uma manta de algodão com listras alegres de cores primárias.

Em uma das cadeiras preguiçosas de encosto alto, o meu amado está sentado, perfeitamente relaxado, fitando o oceano. Também ele está vestido de branco – usando calças de linho folgadas amarradas à cintura –

e tanto o seu peito, que tem uma suave cobertura de pelos, quanto os seus pés elegantes estão desnudos e bronzeados.

Mas é o que ele está usando no rosto que faz o meu sexo se contrair e vibrar.

Oh, é a máscara... a máscara de couro das nossas cartas picantes e dos nossos jogos sexuais.

Uma excitação pervertida se agita na parte inferior da minha barriga, e o fluido que está se acumulando transborda e desliza de leve pela minha perna, umedecendo as bordas de renda branca das minhas meias.

Como se ele tivesse sentido o meu cheiro, ele se volta, tanto Nêmeses quanto Daniel, os dois em um só. Como se eu não soubesse disso inconscientemente desde o princípio.

Os seus olhos reluzem emoldurados pelo couro escuro, e a sua boca aveludada e sensual se curva apenas por um segundo em um sorrisinho. Ele ainda usa óculos boa parte do tempo, mas esta noite colocou as suas lentes de contato. A brisa insular agita os seus sedosos cabelos negros, que já cresceram novamente, embora ele não os use tão longos como costumava usar antigamente. Os seus cachos negros emolduram a sua testa como uma auréola, dando-lhe ar de querubim safado, angélico e infernal.

Sobretudo com a máscara.

— Quem disse que você deveria trazer isso? – a sua voz é doce e cheia de riso, embora fique claro que ele esteja tentando dar a impressão de severidade.

Eu olho e percebo que trouxe a escova de cabelos comigo. Como um doce desejo, é claro...

— Ninguém. Eu... eu me esqueci de que estava segurando.

Eu me sinto tonta, com a cabeça nas nuvens, quase flutuando, como se eu estivesse em altitudes incríveis. E estou, é claro. Estou voando. Eu agarro a escova de cabelos, segurando-a com firmeza, como se fosse um jeito de me concentrar e de parar de ficar balançando de um lado para o outro, agitando os meus quadris e estendendo as mãos para me tocar. Qualquer coisa que acalmasse a intensa e crescente sensação no meu sexo. Parte de mim deseja se jogar naquele sofá-cama e simplesmente abrir tanto as minhas pernas que Daniel possa se jogar diretamente dentro de mim. Porém, uma parte de mim anseia pelos nossos jogos deliciosos e pervertidos.

Ele finge suspirar, como se eu fosse aquela estudante vergonhosamente tapada de novo, aquela aluna que simplesmente não vai aprender. Mas é tudo fingimento. Por dentro, sei que ele está rindo. Por dentro, eu também estou dando uma risadinha, embora, para os propósitos desta nossa representação, a minha face esteja solene e respeitosa. Bom, isso por enquanto. Eu tenho o péssimo hábito de perder o controle e gargalhar nos momentos críticos, o que faz com que ele perca o controle também, e o resultado é um caos maravilhoso.

— Bem, coloque-a na mesa. Isso, boa garota.

Tão professoral. Tão próximo da severidade. Tão cheio de amor.

Eu me dirijo para a mesa de madeira, os saltos dos meus sapatos soando nas tábuas do chão, e os meus seios ameaçando saltar para fora do corpete com bordas de renda, um fato que os seus olhos mascarados não deixam de perceber. Eles cintilam com uma excitação indisfarçável e, quando lanço um rápido olhar para a virilha dele, dá para perceber que alguma coisa já está se agitando sob o linho branco.

Sobre a mesa estão outros objetos que fazem com que a minha boca fique seca e a área da minha virilha fique ainda mais úmida. Brinquedos para os nossos jogos, objetos familiares que nós dois apreciamos.

— Venha aqui, agora.

Eu obedeço, começando a me sentir como se fosse desmaiar. Eu nunca vou deixar de ver como ele é maravilhoso. Como é glamoroso. Acho que jamais vou me cansar do fato de que um homem assim tão especial seja meu. Que uma criatura tão rara como ele é acredite que sou igualmente especial, e que tem o poder de me fazer acreditar nisso também.

A boca dele parece tão vermelha sob a máscara, o seu nariz nobre e poderoso. Eu sinto vontade de cair de joelhos e de adorá-lo. Eu quero abaixar as calças dele e colocar o seu pau na minha boca. Algo que pode muito bem acontecer antes que a noite acabe.

Ele está reclinado em sua cadeira, apenas me olhando. Eu fico parada, tremendo, apenas olhando para ele. A cada momento eu fico mais úmida e mais excitada.

— Mostre-me os seus seios, garota da biblioteca – diz ele, claramente se deliciando com as palavras. – Eu desejo ver esses mamilos róseos e adoráveis. – Ele está sorrindo agora. Será que ele vai perder o controle logo de cara desta vez?

Ainda mantendo alguma insegurança, mas de um modo legal, eu me liberto da parte superior do meu corpete. A pressão das firmes barbatanas faz com que o meu peito tenha uma aparência ainda mais voluptuosa do que antes, e dá a impressão de apresentar minhas amplas curvas para o minucioso exame do meu amado. A língua dele aparece rapidamente e passa pelo seu lábio inferior, como se ele já estivesse me saboreando.

— Brinque com eles – ele ordena, se movendo ligeiramente em sua cadeira, e depois, dando de ombros, colocando a mão em sua virilha. Ele sabe que eu sei que ele está bem duro. Eu teria de estar vendada para não perceber. Então, por que esconder?

Agora toda trêmula, eu toco os meus mamilos. Com cautela. Estou tão excitada que mesmo um pouquinho de estímulo, por mais insignificante que seja, pode me fazer perder o controle. Mesmo assim, lampejos prateados percorrem as pontas dos meus seios até o meu clitóris e, incapaz de me conter, eu agito os meus quadris lascivos.

— Tsc, tsc – censura o Professor Nêmeses.

Aparentemente, fora do meu controle consciente, a minha pélvis ainda está balançando.

— Agora você pare de ser uma garota travessa e se comporte – ele diz com o seu melhor tom professoral, ainda pressionando gentilmente o seu sexo. – Brinque direitinho com os seus mamilos e pare de ficar balançando a sua boceta de um lado para outro, ou vamos ter problemas.

Problemas em que nem dá para acreditar! Problemas pelos quais eu anseio, aspiro e imploro.

A noite parece mágica, algo de outro mundo por causa de sua beleza e, contudo, é tão real. É tudo tão real. Eu aperto os meus mamilos com força para me lembrar de que não estou sonhando. E então solto um gemido, tanto de dor quanto de prazer.

Ele me lança um olhar de aviso sob a sua máscara e eu me derreto. Mel sedoso verte de dentro de mim outra vez, e eu solto um fraco gemido de desejo enquanto ele escorre para baixo.

— Agora já chega, sua vadia! Já aguentei demais essa sua falta de controle!

E na mesma hora ele já está em pé me arrastando, dominador, para a grade da varanda.

— Fique aqui. Parada.

Eu sei que é somente um jogo, mas a sua voz é tão impetuosa que ela quase me faz gozar ali mesmo. Eu mal posso me controlar e deixar de me tocar naquele instante enquanto ele se afasta em direção à mesa por uns instantes e volta com uma echarpe de seda e a almofada da cadeira. Ele coloca a almofada dobrada sobre a grade e então me empurra sobre ela, de modo que minha cabeça e os meus braços ficam balançando do outro lado. Os meus seios saem ainda mais do corpete, e a pressão na minha barriga se espalha para delicada base do meu sexo palpitante. Eu estou praticamente pronta para gozar quando ele passa a echarpe entre os meus dentes e a amarra por trás da minha cabeça, como se fosse uma mordaça. Eu tenho a tendência de fazer muito barulho quando nós brincamos, e quando ele está me penetrando.

Delicadamente, ele afasta os meus tornozelos para ter uma visão ainda melhor, e a suave e balsâmica brisa toca o meu sexo. Eu me sinto tão cheia de luxúria, tão depravada, tão exibida. Isso me faz ficar toda dolorida e me agitar e gemer sob a mordaça. Ele me recompensa estendendo o braço para beliscar um mamilo com uma das mãos, enquanto com a outra ele enfia dois dedos dentro de mim. Eu começo a gozar, mas ele os retira, murmurando, "ainda não".

Ele volta para a mesa. Eu espero, ansiando por ele. Quando retorna, ele me penetra rapidamente, de modo decisivo, quase violento. Mas não com o seu corpo.

Não, é com um brinquedo, um par de bolinhas de vidro maciço em um cordão de seda. Um dos meus favoritos. Incapaz de me controlar por muito mais tempo, eu gozo com violência, os meus músculos internos se contraindo com força ao redor dos sensuais intrusos, enquanto os meus gemidos formam ruídos grosseiros sob a minha mordaça.

— Eu avisei você a respeito dessa sua falta de autocontrole, não avisei? – A sua voz soa como veludo em meus ouvidos. Ele belisca uma das minhas nádegas e, ao mesmo tempo, acaricia o meu clitóris, e eu gozo uma vez mais, fazendo com que as bolinhas se mexam dentro de mim.

Gemendo fracamente, a echarpe entre os meus dentes, eu sinto algo duro e ligeiramente áspero enquanto o meu amado se move perto de mim, e que não é o corpo dele. Eu percebo que ele colocou a escova de cabelos na cintura das suas calças. Ela não fica lá por muito tempo. Um instante depois, enquanto o meu sexo ainda está tremendo, ainda quase em convulsão, ele começa a me bater com ela. Eu me contorço e me agito, me agarrando à grade da varanda com uma das mãos, enquanto com a outra, ousadamente, eu me acaricio. Eu acho que ele não se importa; na verdade, provavelmente deve apreciar isso. Ele não está me batendo com força, é apenas um jogo, as pancadas são de brincadeira. Mas, mesmo assim, elas ardem, e criam fogo. Mais fogo. Soltam um calor que se localiza e se avoluma e queima no meu sexo em brasa.

E então o jogo chegou ao fim para ele. Murmurando "oh, porra", ele joga a escova de lado, e então arranca com rudeza as bolinhas de vidro do meu sexo. Um segundo depois, enquanto estendo o braço para tentar acariciá-lo, ele abaixa as suas calças brancas, ajeita o pênis e me penetra. Ele me preenche com uma doce violência e eu gozo de novo, me contraindo ao redor dele agora, e não ao redor do vidro frio e inanimado. Em êxtase de doçura, eu agarro a grade da varanda com uma das mãos, e com a outra eu tento cegamente agarrar os músculos flexíveis das suas coxas. Ele também se agarra à grade da varanda enquanto tateia sob o meu corpo para encontrar o meu clitóris.

Esse não é um encontro dos mais elegantes. Na verdade, nós devemos proporcionar uma cena e tanto, sob o lusco-fusco tropical, nos movimentando espasmodicamente, empurrando e deslizando um contra o outro, eu com o peito balançando para fora do meu corpete, e ele com a bunda se agitando enquanto mete, e me come e me dá as suas estocadas. No meio da agitação, ele arranca a echarpe e os meus gritos de prazer se apossam do vívido céu noturno.

Finalmente, e muito depressa, nós chegamos ao inevitável fim, e eu não sou a única a gritar e a gemer e a dizer "eu te amo". Eu não sou a única que está gozando e gozando com a pessoa a quem adoro.

Mais tarde, nós ficamos olhando as estrelas em um céu de um profundo tom de azul, esparramados em nosso sofá-cama, ambos nus sob a alegre coberta. Bem, quase. Eu ainda estou usando as minhas meias, mas o corpete está caído em algum lugar sobre as tábuas, com os meus sapatos, as calças de Daniel, a escova de cabelos, e as bolinhas de vidro.

— De volta para casa, amanhã, então? – Na escuridão, eu toco o seu rosto tão amado e, como sempre, fico deslumbrada com o seu perfil real. As lâmpadas se apagaram há pouco, mas isso é tão romântico que nenhum de nós se importa.

— É, mas nós ainda vamos voltar um dia – diz ele, o que acrescenta mais um cálido lampejo de alegria àqueles que eu já estou sentindo. O seu braço se aperta ao redor da minha cintura em um abraço afetuoso.

Vai ser bom voltar para casa, de volta às nossas vidas comuns, mas ao mesmo tempo incomuns. Eu, de volta à biblioteca; Daniel trabalhando com o seu documentário e o seu novo livro, e então se acomodando em seu novo cargo, uma prestigiosa cátedra recém-criada de historia na universidade local – que está feliz por ter conseguido contratar uma figura tão respeitada e reconhecida para o seu corpo docente. Por enquanto, estamos morando no meu apartamento, e não tem muito espaço para nós, mas quando nós nos acomodarmos vamos começar a procurar uma casa.

Ele se volta para mim e, mesmo sob as sombras escuras os seus olhos estão brilhando. Eu penso no que quase aconteceu com ele e seguro as lágrimas por uns instantes, então passo os meus braços ao redor do corpo dele e o abraço com tanta força quanto ele me abraça.

— Tudo bem com você, meu amor? – ele me pergunta, beijando-me primeiro na testa, depois na face, e então nos lábios.

— Eu estou muito bem, Professor Brewster, muito bem. – Na verdade, eu estou muito mais do que bem, porque sinto contra os meus quadris o seu pênis sempre lascivo se enrijecendo uma vez mais. O sofá-cama é bom, mas lá dentro nós temos uma magnífica cama com dossel com lençóis de linho sempre novos, providenciados pelas arrumadeiras.

— Será que nós precisamos ir lá para dentro e, hum, lidar com esta situação em um ambiente mais palaciano?

Eu toco o seu pau e ele solta um gemido baixo e voraz. Ele pressiona o seu corpo contra o meu por uns instantes, então se afasta, se levanta do sofá-cama e se inclina para gentilmente me ajudar a levantar.

— Excelente ideia, Senhora Brewster, como sempre. Uma boa ideia.

— Tudo bem, um instantinho só. – Eu tiro as minhas meias brancas já toda enroladas, jogo-as para o lado, para que fiquem com o meu corpete nupcial, e então me aproximo de meu esposo.

De braços dados, nus sob a balsâmica noite, nós nos dirigimos juntos para o xalé onde passamos nossa lua de mel... e para o futuro.

Vire a página para ler o primeiro capítulo
do próximo romance erótico de Portia Da Costa
que será publicado pela editora Planeta em 2013:

O desconhecido...

1

O homem no rio

Uma tempestade se aproximava.

Claudia Marwood ergueu os olhos para o céu e, vendo apenas o seu dossel alto e azul, mesclado com nuvens sem forma definida e diáfanas como a gaze, ficou pensando por que ela achava essa visão adorável tão impressionante. Era um perfeito dia de verão – um dia clássico –, contudo algo dentro dela pressentia a ameaça distante de um trovão. Ela não conseguia ouvi-lo ou vê-lo; porém, ela sabia que ele estava a caminho.

Idiota!

Ela fez uma pausa na lavanderia, olhando a sua sombrinha e a leve jaqueta de algodão que às vezes usava no jardim em dias mais frescos. *Não seja covarde!*, ela disse a si mesma com firmeza, pegando somente um largo chapéu de palha com uma fita amarela antes de sair para o terraço com piso de cerâmica na parte dos fundos da sua casa. Se chover, você vai se molhar. E daí? Isso não vai matar você!

Enquanto atravessava o gramado, ajustando o ângulo do seu chapéu ao caminhar, ela analisava o seu rompante de bravata em pequena escala. Ela se sentia selvagem, ou algo parecido, bem como ligeiramente ousada. Repentinamente, ela se deu conta de que estava, na verdade, muito feliz.

Que alívio! Finalmente! Caminhando mais rápido, quase saltitando, ela se deleitou com a sensação da grama imaculadamente aparada sob os seus pés calçados com sandálias, e então se sentiu ligeiramente tonta por uns segundos, enquanto inalava os ricos odores de seus jardins repletos de flores. As rosas, as ervilhas-de--cheiro, os arbustos perfumados.

Bom Deus, era verão, ela estava em perfeita forma, ela não tinha compromissos, e não havia nada mesmo que ela *tivesse* de fazer! Pombos arrulhavam enquanto as abelhas pairavam sobre as rosas e os gerânios, e eles também compartilhavam o seu inquestionável contentamento.

No fundo do jardim, um pequeno portão dava acesso ao bosque que ficava além dele, e o caminho que saía dali conduzia na direção do rio. Enquanto Claudia passava por ele, sentiu uma nova onda de satisfação. Aqui também era parte das suas terras, e ela podia aproveitar a sua caminhada com toda a tranquilidade, sem encontrar outras pessoas que estivessem passeando. Esse seu novo sentimento tinha uma característica delicada toda sua, e Claudia desejava examiná-lo e analisá-lo, e não permitir que ele estourasse como um balão antes de poder saboreá-lo. Em muito pouco tempo, ela estaria desejando outras pessoas por perto, tinha certeza disso, mas por enquanto ela se sentia mais confortável sozinha ou simplesmente com os seus amigos mais próximos. Em uma tarde de verão, o bosque era um lugar mágico para ficar sozinha. O lugar cheio de sombras era verde, e fresco e agradável; cheio de vida, contudo, tranquilo, e repleto de um sentimento que levava a um tipo de expectativa sempre crescente. Era o tipo de lugar onde a pessoa poderia imaginar que as fadas e os elfos poderiam ser encontrados, embora fossem somente os pombos, as folhas sussurrantes e o rio próximo que tagarelassem entre si.

Não que ele não tivesse sido um bom lugar para ter uma companhia também, ela pensou, esperando por uma pancada de dor, e então sorrindo quando, felizmente, ela não aconteceu. Somente as recordações felizes surgiram. Ela e Gerald, em outra caminhada de verão, depois de uma refeição, os dois um pouquinho bêbados por causa do vinho, e se sentindo tontos e um tanto sensuais. Eles tinham rolado sobre a grama e ali mesmo transado, sob uma velha árvore que ficava à direita dela. Eles tinham atingido o orgasmo em altas vozes, entre as formigas, os gravetos e a lama.

Nós formávamos uma boa dupla, ela pensou, muito comovida. É claro, existiam alguns empecilhos – a diferença de idade entre eles, e a devoção de Gerald aos negócios tinha significado que as transas apressadas entre os arbustos eram muito pouco comuns –, mas apenas os momentos felizes tinham ficado marcados em sua memória. Ela imaginou que poderia ver onde a grama e os arbustos tinham sido esmagados e sentir a boa terra sob as suas costas enquanto ela celebrava a vida com o seu amante, o seu esposo.

Mas a próxima vez não seria com o Gerald, seria? O seu querido marido estava morto, já fazia oito meses. Ela teria um novo amante no bosque qualquer dia destes, contudo quando a ocasião fosse adequada. E a sombra sorridente de seu marido os incitaria a continuar.

Não seja louca, Claudia, ela disse a si mesma, continuando ousadamente a caminhar, e pulando sobre uma ocasional raiz ou planta trepadeira que encontrava pelo caminho. Na calma relativa do bosque, ela gradualmente teve a certeza de que os ruídos da água estavam mudando. A correnteza tranquila do rio ainda era um murmúrio reconfortante como pano de fundo, mas havia um som mais alto e menos ritmado também – um som ocasionado pela ocupação da água por um ser humano. Lá onde o rio se alargava, separado por uma ilhota de pedras, havia uma ampla e convidativa piscina natural e, pelo que dava para ouvir, alguém estava tomando banho no local.

Claudia franziu as sobrancelhas. Não que ela se ressentisse de que as pessoas tivessem acesso à propriedade – ela não era exatamente marcada como propriedade privada, ou delimitada por cercas de alguma maneira. É que ela somente se sentia protetora com relação ao seu pouquinho de equilíbrio tão duramente conquistado, e seu súbito germe de esperança, que ela mesma nutrira.

Apesar de suas preocupações, contudo, ela prosseguiu. Você vai ter de perder o controle qualquer hora, Senhora Marwood, ela disse a si mesma, e bem que poderia ser hoje. Ela quase podia sentir Gerald atrás de si, incitando-a a seguir adiante.

Porém, bem no momento em que ela estava pronta para irromper na clareira e se mostrar, uma parte do seu sexto sentido lhe disse para ficar parada. Tirando o seu chapéu, ela se manteve absolutamente parada, a respiração contida, e então arriscou a levar uma das mãos para afastar os arbustos e dar uma olhada na área aberta que se estendia à sua frente.

Sentado em uma pedra onde ela frequentemente se acomodava para colocar os pés na piscina, estava um homem nu, mergulhando os pés na piscina. Alto e com aparência jovem, ele tinha vastos cabelos encaracolados e castanhos não muito escuros e estava olhando atentamente a porção de água parada ao redor de seus tornozelos. O que quer que ele estivesse vendo ali havia feito com que ele ficasse com o rosto um pouco perturbado.

Depois de ter superado o primeiro choque causado pela nudez do jovem, Claudia conseguiu respirar tranquilamente outra vez e estudar a aparência dele com mais detalhes. Ele era muito bonito, ela percebeu na hora. Bem bonito, de um jeito um tanto estranho. Mas, havia algo errado, algo que o perturbava ou o incomodava. Ele tinha claramente sido o responsável pelo som dos borrifos que ela tinha ouvido, porque a pele pálida dele estava brilhando, toda molhada, mas agora ele estava encarando, absorto, o seu próprio reflexo. O seu rosto juvenil, mas com traços fortes, com certeza era do tipo que Claudia gostaria de ficar olhando tanto quanto ele o permitisse; entretanto, o jeito de ele ficar se olhando estava longe de ser narcisista. Mais do que qualquer outra coisa, ele parecia estar apavorado – quase com medo de seus traços tão atraentes.

E você levou uma bela de uma surra também, não levou, estranho?, pensou Claudia, observando que o corpo macio e ligeiramente musculoso do jovem mostrava diversos hematomas imensos na região das costelas e das coxas. Quando ele ergueu uma das mãos e afastou o seu macio e desalinhado cabelo da sua testa, ela notou que também havia um arranhão muito feio na sua têmpora. Quando ele o tocou, desajeitado, e estremeceu, ela estremeceu com ele; mas quando, depois de uma pausa, ele se levantou lenta e graciosamente e ficou em pé, o que ela viu fez com que ela esquecesse todos os seus pensamentos a respeito da dor.

Ah, é isso! Ah, é isso, é, é!

Claudia sentiu um forte desejo de uivar como uma loba, mas manteve o som como um tributo silencioso em sua mente. Quem quer que fosse o estranho, o corpo dele era familiar para os sentidos dela. Ele tinha exatamente o tipo de físico que ela sempre preferiu em um homem. Magro e esguio, mas com aparência forte, com membros finos e retos, e um peito que era muito bem definido, mas sem pelos. O seu sexo em movimento tinha um tamanho considerável e era definitivamente decidido. Claudia teria gostado muito de dar uma olhada melhor nesse aspecto particular dele, porém, naquele momento, ele decidiu pular de novo na água.

Protegida pelos ruídos do mergulho dele, Claudia se esgueirou um pouco mais para frente e se acomodou em uma posição mais confortável, quase agachada. Apesar de sua preocupação com os ferimentos do jovem, o sentimento que a dominava enquanto ela o olhava era a excitação – uma malícia deliciosa e clandestina que disparou por todo o seu corpo como um vinho fortificante. Ele era tão lindo, tão atraente, tão inconsciente da presença dela. Ela se sentia como se estivesse roubando um pouco de prazer daquele corpo jovem e ingenuamente charmoso.

Você tinha de sentir vergonha de si mesma, mulher, ela se repreendeu, com um amplo sorriso, e se sentindo mais recuperada do que havia se sentido anteriormente. Ela era viúva, e perto demais da meia-idade para seu gosto, mas a visão desse homem, tão inocentemente vulnerável e, no entanto, tão tentador, encheu o mais íntimo do seu ser feminil com um súbito espasmo de desejo.

Quem é você, homem misterioso?, ela pensou, sentindo o seu próprio corpo revivescer sob o seu vestido de algodão e sua minúscula roupa íntima de verão. E o que você está fazendo aqui em meu pedacinho de rio?

Depois de alguns minutos, o que ele estava fazendo ficou bastante evidente. Enquanto Claudia o observava de seu esconderijo, o seu coração disparando loucamente e as pontas dos seus dedos formigando por causa da impossibilidade de tocá-lo, o jovem começou a fazer uma toalete improvisada, contudo estranhamente rigorosa.

Em primeiro lugar, ele mergulhou a cabeça na água, então se levantou de novo, esfregando o seu cabelo em desalinho e fazendo uns movimentos como se estivesse passando xampu neles. Ele lavou o seu rosto cuidadosamente também, passando os dedos pelo seu maxilar, como se ele estivesse controlando o comprimento da sua barba em crescimento. O jeito de ele dar de ombros, desconsolado, indicava que ele normalmente preferia ficar com o rosto barbeado, mas como era claro que não havia nada que ele pudesse fazer a respeito, ele começou a jogar água sobre os seus braços, as suas costas e os seus ombros, continuamente; tanto que Claudia sentiu vontade de ir correndo para casa e voltar com toalhas e shampoo e um gel para o banho, e todos os produtos perfumados e caros para a toalete com os quais um homem tão claramente minucioso como ele se deleitaria. Ele chegou mesmo a esfregar vigorosamente os seus dentes e a gengiva com a ponta do seu dedo.

Quando ele se deu por satisfeito com os cuidados com a parte superior do seu corpo, o jovem se encaminhou para a margem, na parte mais rasa, para poder se lavar tão meticulosamente da cintura para baixo.

Claudia segurou a respiração novamente. Acreditando estar sozinho, o seu meticuloso jovem deus estava completamente desinibido e, depois de cuidar das suas pernas e coxas, começou tranquilamente a passar água sobre o seu traseiro e os seus genitais. Claudia ficou olhando com os olhos arregalados enquanto ele se examinava meticulosamente e se molhava; e então compartilhou o seu sorriso divertido, mas inesperadamente feliz, quando a reação física inevitável a esses movimentos aconteceu.

Ela precisou se controlar para não suspirar e conter o fôlego bruscamente, enquanto o pênis molhado do jovem estranho ficou intumescido, em uma ereção longa e firme entre os seus dedos. Enquanto ele se tocava, o seu rosto jovem e longo ficou mais tranquilo, perdendo aquela expressão de medo e de tristeza cheia de preocupação que parecia atormentá-lo. Durante a sua própria excitação – um jorro de calor úmido entre as suas pernas que foi tão súbito e tão copioso que a deixou chocada –, Claudia percebeu que ficar se acariciando propiciava para o jovem tanto conforto como se fosse uma relação sexual. Ele parecia ter ficado tranquilo com as respostas de seu próprio corpo.

Contudo, isso não diminuiu em nada a eroticidade de sua performance.

Enquanto os olhos do jovem se fechavam e a sua cabeça se voltava para trás, Claudia sentiu como se um portão contra o qual ela estivesse se jogando finalmente estivesse escancarado. Os sentimentos que estavam voltando gradualmente de um minuto para o outro ficaram avassaladores. Observando os dedos ágeis do jovem no rio, ela se permitiu abaixar o braço e tocar a sua virilha.

Ela sentiu vontade de rir. Ela sentiu vontade de chorar. Ela sentiu vontade de se deitar de costas, de abrir as pernas e de gozar até que não conseguisse mais ver direito o que acontecia. Porém, acima de tudo, ela queria agradecer ao seu místico estranho.

Aquele botão de felicidade era agora uma flor desabrochada.

Este livro foi composto em Sabon MT
para a Editora Planeta do Brasil
em dezembro de 2012.